国家出版基金项目
NATIONAL PUBLICATION FOUNDATION

CONCERT SIMFONIC PE PLAJA NUDISTILOR-
ANTOLOGIE DE NUVELE SI POVESTIRI ROMANE CONTEMPORANE

裸浴场上的交响音乐会

罗马尼亚20世纪小说精选

Norman Manea si alti autori

[罗马尼亚] 诺曼·马内阿 / 等著

高兴 / 等译

南方出版传媒
花城出版社
中国·广州

图书在版编目（ＣＩＰ）数据

裸浴场上的交响音乐会：罗马尼亚20世纪小说精选 /
（罗）诺曼·马内阿等著；高兴等译. -- 广州：花城出
版社，2018.12
　　（蓝色东欧 / 高兴主编. 第5辑）
　　ISBN 978-7-5360-8782-8

Ⅰ. ①裸… Ⅱ. ①诺… ②高… Ⅲ. ①短篇小说－小
说集－罗马尼亚－现代②中篇小说－小说集－罗马尼亚－
现代 Ⅳ. ①I542.45

中国版本图书馆CIP数据核字 (2018) 第280110号

合同版权登记号：图字 19 - 2018 - 072 号
Copyright © 2018, used by permission of COPYRO COLLECTIVE MANAGEMENT SOCIETY
'Puloverul' and 'Ceaiul lui Proust si alte povestiri' by Norman Manea. Copyright ©
2016, Norman Manea, used by permission of The Wylie Agency (UK) Limited.

出 版 人：詹秀敏
丛书策划：朱燕玲　孙虹
出版统筹：李倩倩　夏显夫　欧阳佳子
责任编辑：夏显夫
技术编辑：薛伟民　凌春梅
封面供图：子夏
装帧设计：◆棱角视觉　ANGULAR VISION

书　　名　裸浴场上的交响音乐会：罗马尼亚20世纪小说精选
　　　　　LUO YU CHANG SHANG DE JIAO XIANG YIN YUE HUI：LUO MA NI YA 20
　　　　　SHI JI XIAO SHUO JING XUAN
出版发行　花城出版社
　　　　　（广州市环市东路水荫路11号）
经　　销　全国新华书店
印　　刷　恒美印务（广州）有限公司
　　　　　（广州南沙经济技术开发区环市大道南路334号）
开　　本　880 毫米×1230 毫米　32 开
印　　张　10　2 插页
字　　数　260,000 字
版　　次　2018 年 12 月第 1 版　2018 年 12 月第 1 次印刷
定　　价　50.00 元

裸浴场上的交响音乐会

罗马尼亚 20 世纪小说精选

目　录
CONTENTS

记忆，阅读，另一种目光

——

（总序）

高兴

　　昆德拉说过："人的一生注定扎根于前十年中。"我想稍稍修改一下他的说法："人的一生注定扎根于童年和少年中。"童年和少年确定内心的基调，影响一生的基本走向。

　　不得不承认，二十世纪五六十年代出生的人都有着不同程度的俄罗斯情结和东欧情结。这与我们的成长有关，与我们的童年、少年和青春岁月有关。而那段岁月中，电影，尤其是露天电影又有着怎样重要的影响。那时，少有的几部外国电影便是最最好看的电影，它们大多来自东欧国家，几乎吸引了所有人的目光，是我们童年的节日。在某种意义上，甚至可以说，它们还是我们的艺术启蒙和人生启蒙，构成童年最温馨、最美好和最结实的部分。

1

还有电影中的台词和暗号。你怎能忘记那些台词和暗号。它们已成为我们青春的经典。最最难忘的是《瓦尔特保卫萨拉热窝》。"'空气在颤抖,仿佛天空在燃烧。''是啊,暴风雨来了。'""看,这座城市,它就是瓦尔特。"简直就是诗歌。是我们接触到的最初的诗歌。那么悲壮有力的诗歌。真正有震撼力的诗歌。诗歌,就这样和英雄主义和浪漫主义,紧紧地连接在了一道。

还有那些柔情的诗歌。裴多菲,爱明内斯库,密茨凯维奇。要知道,在二十世纪七八十年代,读到他们的诗句,绝对会有触电般的感觉。而所有这一切,似乎就浓缩成了几粒种子,在内心深处生根,发芽,成长为东欧情结之树。

然而,时过境迁,我们需要重新打量"东欧"以及"东欧文学"这一概念。严格来说,"东欧"是个政治概念,也是个历史概念。过去,它主要指波兰、捷克斯洛伐克、匈牙利、罗马尼亚、保加利亚、南斯拉夫、阿尔巴尼亚七个国家。因此,在当时,"东欧文学"也就是指上述七个国家的文学。这七个国家,加上原先的东德,都曾经是以苏联为首的华沙条约组织的成员。

一九八九年底,东欧发生剧变。此后,苏联解体,华沙条约组织解散,捷克和斯洛伐克分离,南斯拉夫各共和国相继独立,所有这些都在不断改变着"东欧"这一概念。而实际情况是,波兰、捷克、匈牙利、罗马尼亚等国家甚至都不再愿意被称为东欧国家,它们更愿意被称为中欧或中南欧国家。同样,不少上述国家的作家也竭力抵制和否定这一概念。在他们看来,东欧是个高度政治化、笼统化的概念,对文学定位和评判,不太有利。这是一种微妙的姿态。在这种姿态中,民族自尊心也发挥着不可估量的作用。

但在中国,"东欧"和"东欧文学"这一概念早已深入人心,有广泛的群众和读者基础,有一定的号召力和亲和力。因此,继续使用"东欧"和"东欧文学"这一概念,我觉得无可厚非,有利于研究、译介和推广这些特定国家的文学作品。事实上,欧美一些大学、研究中心也还在继续使用这一概念。只不过，今日，当我们提到这一概念，涉及的就不仅仅是七个国家，而应该包含更多的国家：立陶宛、摩尔多瓦等独联体国家，还有波黑、克罗地亚、斯洛文尼亚、塞尔维亚、黑山等从南斯拉夫联盟独立出来的国家。我们之所以还能把它们作为一个整体来谈论，是因为它们有着太多的共同点：都是欧洲弱小国家，历史上都曾不断遭受侵略、瓜分、吞并和异族统治，都曾把民族复兴当作最高目标，都是到了十九世纪末二十世纪初才相继获得独立，或得到统一，第二次世界大战后都走过一段相同或相似的社会主义道路，一九八九年后又相继推翻了共产党政权，走上了资本主义发展道路。之后，又几乎都把加入北约、进入欧盟当作国家政策的重中之重。这二十年来，发展得都不太顺当，作家和文学都陷入不同程度的困境。用饱经风雨、饱经磨难来形容这些国家，十分恰当。

换一个角度，侵略，瓜分，异族统治，动荡，迁徙，这一切同时也意味着方方面面的影响和交融。甚至可以说，影响和交融，是东欧文化和文学的两个关键词。看一看布拉格吧。生长在布拉格的捷克著名小说家伊凡·克里玛，在谈到自己的城市时，有一种掩饰不住的骄傲："这是一个神秘的和令人兴奋的城市，有着数十年甚至几个世纪生活在一起的三种文化优异的和富有刺激性的混合，从而创造了一种激发人们创造的空气，即捷克、德国和犹太文化。"①

克里玛又借用被他称作"说德语的布拉格人"乌兹迪尔的笔为我们描绘了一个形象的、感性的、有声有色的布拉格。这是一个具有超民族性的神秘的世界。在这里，你很容易成为一个世界主义者。这里有幽静的小巷、热闹的夜总会、露天舞台、剧院和形形色色的小餐馆、小店铺、小咖啡屋和小酒店。还有无数学生社团和文艺沙龙。自然也有五花八门的妓院和赌场。布拉格是敞开的，是包容的，是休闲的，是艺术的，是世俗的，有时还是颓废的。

---

① 见伊凡·克里玛《布拉格精神》第44页，崔卫平译，作家出版社1998年版。

布拉格也是一个有着无数伤口的城市。战争、暴力、流亡、占领、起义、颠覆、出卖和解放充满了这个城市的历史。饱经磨难和沧桑，却依然存在，且魅力不减，用克里玛的话说，那是因为它非常结实，有罕见的从灾难中重新恢复的能力，有不屈不挠同时又灵活善变的精神。如果要用一个词来形容布拉格的话，克里玛觉得就是：悖谬。悖谬是布拉格的精神。

或许悖谬恰恰是艺术的福音，是艺术的全部深刻所在。要不然从这里怎会走出如此众多的杰出人物：德沃夏克，雅那切克，斯美塔那，哈谢克，卡夫卡，布洛德，里尔克，塞弗尔特，等等。这一大串的名字就足以让我们对这座中欧古城表示敬意。

布拉格如此，萨拉热窝、华沙、布加勒斯特、克拉科夫、布达佩斯等众多东欧城市，均如此。走进这些城市，你都会看到一道道影响和交融的影子。

在影响和交融中，确立并发出自己的声音，十分重要。不少东欧作家为此做出了开拓性和创造性的贡献。我们不妨将哈谢克和贡布罗维奇当作两个案例，稍加分析。

说到捷克作家哈谢克，我们会想起他的代表作《好兵帅克》。以往，谈论这部作品，人们往往仅仅停留于政治性评价。这不够全面，也容易流于庸俗。《好兵帅克》几乎没有什么中心情节，有的只是一堆零碎的琐事，有的只是帅克闹出的一个又一个的乱子，有的只是幽默和讽刺。可以说，幽默和讽刺是哈谢克的基本语调。正是在幽默和讽刺中，战争变成了一个喜剧大舞台，帅克变成了一个喜剧大明星，一个典型的"反英雄"。看得出，哈谢克在写帅克的时候，并没有考虑什么文学的严肃性。很大程度上，他恰恰要打破文学的严肃性和神圣感。他就想让大家哈哈一笑。至于笑过之后的感悟，那就是读者自己的事情了。这种轻松的姿态反而让他彻底放开了。借用帅克这一人物，哈谢克把皇帝、奥匈帝国、密探、将军、走狗等等统统给骂了。他骂得很过瘾，很解气，很痛快。读者，尤其是捷克读者，读得也很过瘾，很解气，很痛快。幽默和讽刺于是又变成了一件有力的武器，特别适用于捷克这么一个弱小的民族。哈谢克最大的贡献也正在于此：为捷克民族和捷克文学找到了一种声音，确立了一种传统。

而波兰作家贡布罗维奇与哈谢克不同，恰恰是以反传统而引起世人瞩目的。他坚决主张让文学独立自主。在二十世纪三四十年代，贡布罗维奇的作品在波兰文坛显得格外怪异离谱，他的文字往往夸张扭曲，人物常常是漫画式的，他们随时都受到外界的侵扰和威胁，内心充满了不安和恐惧，像一群长不大的孩子。作家并不依靠完整的故事情节，而是主要通过人物荒诞怪僻的行为，表现社会的混乱、荒谬和丑恶，表现外部世界对人性的影响和摧残，表现人类的无奈和异化以及人际关系的异常和紧张。长篇小说《费尔迪杜凯》就充分体现出了他的艺术个性和创作特色。

捷克的赫拉巴尔、昆德拉、克里玛、霍朗，波兰的米沃什、赫贝特、希姆博尔斯卡，罗马尼亚的埃里亚德、索雷斯库、齐奥朗，匈牙利的凯尔泰斯、艾什特哈兹，塞尔维亚的帕维奇、波帕，阿尔巴尼亚的卡达莱……如此具有独特风格和魅力的当代东欧作家实在是不胜枚举。

某种程度上，东欧曾经高度政治化的现实，以及多灾多难的痛苦经历，恰好为文学和文学家提供了特别的土壤。没有捷克经历，昆德拉不可能成为现在的昆德拉，不可能写出《可笑的爱》《玩笑》《不朽》和《难以承受的存在之轻》这样独特的杰作。没有波兰经历，米沃什也不可能成为我们所熟悉的将道德感同诗意紧密融合的诗歌大师。但另一方面，需要注意的是，由于语言的局限以及话语权的控制，东欧文学也极易被涂上浓郁的意识形态色彩。应该承认，恰恰是意识形态色彩成全了不少作家的声名。昆德拉如此。卡达莱如此。马内阿如此。赫尔塔·米勒亦如此。我们在阅读和研究这些作家时，需要格外地警惕。过分地强调政治性，有可能会忽略他们的艺术性和丰富性。而过分地强调艺术性，又有可能会看不到他们的政治性和复杂性。如何客观地、准确地认识和评价他们，同样需要我们的敏感和平衡。

一个美国作家，一个英国作家，或一个法国作家，在写出一部作品时，就已自然而然地拥有了世界各地广大的读者，因而，不管自觉与否，他，或她，很容易获得一种语言和心理上的优越感和骄傲感。这种感觉东欧作家难以体会。有抱负的东欧作家往往会生出一种紧迫感和危机感。他们要用尽全力将弱势转化为优势。昆德拉就反复强调，身处小国，你"要么做一个可怜的、眼光狭窄的人"，要么成为一个广闻博识的"世界性的人"。别无选择，有时，恰恰是最好的选择。因此，东欧作家大多会自觉地"同其他诗人，其他世界，和其他传统相遇"（萨拉蒙语）。昆德拉、米沃什、齐奥朗、贡布罗维奇、赫贝特、卡达莱、萨拉蒙等等东欧作家都最终成为"世界性的人"。

关注东欧文学，我们会发现，不少作家，基本上，都在出走后，都在定居那些发达国家后，才获得一定的国际声誉。贡布罗维奇、昆德拉、齐奥朗、埃里亚德、扎加耶夫斯基、米沃什、马内阿、史克沃莱茨基等等都属于这样的情形。各种各样的原因，让他们选择了出走。生活和写作环境、意识形态、文学抱负、机缘等，都有。再说，东欧国家都是小国，读者有限，天地有限。

在走和留之间，这基本上是所有东欧作家都会面临的问题。因此，我们谈论东欧文学，实际上，也就是在谈论两部分东欧文学：海外东欧文学和本土东欧文学。它们缺一不可，已成为一种事实。

在我国，东欧文学译介一直处于某种"非正常状态"。正是由于这种"非正常状态"，在很长一段岁月里，东欧文学被染上了太多的艺术之外的色彩。直至今日，东欧文学还依然更多地让人想到那些红色经典。阿尔巴尼亚的反法西斯电影，捷克作家伏契克的《绞刑架下的报告》，保加利亚的革命文学，都是典型的例子。红色经典当然是东欧文学的组成部分，这毫无疑义。我个人阅读某些红色经典作品时，曾深受感动。但需要指出的是，红色经典并不是东欧文学的全部。若认为红色经典就能代表东欧文学，那实在是种误解和误导，是对东欧文学的狭隘理解和片面认识。因此，用艺术目光重新打量、重新梳理东欧文学已成为一种必须。为了更加客观、全面地翻译和介绍东欧文学，突出东欧文学的艺术性，有必要颠覆一下这一概念。蓝色是流经东欧不少国家的多瑙河的颜色，也是大海和天空的颜色，有广阔和博大的意味。"蓝色东欧"正是旨在让读者看到另一种色彩的东欧文学，看到更加广阔和博大的东欧文学。

二〇一三年十月三十一日定稿于北京

主编简介：高兴，诗人、翻译家，一九六三年出生于江苏省吴江市。中国作家协会会员。现为中国社会科学院外国文学研究所研究员，《世界文学》主编。曾以作家、翻译家、外交官和访问学者身份游历过欧美数十个国家。出版过《米兰·昆德拉传》《东欧文学大花园》《布拉格，那蓝雨中的石子路》等专著和随笔集；主编过《二十世纪外国短篇小说编年·美国卷》（上、下册）、《伊凡·克里玛作品系列》（5卷）、《水怎样开始演奏》、《诗歌中的诗歌》、《小说中的小说》（2卷）等大型图书。主要译著有《梵高》《黛西·米勒》《雅克和他的主人》《可笑的爱》《安娜·布兰迪亚娜诗选》《我的初恋》《索雷斯库诗选》《梦幻宫殿》《托马斯·温茨洛瓦诗选》等。

来自多瑙河畔的小说之声

——

（中译本前言）

高兴

  罗马尼亚人，巴尔干半岛的一个异类。它实际上是达契亚人与罗马殖民者后裔混合而成的一个民族，属于拉丁民族。历史上，长期被分为罗马尼亚、摩尔多瓦和特兰西尔瓦尼亚三个公国。作为弱小民族，长期饱受异族侵略、统治和凌辱。十九世纪起，借助于几次有利的发展机遇，罗马尼亚文学出现了几位经典作家：诗人爱明内斯库、剧作家卡拉迦列和童话作家克莱昂格。真正意义上的罗马尼亚文学始于那个时期。一九一八年，罗马尼亚实现统一，进入现代发展时期。

  由于民族和语言的亲近，罗马尼亚社会和文化生活一直深受法国的影响。一到布加勒斯特，你就能明显地感觉到法国文化的影子。在二十世纪二三十年代，布加勒斯特甚至有"小巴黎"之美称。那时，罗马尼亚所谓的上流社会都讲法语。作家们基本上都到巴黎学习和生活过，有些干脆留在了那里。要知道，达达主义创始人查拉是罗马尼亚人，后来才到了巴黎。诗人策兰，剧作家尤内斯库，音乐家埃内斯库，雕塑家布伦库西，文学家和哲学家齐奥朗，也都曾在罗马尼亚留下过自己的人生印迹。

统一给国家和文化的发展注入了异常的活力。两次世界大战之间，罗马尼亚文化，包括哲学、文学和艺术，曾出现过空前的繁荣。一九四七年年底，罗马尼亚走上社会主义道路，并在相当一段时间里紧随苏联，全面推行苏联模式。极"左"路线在二十世纪五十年代达到登峰造极的地步，给整个国家带来了灾难。文学自然也无法幸免。文学评论家阿莱克斯·斯特弗内斯库在其专著《罗马尼亚当代文学史：1941—2000年》中形象地说道："文学仿佛遭受了一场用斧头做的外科手术。"罗马尼亚文学因而出现了严重的断裂。这一阶段，黑暗又荒诞，被罗马尼亚文学界称为"苦难的十年"。

六十年代中期，罗马尼亚文化生活开始出现相对宽松、活泼和自由的可喜景象。享有世界声誉的罗马尼亚小说家诺曼·马内阿曾在随笔集《论小丑》中比较客观地描绘了这一时期的情形：

　　在一九六五年到一九七五年这相对"自由"的十年里，罗马尼亚并不繁荣，也不能说人们在日常生活里毫无拘束。但是关于那个时期的记忆里有一种振奋人心的东西：用轻快的拉丁语哼唱，动听而有趣；你可以更自由地四处走动，更自由地谈论别人和书。仿佛就在一夜之间，人们和书籍一起死而复生了——和谐的交谈、快乐的聚会、忧郁的漫步、令人兴奋的探险，一切都回到了生活中。这种变化，并不像在其他社会主义国家那样，是回应领导阶层政策的变化而重新出现的政治热情，而是把政府的政治日程抛在一边短暂地回到简单的生活乐趣中。在这个国家里，人们一直喜欢的是歌声，而不是祈祷和庄严的宣誓。这个时期对经济发展的促进微乎其微，但它对艺术和文学的影响却延伸到了之后的十多年里。我们利用一切机会接触西方的艺术和思想运动，在一些社会和政治问题上，我们可以保持比较独立的立场，可以用个人的方式表达观点。

这一时期已被史学家公认为罗马尼亚的政治解冻期，有罗马尼亚评论家称之为"布加勒斯特之春"。可惜，始于六十年代初的开明时期没有一直延续下去。进入七十年代，文化再次面临严峻的时刻。

极富意味的是，八十年代的罗马尼亚文学竟始于一起重要的文学事件。一九八〇年春，马林·普雷达的三卷本长篇小说《世上最亲爱的人》出版，轰动了整个罗马尼亚文坛。人们争相购买传阅，报刊纷纷介绍评论，一时间，几乎所有阶层人的目光都投向了《世上最亲爱的人》。然而，残酷的命运未能容许作者充分地享受成功的喜悦。小说出版仅仅几个月后，作者竟出乎意料地去世了，年仅五十八岁。于是，这部"罗马尼亚二次大战后最受欢迎，最为流行的长篇鸿作"便成了作者的"临别之言"。

《世上最亲爱的人》在形式上似乎并没有什么创新。引起评论界关注的则是它巨大的容量。表面看来，这是一部描写爱情悲剧的小说，但仔细一读，读者便会发现这实际上是一部"无所不包"的鸿著。整部作品就象一座庞大的立交桥，各种阶层的人物，各种社会环境中所发生的事情都在此交汇通过。在这部长达一千二百页的作品中，作者的笔自由驰骋，从主人公的书房到斯大林的办公室，从大学教研室到作家联合会的会场，从酒吧到妇产科病房，从监狱到灭鼠队，就这样成功地为我们描绘了一幅"苦难的十年"中整个罗马尼亚社会的全景。作者意在通过描写特定时期中一个普通人的悲剧来揭示整个民族的悲剧，因为个人的命运是和整个民族的命运紧紧相连的。在罗马尼亚，描写"苦难的十年"的作品比比皆是，但以文学的形式如此全面地反思那个不正常的时代则为普雷达首创。小说家实际上承担起了历史学家的重任，而这是需要极大的勇气的。

诺贝尔文学奖得主布罗茨基说过这样一段话："艺术是抗拒不完美现实的一种方式，亦为创造替代现实的一种尝试，这种替代现实拥有各种即便不能被完全理解，亦能被充分想象的完美征兆。"夹缝中的生存需要勇气、坚韧和忍耐，更需要一种有效而智慧的表达。时至八十年代，罗马尼亚小说已经成为一股成熟而又难以阻挡的力量，在社会和文化生活中，发挥着自己隐秘却不可忽视的作用。

然而，有必要指出的是，毕竟处于欧洲文学的包围之中，毕竟有过六十年代的敞开和储备，即使在专制时代，罗马尼亚的文学生态也并不像如今某些西方人士所描述的那么糟糕、恶劣，并没有出现过如中国"文革"那样万马齐喑的极端局面。用小说家格奥尔杰·克勒齐恩的话说，"那时，虽然压抑，但还可以忍受"。文学，我们说的是真正意义上的文学，始终在那片国度拥有着属于自己的空间，发挥着自己独特的作用。优秀的作品和优秀的作家一直在不断地出现。

一九八九年年底，像东欧其他国家一样，剧变之风暴同样降临罗马尼亚。剧变后，罗马尼亚开始朝市场经济转变，文学不断地被边缘化，不少作家的创作也陷入困境。这是个相当艰难的过渡时期。全球化和商业化同样冲击着罗马尼亚文化。在资本横行的时代，诱惑和困惑，机遇和挑战，几乎同时存在着。如何保护自己的特色和个性，如何体现小国文化的丰富性和多样性，如何为陷入困境的民族文化注入新的活力，是许多罗马尼亚作家正在思考的问题。

罗马尼亚现当代小说就在如此的历史、文化和政治风云中走过了百年发展历程。

综观罗马尼亚二十世纪小说，长篇小说一直占有举足轻重的分量。许多作家都以长篇巨制获得影响和声名，从而奠定了自己在文学史中的地位。利维乌·雷布雷亚努的《伊昂》《绞刑森林》和《起义》，米哈伊尔·萨多维亚努的《马蹄铁·尼古阿拉》《安古察客栈》《斧头》，马林·普雷达的《莫洛米特一家》和《世上最亲爱的人》（三卷本）、乔尔杰·博勒耶泽的《两天的世界》、尼古拉·布雷班的《患病的动物》、欧金·乌力卡罗的《乌村幻影》等长篇小说就是绝好的例子。

这些优秀的小说家除去长篇小说，同时也创作出了一大批优秀的短篇小说。此外，在百年历程中，有一批作家，立足于主流之外，不求名利，只顺从文学和内心的呼唤，孜孜不倦地从事着短篇小说的创作。他们将笔触伸向日常生活，伸向内心和情感世界，关注普通人物，关注所谓的"琐碎题材"和"微小主题"，或者充分调动想象，以象征和寓言手法迂回地反映生活和世界。他们重视文学形式，重视叙述角度和手法，重视语言的各种可能性，把艺术价值放在首位，同时也并不忽略社会效应、道德力量，以及同现实的连接。通过文学探索和实验，表达对自由的向往，对日常灰暗的抗衡，对教条、空洞和专制的反叛，也是他们创作的重要动力。安东·霍尔班、诺曼·马内阿、阿德里安娜·毕特尔、勒兹万·彼得雷斯库、米尔恰·内德尔丘、斯特凡·阿果彼安、索林·普雷达便是他们中的代表性作家。尽管文学追求相似，但他们各自的写作又呈现出了强烈的个性色彩。有些人选择寓言体写作，曲折地表达自己对世界的看法。比如阿果彼安的《兵法》。有些人深入内心挖掘、探幽，呈现种种令人惊异的内心和情感世界。比如安东·霍尔班的《祖母正在死去》、欧金·巴尔布的《新娘》、诺曼·马内阿的《毛衣》、欧金·乌力卡罗的《爱情故事》和索林·普雷达的《正方恋》。有些人注重语言和形式革新，用独特的视角和手法来贴近社会和人心，以小见大，反映现实景况。米尔恰·内德尔丘就是这类作家的杰出代表。有些人善于将现实和梦幻巧妙地结合起来，形成一种亦真亦幻的艺术氛围，往往既具有诗情画意，又充满人生蕴含，颇为耐人寻味。比如斯特凡·勃努内斯库的《从前的暴风雨》和玛丽娅－卢伊扎·克利斯戴斯库的《克洛丽丝》。还有些人用轻盈、幽默和讽刺的手法表达精致的思想和微妙的情绪。比如格奥尔基·施瓦茨的《小小说选》和贝德罗斯·霍拉桑捷安的《精美食品四道》。在他们的作品中，我们也听出了各种语调，感到了各种气息，看到了各种风格。反讽，神秘，幽默，魔幻，沉重，哲理，现实主义，浪漫主义，现代派，等等等等，正是这些写作上的差异，让他们发出了自己的声音。对于文学而言，发出自己的声音，是多么的重要。而不同的声音的交融，便让文学有了交响乐般的丰厚，以及马赛克似的绚丽多彩。

我向来对"大国文学"和"小国文学"这一概念保持警惕甚至怀疑的态度。大国，并不一定就意味着文学的优越；而小国，也并不见得就意味着文学的贫乏。事实上，在读了太多的法国文学、美国文学、英国文学之后，我一直十分地期盼能读到一些小国的文学，比如非洲文学，比如北欧文学，比如中东欧文学，其中当然包括罗马尼亚文学。在全球化背景下，这些文学中，或许还有一种清新的气息，一种质朴却又独特的气息，一种真正属于生命和心灵的气息。而全球化背景，恰恰极容易抹杀文学的个性、特色和生命力。

然而，语言的障碍却明显存在着。因此，我不得不承认大语种文学和小语种文学这一现实。这一现实，更多地体现的，是文学在流通上的尴尬。这也就让小语种文学显得格外难得和珍贵。而罗马尼亚文学无疑属于小语种文学，或者，更严谨地说，非通用语种文学。

爱，孤独，温情，迷惘，时空，寻找，婚姻，家庭，生存，抵抗，战争，异化……所有人类的普遍主题，在这些小说中，你都能发见。当许多作家在解构意义时，罗马尼亚一些作家却在努力地建构意义，建构诗意，建构文学本身的魅力。这是个动人的姿态。文学是能为一个国家、一个民族增添魅力的。它本身就是一个国家、一个民族魅力的一部分。

《裸浴场上的交响音乐会——罗马尼亚20世纪小说精选》中，有几篇作品创作于二十世纪三四十年代，也有几篇创作于二十世纪六七十年代，大多数作品都创作于近三四十年。由于版权、资料、篇幅等因素限制，不少重要作家的代表性小说没能收入。因此，需要说明的是，这部选集显然无法全面反映罗马尼亚二十世纪小说的面貌。它只是个相对的、带有遗憾的、敞开的选本。但通过它，我们多多少少能听到一些来自多瑙河畔的小说之声，多多少少能对罗马尼亚二十世纪小说有一些真切的了解。

二〇一八年十一月二十八日写于北京

瓦西列·伏伊库列斯库

瓦西列·伏伊库列斯库（1884—1964），是罗马尼亚现代卓越的诗人、散文作家和戏剧家，科学院和国家文学奖荣膺者。

伏伊库列斯库出生于罗马尼亚布泽乌县的一个农民家庭。曾在布加勒斯特大学学习，先修语言文学，后来改学医科专业。毕业后从事医务工作多年。一九一四年，他在《文学对话》上发表诗歌，从而登上文坛。他的著名诗集有《寄自野牛之乡》（1918）、《成熟》（1921）、《天使之歌》（1927）、《命运》（1933）、《攀登》（1937）、《诗歌集》（1944）等。伏伊库列斯库的诗歌立意深沉，风格冷峻，语言不着意雕琢，内容富有哲理。

评论家认为，伏伊库列斯库在其将近半个世纪的创作实践中，散文取得的成就最大。作家逝世后出版的短篇小说集《野牛头》（两卷，1966）以及长篇小说《盲人扎赫》（1970），均为脍炙人口的名篇。伏伊库列斯库自小喜欢探索事物的神秘含义，在他的小说中，现实往往同幻想结合在一起，作品富有哲理性和抒情味。小说的主题总是同大自然、人民生活和民间传说相联系。故事一般发生在风景绮丽的多瑙河三角洲和古老的比斯特里察河一带。这里的人们善良古朴，他们同宇宙，同空中、地面和水里的生物有着交流思想的秘密渠道。作品里的人物通常被置于逆境之中，他们依靠自身的才智和力量同大自然抗争，或者牺牲，或者赢得胜利。作者描绘的种种神秘现象有的给读者留下悬念，多数则通过对人物的心理剖析，获得了科学的解释。伏伊库列斯库采用传统的艺术手法，作品构思精巧，情节跌宕起伏，引人入胜。

    选篇译自罗马尼亚布加勒斯特文学出版社一九六六年版的《野牛头》一书。

野 牛 头

　　入冬时节，可怕的风暴总要迫使我卧床数日。浑身剧烈的疼痛使我无法自持，直至完全把我摧垮。

　　我懂得自己这种可悲处境的科学解释，可这并不能给我任何安慰。我知道，这是因为空中激烈运动的气团在地球的两极冻成了冰，而在赤道附近又热得快要开锅，双方猛烈地冲撞，把天空变成一个神奇的能量工厂。这里，我们所承受的强大的电磁压力便撕裂着我们的肌肉，摧残着我们的神经。

　　在这种时候，我只好静卧床上，既不能写作，又无法看书，就连思考问题都做不到。电话线从插座里拔掉了，门铃接到了佣人的房里，任何人、任何事都不允许惊扰我。只有在我偶尔翻检一下散乱的诗稿和过去的信札时，房间里才出现轻微的响动。

　　就在这样一个倒霉的日子，由于某种诱惑力作祟，我打开了那个装着母亲给我的纪念品的小匣子，从匣底抖搂出一大沓已经被忘却的邮票。它们是我小时候一次病后复原时，母亲送给我的。那场病险些夺走了我幼小的生命。

　　邮票中，有几张印的是蓄着漂亮小胡子的库扎①的头像，另一些

---

　　①　阿·伊·库扎（1820—1873），罗马尼亚统一后第一任大公。

的图案是国王卡罗尔①与宠臣们在一起。大多数则是我没有见过的外国邮票。我端详着这些邮票，越来越受感动，一股不祥的感情浪涛在我心里翻滚起来。我觉得已经无法控制自己了，眼看着我如此惧怕的心理危机正在爆发并且蔓延开来，不知道如何才能将它摆脱。

悲苦的回忆像腐蚀剂一样渗进了我的心田。我痛苦地饮泣着，身不由己地把邮票贴在不平静的胸口和滚烫的面颊上。

可怜的母亲！想到她，一阵剧烈的心酸向我袭来。凄凉的回忆同内心的自责、悔恨和失望融汇在一起，紧紧地攫住了我。不安的情绪钻进了我难以把握的内心深处。我的理智尚清醒，我满怀恐惧，不知道这种情绪究竟会扩展到怎样的规模，迫使我做出什么样的决定……

尽管我曾下过种种禁令，可是突然间，随着一阵愤怒的说话声，我的房门被推开了。我的朋友 G 工程师嘴里咒骂着，怒冲冲地闯了进来。

"总有一天，我要把你的仆人毙了！"他吼叫着，快步向我走来，以便摆脱身后的跟踪者。

我总算得救了。犹如落水者抓住一根救命稻草似的，我一把抓住了他。他原以为自己的冒昧行动会遭到我的反对或者至少一顿责备，见我如此热切地欢迎他，反而觉得十分惊异，甚至感动了。

当然，有关那简直把我的心搅得天翻地覆的不安情绪，我对他只字未提。我们俩进行了一番老生常谈却又最能慰人心田的寒暄，说到外面可恶的天气，气压给我造成的腰疼，和眼下流行的"蜂窝组织炎"。然后，朋友的目光落到了那些给我带来心理危机的小玩意儿——散乱在床上的纪念邮票上。我立即想起来了，G 工程师不仅是个

---

① 卡罗尔，罗马尼亚近代史上两位国王的名字。卡罗尔一世，1866—1914 年在位；卡罗尔二世，1930—1940 年在位。

出色的收藏家，而且还是个无与伦比的鉴赏家和集邮方面的权威。

"毫无疑问，这是心有灵犀一点通哇！"他高兴地感叹道，"你准是很想要我来给你的邮票估个价吧，你的强烈愿望促使我冒着这样的风暴跑来了。"说着他俯下身去，把邮票一一捡到手心里。然后，他就全神贯注、一声不响地研究起来。

"没有什么珍品。"过了一会儿，他有些失望地说，"谁给你的？"

"我也记不清了。"我撒谎说，"是我小时候收到的一份礼物。"

"真遗憾！我还以为是一份遗产呢。要是那样的话，说不定就给你留下了一些珍贵的邮票，比方说一张野牛头邮票。不过，"他为了安慰我，又补充道："就这些，也能值几万法郎。"

接着，我的朋友便议论开了集邮的好处，兴致勃勃地说到这种高雅的爱好在精神上、物质上乃至学问上给我们带来的益处。它除了能够教给我们历史、地理、政治经济学和其他方面的知识之外，还可以给我们积攒一笔安全可靠的资本。这资本随着时间的推移而不断增值，成为一笔巨额财富。

我心不在焉地听着他的议论。不过我仍然觉得，他这番并没有引起我注意的话，却也多少使我的不安心境平静了些。

"啊，对了，"他打断我乱无头绪的思路，问道，"你知道一枚面值二十七列伊①的野牛头图案的邮票如今能值多少钱吗？"

"一枚野牛头邮票？面值二十七列伊的？我不知道。"我回答说，"我猜想，大概能值一百万列伊吧？"

"你呀，在集邮方面还是个幼稚的孩子啊。"他像受了侮辱似的责备我，因为我如此轻率地贬低了他所崇拜的野牛头邮票。"一百万列伊？……十亿列伊，老兄！十亿列伊也不止！当然啦，"他又自我

---

① 罗马尼亚货币名称，1864 年开始发行，100 巴尼等于 1 列伊。

纠正道，"我最后一次见到的那一枚只卖了五万德国马克。不过，主人卖它是出于无奈。我跟你讲过这件事吗？没有？那好，你听听吧。真是妙极了！"

我靠着柔软的枕头坐好，打算一边闭目养神，一边听他讲述。我浑身放松，就像接受一个老太太的按摩似的，这种疗法虽则简易，却也具有使人心平气和的神奇效果。

我内心的震动还没有完全平静下来，好不容易才集中注意力听朋友的讲述。尽管如此，我不仅没有漏掉故事的任何内容，而且，随着情节的发展，我逐渐产生了身临其境的感觉。只有在儿童时代听惊险曲折的童话故事时，我才有过这种时间和空间的清晰概念。

"在最近一次世界大战期间，"他开始说道，"有一段时间我被困在离火线不远的一个罗军指挥部附近。我们所处的地带十分危险。大家怀着一种对古代悲剧式的结局必然到来的想法，麻木不仁地等待着将要降临到头上的灾难，既不采取任何细小的防范措施，也不想动一动。我们一共十来个军官，为首的是一位将军。大家完全处于瘫痪状态，那情形活像是一群被蛇的眼睛威慑住了的鸟儿，瘫软地跌落到地上动弹不得。分布在无边草原上的部队嗅到了步步迫近的危险，就象野兽伏在地上预感到窥视着它们的巨大灾难一样。战士们揪心地倾听着那划破长空的野鸭的凄厉叫声，思绪万千地仰望着横亘在漆黑的夜空、宛如一道白色的地壳断层似的垂向摩尔多瓦①的银河。他们忧心忡忡地感到草原上的野兽越来越肆无忌惮，东奔西窜，径直朝他们扑将过来，仿佛预告着迫在眉睫的危险。

"由于身为军官，我们并不在敌方坦克和大炮震撼的战场上摸爬

---

① 摩尔多瓦，位于今罗马尼亚东北部，罗马尼亚历史上三公国之一，形成于14世纪中叶。

滚打，而是整天俯身在军事地图上。图上画着抽象的地域和用虚线标出的沼泽；粗短的箭头指出虚拟的攻击和想象中的部队运动。我们纸上谈兵，把不知是谁在遥远、空虚的后方下达的命令接受过来，再传达到前沿去……

"就这样，我们被钉死在那里了，心里暗自思忖，这片与我们做对的荒原倒恰似一道危机四伏的分界线：我们过去的进攻已成强弩之末，如今人家正在准备——尽管我们不清楚具体情形，但准备确实在可怕地进行——发起反攻，要把我们碾为齑粉。"

我的朋友深深地叹了口气，又胆战心惊地摇了摇头，继续道：

"我不想再给你描绘草原夜晚那悲哀的寂静了……单说白天吧，天空低垂着，可怕地压在人们的头顶上。北风吹打着我们的大衣，发出清脆的响声；严寒在大衣里面找到了蔽身之所，犹如魔鬼钻进了地狱的角落一样。我们愕然地倾听着周围的呼啸声，神思恍惚地呆望着茫茫的远方。一丛丛高大、圆形的荆棘在狂风中滚卷、跃动，活像一只只发疯般翻着跟头的刺猬。你见过这样的情形吗？真是太奇妙了！在风神的驱使下，整个原野都仿佛有了生命，活动起来了，灰白色的荆棘丛宛如一具具复活了的骷髅，成群结队地在令人眩晕的草原上奔突，发出阴森可怖的呼啸声。这是飓风来临前平原的骚动。你从来没有见过这种情景吧？"我的朋友又问了一句。

我摇摇头，表示不曾见过……

"那好，"他又说，"所有这一切以它们的恐怖形象钻进了我们的心里！……"

"你们果真这样害怕吗？"我打断了他，脱口问道。

"不，不是害怕！上帝保佑，绝不是的。"他嚷道，"恰恰相反，我们心里充满了世上少有的冒险精神，一切都置之度外了。即使知道我们将一个不剩地被消灭，但是在接到命令之前，我们是半步也不会挪动的。而全军覆没的结局对我们来说又像数学一样准确无误。啊，不是害怕，我以自己的荣誉向你保证！因为，我们不仅一动不动地留在原地，而且还可能疯狂地铤而走险，满不在乎地冲上火线去……所以说，我们并非被外界的情景吓坏了，而是别的，是从内心世界涌出来的恐怖感，是一种迷信的重压，就像魔鬼附了体似的。这种心情只有当潜水员沉入海底，头顶上数十时深的海水像暗绿色的天花板似的压迫着他时，才体会得到。"

我本想打断他，问问被他描绘得如此惊心动魄、如此野蛮屠杀的战场，同绘有野牛头图案的和平邮票之间有什么联系，可是，懒洋洋的心境以及朋友那绘声绘色的回忆止住了我。特别是他描述的场面：富有浪漫主义色彩的荒原，聚集在那里的、更富有浪漫主义色彩的生命，在令人眩晕的大量苦难中挣扎的生命……这一切我都不曾经历过，心里隐隐约约地感到遗憾，打算借助想象体验一下当时的情景。于是，我便没有打断他。

我的朋友征得我的同意，点燃了一支香烟。团团烟气突然遮住了他的脸，一下子把他隐没在故事里茫茫草原的雾霭中了，这也帮助我更加真切地想象出他当年那悲惨的处境。

"终于有一天，"他继续说，"我们接到通知说有一位贵客——德军统帅部的一位将军——和他的侍从将到这里来看望我们。疑虑和不安达到了无以复加的地步。他来干什么？将会做出什么样的部署？

"不过，说实在的，我们麻木的心里却不由得萌发了某种活力。为迎接客人而做的种种准备：安排饭菜，布置餐室，打扫一直很脏乱的伙房；不愿给人留下邋遢印象的自爱之心促使我们刮脸，换衣服。所有这一切着实叫我们紧张地忙活了好几个钟头。表面上看起来，大家似乎挺轻松，甚至还带着几分畅快。

"我们早已对前途失去了信心，只是漠然等待着这场战争冒险的结局。然而现在却有一位将军要来看望我们。他是统帅部的一员。而在此之前，那个统帅部一直操纵着战争的闪电般威势。一种好奇——上帝保佑，我不认为那是一种希望——温润着我们的心。他到我们这里来肯定要做出某种具有决定意义的部署吧。那个由大炮、坦克和飞机构成的钢铁大脑正在后方思考着怎样把我们解救出来吧。说不定——为什么没有可能呢？——会出现奇迹的！在战争中，凭借战术和韬略往往能在最后一刻使形势峰回路转，化险为夷。这也像象棋比赛一样，一步妙着就能拨开迷雾，露出胜利的曙光。

"我们并没有自己欺骗自己，头脑是清醒的！

"可是，我们却像绝望的辩证论者一样，听凭自己想入非非了。处于进退维谷、濒临覆灭之境的人也只能以此自我支撑。

"况且，我们这样又有什么损失呢？

"按照通知的时间，上午十点钟，一辆乘坐着两名德国军官的小汽车在我们布防的荒原上停了下来。

"先下车的是那位将军。他体格高大，长着一头淡黄色的头发。后面跟着一个举止文雅、风度翩翩、像电影明星似的年轻少校。宾主拘谨地自我介绍，冷淡地相互致意。年轻少校充当翻译，把德国将军讲的硬邦邦的语言译成法语。然后，大伙儿便一起走进木棚。我们感到很惊讶。原来这位高级客人根本不同我们的指挥官进行私下会见，不研究战斗计划和命令，不改变部署，也不通报战局的发展情况！什么也没有！我们这才明白客人没有带来任何军事使命。这位德军高级军官只是路过此地而已。他旅途疲劳，肚子也饿了，于是便到我们驻地来小憩片刻。

"我们也没有更多地客套，直截了当把客人带到了餐桌旁。我们的指挥官身穿连队便服坐在餐桌头上，这使我们像小孩子一样感到满意。他的右边是德国将军，左首是指挥官的助手，再过去便是那个年轻的少校。他一直担当着翻译的角色。不过这倒也费不了多少事，因为大家都只顾低着头默默地吃饭。

"菜单我就不一一列举了。我只想告诉你，除了平时硬着心肠节省下来的罐头食品之外，我们还竭尽全力找到了一点新鲜的野味：从荒原上荆棘丛里打来的几只野兔，从远处芦苇丛里摸到的两三只水鸡，还有从火线附近的小河湾里捕到的几条鲜鱼。所有这些都是冒着生命危险弄到手的，确实理当为此感到自豪。

"可是，我们的才干和付出的辛劳却不曾受到半句夸奖。两位客人神情冷漠地吃着这一切，根本没有理会我们在用什么样的佳肴款待他们。这也许是因为我们的指挥官一开始就表示歉意，说除了水，而且是草原上的水之外，我们没有什么饮料。

"葡萄酒和白酒确实早已告罄。朗姆酒也快要完了，得留到喝咖啡时才用。于是客人们只好斜睨着餐桌上那两只富有嘲讽意味的大肚子水罐，罐里装着浑浊、咸涩的凉水。

"我们一个个低着头，神情忧郁甚至愤懑地吃着饭，面前的食物仿佛是我们必须全部加以消灭的敌人。这顿饭将近结束的时候，情形就更可悲了。没有点心，没有水果，没有果子酒，咖啡也半天端不上来。客人向我们要牙签，可我们连牙签也没有。

"这时，年轻的德军少校站起身来走到他的长官跟前，对他低声耳语了几句。将军冷冷地点了点头。少校立刻把勤务兵叫进来，对他下了一道简短的命令。勤务兵出去了，不一会儿从汽车里抱来了一个箱子。我们一看，不禁都惊呆了！箱子里装着十二瓶法国最地道的名牌香槟酒。贵客慷慨地把它们送给了指挥官。

"我们的指挥官先是脸上涨得通红，他蹙着眉头，咬紧薄薄的嘴唇，看起来很气愤。但是，当他瞥了我们一眼，发现我们一个个都在担心他拒绝接受这份礼物时，面色稍微温和了些。他彬彬有礼地收下了香槟酒，但有一个条件：要同客人一起把它们统统喝掉。

"开始，我们几乎是诚惶诚恐地拿起第一瓶酒来的，怯生生地把它打开。但是，一瓶倒完了，刚够把每个人的杯底勉强打湿。于是开了第二瓶、第三瓶、第四瓶……喝到第八瓶香槟酒时，宾主之间已经变得亲密无间了，甚至对难得有缘享受的名酒也显得满不在乎起来。

"人们的话开始多了。可悲的处境已被抛到了脑后。那位年轻客人兴致很高，他谈笑风生，俏皮的双关语一句接一句。我也不甘示弱，为了不让他把我们看成一群乡巴佬，我向他吹嘘自己在巴黎逗留时，如何在几年里单是吃喝就花费了一大笔资财。

"在无拘束的交谈中，我们在座的罗马尼亚人甚至同年轻的德军少校攀上了亲戚。这位军官成了关注的焦点。我们发现他原来就是 K 伯爵。他向我们披露道，从母系方面说，他是十七世纪一位摩尔多瓦公主的后裔。那位公主嫁给了立陶宛某亲王，他们的后代在漫长的岁月里完全日耳曼化了。作为证据，他把家族的纹章拿给我们看。徽记上面可以清晰地看到一个野牛头。

"'你们当中有人集邮吗?'少校突然问道，一双淡褐色的眼睛狡黠地扫视着我们。

"在场的罗马尼亚军官都用手指着我。

"'你知道有关野牛头邮票的事吗?'他问我，目光中闪烁着一种富有魅力的稚气。

"'知道得太少了。'我回答说，'我还不曾有过抓住野牛角的荣幸。我那点浅薄的知识全是从邮票目录和跟人交谈中得来的……'

"'很可惜。'他说，'不过，你总听说过那张最稀有、最珍贵的野牛头邮票吧? 它是你们国家的骄傲啊! ……'

"'略有所闻。'我迟疑地答道，'据说，美国有个亿万富翁收藏着一张面值二十七列伊的野牛头邮票。这种邮票全世界找不出第二

张。我想这恐怕只是传说而已……'

"'不是传说，绝对不是。'年轻军官辩驳道，'而是实际情况。看来是全世界绝无仅有的一张……或者说，'他又意味深长地补充道，'在此之前是独一无二的。那是一枚桃红色的邮票，不像同一套里的其他几张是橘黄色。'

"'要是这样的话，'我说，'不可能找不到同样的其他几张。我认为，人们可能没有把罗马尼亚古老家族的档案清查彻底，也没有在与摩尔多瓦保持通信联系的邻国进行查访。'

"'你说得对。'他高兴地赞同道，'这正是我做了的事情。请看结果！'

"说着，他激动地掏出皮夹子，从里面取出一个小信封，又从信封里拈出一个吸墨纸小包，打开那犹如婴儿褴褛一样裹了一层又一层的吸墨纸，最后才露出一方洁白似绢的纸片。年轻的少校展开纸片，面带得意的微笑递给我。

"我迫不及待地接过一看，纸片上是一张闪着桃红色瑰丽光彩的邮票——正是那张真资格的面值二十七列伊的野牛头珍品。邮票保护得如此完好，在品相方面经得起任何严格的专家鉴定。

"我的手指战栗着，差点把这件神圣的宝物掉到了指挥官面前。指挥官戴上单眼镜观赏起来。

"我向幸运的野牛头邮票的主人表示祝贺，并且请他给我们讲讲发现这枚邮票的经过……

"这位K伯爵由于血管里保留着摩尔多瓦人的血液成分——他们家族纹章上有野牛头图案——同时又是个出了名的、狂热的集邮爱好者，他便想方设法要弄到一张最稀有的野牛头邮票，不论为此要付出多大代价也在所不惜。战争把他抛到我们这个地区，他的欲望更强烈了。

"开始，他在布加勒斯特查访。经过许许多多的探寻之后，他找到了线索，说是有一张这样的邮票，当时正在雅西城的某人手里。于是他赶到雅西。在那里，持久不懈的考察把他引向布尔拉德市一个古老的贵族之家——好像就是科斯塔凯什蒂家族。在布尔拉德，他了解到这张邮票已经转到切尔纳乌茨的一个犹太富翁之手。他追随着邮票的踪迹到了切尔纳乌茨，可是'野牛头'已经迁移到国外，到了利沃夫。他乘飞机追到利沃夫，从那里获悉，邮票又进入了摩尔多瓦，仍然在雅西城。又经过许多充满希望和痛苦绝望的周折，这位冒险的英雄终于弄到了梦寐以求的邮票。

　　"使他喜出望外的是这枚邮票也是桃红色的，从而打破了美国人垄断孤品的说法……不过，他为这枚邮票不得不付出五万德国马克的代价，如此漫长的旅途开销还不算。

　　"'你们看吧。'他得意地请大家观赏，'美国的野牛头邮票再不是孤品了。现在，全世界有了两枚相同的，不过只有两枚。第三枚绝对不存在。'说到这里，他哈哈大笑起来，'你认为它能值多少钱?'他又问我。

　　"'我说不好，'我小心谨慎地回答，'至少值原价的两倍或三倍!'

　　"'哪儿的话!'少校笑道，'你说的数目离它的真正价值相去甚远。这枚邮票至少值一百万，或者一百五十万德国马克……'

　　"当他叙述自己的曲折经历时，在座的军官们相互传看着那枚邮票。确切地说，他们并不是把它拿在手里传递，而是在大饱眼福之后，小心翼翼地把它推到邻座的面前。就这样，邮票沿着餐桌不停地游历。大多数人感兴趣的只是买到那枚邮票所花的惊人巨款，特别是被它现在的价格吓住了，所以一个个瞪大双眼长时间贪婪地注视它。正当两个腰系白围裙的值勤士兵收拾餐具、端来另一轮咖啡时，外面忽然传来一阵摩托车的声音，接着几声喇叭震得我们的耳朵嗡嗡直响。大伙儿不由自主地一下子都站了起来。一名中士打开门报告说，某连的传令兵送来了一份紧急情报。我知道那个连，一星期来它一直被围困在火线附近的一片烂泥地里。一个满身泥土的士兵紧跟在中士身后闯了进来。他脚跟一碰站直身子，小心翼翼地从腰间取出一个信封往前一递。

"我们一个个呆若木鸡。

"指挥官平静地接过信封，用责备的目光扫了我们一眼，示意大家坐下。贵客茫然地望着远处。在征得了德国将军的同意后，指挥官拆开了信封。军官们一个个浑身战栗……可是，指挥官的脸上却没有流露出任何表情，既没有激动和喜悦，也看不出忧虑。

"'没有什么重要情况，'他以往常那种念情报像念菜单一样无所谓的神情让我们放心，'敌方小股部队的运动……仅此而已。'

"在我们的心里，生活又像一段因雨淋日晒而变得暗淡了的呢料，再也没有妍丽迷人的色彩和自成一格的图案层次了。剩下的唯有织物最基本的灰色。生活，或者说，存在的可怕的灰色……"

"你是个存在主义者吧?"我忍不住问道，因为我发现说到'存在'这个词的时候，他的心似乎在战栗。我对这个词的兴趣超过了对他那说了老半天才说到野牛头的故事的兴趣……

"什么?"他恼怒地反问道。

"你赞成克尔凯郭尔①，或者海德格尔②的观点吗?"我胆怯地说明道。

"幼稚!……"他回答说，火气消了，"他们这些坐在哲学家宝

---

① 克尔凯郭尔（1813—1855），丹麦神学家，非理性主义哲学家、作家。他的学说成为存在主义的来源。

② 马丁·海德格尔（1889—1976），德国哲学家，存在主义的主要代表。

座上的人对纯粹的存在能知道什么呢？你必须跟我们一道待在那个战争前线，才能澄清脑子里无益的东西，获得有益的智慧……要我告诉你什么是纯粹的存在吗？好吧，寂寞、孤独、荒凉、等待、空虚的紧张、无谓的折磨，还有肮脏、恐惧和灾难，所有这一切就是纯粹的存在，悲惨的、没有任何遮羞布的存在！

"我知道，有一些人为制造的存在唯有圣人才敢于尝试，他们冒着巨大的危险修炼瑜伽，可那是精神方面的存在。据说，达到那个存在的悲惨境界，就能同永恒合而为一，同上帝相会。

"而我们呢，残酷的、毁灭性的现实强行剥掉了我们可怜的存在赖以遮掩的全部外壳。人到了这个境地，我们发现，便只有失望和空虚了！

"为了回到生活中来，我有时不得不用手指紧按自己的脉搏，持续好几分钟……不过，我们还是别管他人的哲学，言归正传吧……

"传令兵退了出去。他心里一定在想，指挥部既迟钝又无能，指挥官在犯罪——眼看着大难临头了，他却在睡大觉。……把我们同前线隔离开的那道麻木不仁、沉重而僵硬的帷幔被传令兵拉开了片刻，此时又合拢了。我们重又被悬挂在一片漆黑之中……香槟酒散发的薄雾曾使我们陶醉了一阵子，现在也散尽了。我们一无所获、大失所望地坐在那里，感到极其无能。这种心情是那两位客人造成的。唉，我们原本指望他带来解救的福音哩！因为，尽管我们不知道详细情况，但内心里却一点也不怀疑：我们被包围了，毫无突围的希望。

"屋子里一片沉默。在这种气氛中，我们感到自己犹如一块扔满破砖烂瓦的空地，全世界所有的垃圾都倾倒在我们的身上了。过了一会儿，我们才想起了野牛头邮票，回过头去看……包邮票的纸刚才在餐桌的左边角上，两个中尉的胳膊肘之间。当时，他俩正举着杯子接香槟酒。可是，现在往那里一看，邮票没有了！……野牛头消失了。

"开始，我们还不动声色地在整个桌面上，桌子下面，椅子上和椅子下面，地板上，鞋底上，靠过桌子的胳膊肘上四处寻找，可是哪儿也不见邮票的影子。

"大家这才惊慌不安起来。指挥官脸色像死人一样惨白，咬着嘴唇。他站起身来命令那两个值勤的士兵把屋门关上。我带着一种在真实生活中才有的，并非残忍而是热烈的好奇心，观看着我们空虚寂寞的处境中突然发生的这一幕。钻进我们心里的严寒一下子升到了天花板上，躲到了屋角里。我们的胸口开始发热，呼吸困难，心脏紧张地跳动，脑子警惕而急速地转动着……

"德国将军抽着一支哈瓦那雪茄，粗大的双臂交抱着，脸上流露出一副鄙夷、厌恶的神情。那个倒霉的邮票主人呢，一见出现了这种情况，便暗自下了决心。他眯起眼睛挨个儿扫视了我们一遍，然后眼皮一眨不眨地盯住了指挥官，一声不吭地等待着。指挥官命令大家重新在整个房间里找一遍，可是这回也同样毫无所获。他决定对那两个勤务兵搜身。他俩顺从地让人把衣服脱光……

"仍旧什么也没有找到。指挥官开始头上冒汗，气喘吁吁……严峻的考验使他浑身发热……强压住的愤怒、怨恨和羞耻，使他充满了活力。他这才是我所喜欢和热爱的样子：面色红润，两眼炯炯有神，暴躁得如同一根马鞭。

"'先生们，'他咬紧牙关说道，'不论邮票在哪里，不找到它是不行的。我们每个人都面临着名誉扫地的危险。万一果真出现这种情况，我宁愿只有我们中的一个人丢面子。因此，尽管我自己也感到很可耻，但不得不请求你们，命令你们接受一次最严格的搜身。我本人亲自来搜。先从我开始。'

"说罢，我们的指挥官马上把衣服脱掉。他掏出钱包，翻开围脖，把衣兜全翻了个底朝天，他抖搂外衣和衬衫，脱下靴子……这场面既可笑又可悲，下贱到令人作呕的程度。不过，告诉你吧，我心里却感到有些兴奋。

"就这样，在德国将军的冷眼旁观之下（我得承认，丢失邮票珍品的年轻少校对此并不满意，他非常伤心），指挥官挨个对几位军官搜了身。军官们十分文雅地接受了这一最高要求。我们的长官想出这个办法并不是为了找到邮票，而是为了挽救我们的荣誉。没想到当搜身搜到托姆茨上尉时，他却从背后拔出左轮手枪，平静地说：'将军大人，您要是敢碰我一碰，我这条命就不要了。'

"这场戏演到了高潮……我们人人心情紧张，浑身战栗，就像超负荷的电线一样……

"'上尉，我命令你！'指挥官呻吟道。

"'我不允许别人对我这样！无论是谁，什么时候，什么情况，都不行！……我以自己的荣誉担保，我没有拿邮票。我做出这样的保证也就够了。'上尉回答。他举起手枪，拉开保险。

"'快抓住他的手……把他按住！'指挥官几乎是喊叫一般发出命令，自己首先伸出手去想揪住那个反抗命令的军官。

"可是，上尉一纵身，闪到他身后的屋角里，举着手枪威胁任何想靠近他的人，自卫着……气氛紧张到了极点，每个人的心都快要跳到嗓子眼里了。

"指挥官气疯了。他也失去控制地从匣子里抽出自己的勃朗宁手枪……

"'这我可以接受，'反抗者喊道，'不过请您瞄准我的心脏。'

"上尉拿枪的手老老实实地垂下了，而指挥官那握枪的手却颤抖着慢慢地举了起来。……

"这时，外面嘈杂的人声越来越大。木棚里的紧张气氛传染给了那些了解到事情原委的士兵。他们纷纷跑到窗口往里面张望。

"正当指挥官的枪终于举到眼睛前面这千钧一发之际，有人从外面猛力把房门推开了。一个士兵冲了进来，嘴里发疯似的喊道：

　　"'找到了，找到了……你们看！'说着他伸出激动而汗湿的手掌。手心里正是那枚野牛头邮票。

　　"事情的原因很简单。刚才传令兵到来时，屋里的军官全都慌乱起来。邮票被扔在餐桌上无人过问。一个收拾餐具的士兵不经意地在邮票上面放了个盘子，邮票便粘在盘子底上了。这委实怨不得那枚赫赫有名的野牛头邮票。它美美地休息了好一阵，不过差一点就被放进洗盘子的沸滚的碱水锅里浸泡了。

　　"紧张气氛如此突然地、意想不到地松弛下来，我们的指挥官忍不住放声大哭起来。他坐到一把椅子上，举起手枪，把枪口对准自己的太阳穴。在场的人只有托姆茨上尉的头脑还保持冷静，他一步抢到指挥官跟前，把他举枪的手一拉。枪声响了，子弹飞上了天花板。

　　"客人们又惊异，又失望，脸上露出颓丧的神情。他们原指望我们丢面子；没想到却目睹了这一气壮山河的场面。这是他们无法理解的。一个军官为了保卫自己的荣誉和人身不可侵犯的权利，可以豁出性命……就连指挥官的命令也不能使他屈服！真是不可想象……

　　"德国将军露出不安的神色，打算动身上路。我们的指挥官也恢复了神志。他拥抱了托姆茨，向军官们一一赔了礼，又为发生的这件事向客人们道了歉。他要我们重新坐下，以便安定神经，体面地去送别客人。最后几瓶香槟被打开斟到大家的杯子里，可是神经仍然平静不下来。军官们一个个满心羞愧，敬佩地望着托姆茨。他维护了军官的尊严，把它看得比生命还宝贵。对我们来说，他的行为是'荣誉''尊严'这类字眼的活生生的榜样。不过，对他这种把我们弄糊涂了的戏剧性表现做如是解释，虽则光彩，却过于简单化了，在它后面必定还另有隐情。

"托姆茨上尉庄重地坐在那里，两眼茫然望着远处。他奔过去救指挥官时扔在桌上的左轮手枪还静静地躺在他的酒杯旁边，杯里的酒他一滴也不曾喝。

"'谢谢你，上尉。你给我们上了崇高的一课，在座的人谁也不会忘记的。'我们的指挥官对托姆茨上尉说。大家一齐举起杯来，同英雄的杯子碰了碰。

"这次，上尉仍然只湿了一下嘴唇，心事重重地继续沉默着。

"最后，客人们站起来。他们该走了。危机四伏的草原的夜晚眼看就要降临。我们把他俩送到汽车跟前。同迎接的时候相比，分别时大家的表情冷淡、木然多了。汽车开走后，我们转身进屋，重新在空桌子旁边坐下。指挥官这回让托姆茨坐在他身边，又一次久久地拥抱他。

"'将军大人，您给我这样的荣誉，我实在不敢当……'上尉替自己分辩道。

"'别谦虚了，小伙子……为了那枚令人作呕的邮票，我把军官的荣誉玷污了，你却冒着生命的危险将它洗刷干净……'

"'不是这么回事，将军大人。我不想再欺骗你们了。我反对搜身是另有原因。'

"'不要自己欺骗自己吧。'指挥官慈父般地责备他说，'你不用说了，让我们保留着对你这一举动的完美回忆吧。它也许是我们在这里干的最值得称道的一件事。'

"我不能，将军大人。荣誉本身促使我不能不把事情的真相讲出来……我有意等外国客人走了以后再给你们解释我这样做的真正原因，好让他们对我们的自豪感有个鲜明的印象。其实，我们已经没有自豪感了。现在，我何必还要欺骗自己呢？我不愿再让战友们感到屈辱了。说心里话，要不是有这个可怕的障碍，我也会像大家一样接受

搜身的……'

"托姆茨上尉说着用颤抖的手从胸前掏出自己的皮夹子——动作完全跟 K 伯爵一样——打开它,拿出一张用吸墨纸包着的邮票:一张精美的面值二十七列伊的野牛头邮票,也是桃红色的,跟德军少校拿给我们看的那枚一模一样……这时,就连我这个一向玩世不恭、常以性命当儿戏的人,也吓得脸色发黄。

"'怎么?'指挥官惊恐地跳起来,'……怎么回事?你也有一枚同样的邮票?'

"'是呀,您不是看见了!……是我母亲给我的。她是摩尔多瓦一个贵族妇女。她要我把这枚邮票带在身上,以便在前线交好运……你们看,它给我带来了什么样的好运!请想想,我要是允许对我搜身,哪怕是最简单的搜身,那将会……'

"'当我提议对大家进行搜身时,你为什么不说明你也有一张这样的邮票呢?'指挥官脱口问道。

"'太晚了。谁会相信我呢?要是那张丢失的邮票找不到呢?'

"'那么,一开始,当少校拿出野牛头邮票的时候,你为什么不把自己的也拿出来?……'

"'那将是一种幼稚的举动。'托姆茨上尉平静地说道,'对我来说,我带着这张邮票并不是为了炫耀它的价值和同别人比高低。我的邮票曾经是——如今已经不再是了——我的护身法宝,具有另一种无可估量的价值……如果可能,我将会把它珍藏在心里。将它出示于人会像亵渎它一样使我感到痛苦……再说,我决计像排除厄运一样,不让两只野牛头在这荒原中心骤然相遇,所以从一开始我就执拗地不亮出自己的邮票。但是,我没有做到:命运迫使它们进行了较量!'

"托姆茨上尉果断地打破了使我们感到压抑的沉默:

"'现在,请您原谅吧,将军大人,因为我使您失望了。并且,

请允许我出去。我感到必须到荒原上去走一走。它虽然荒凉，却比我们高尚多了。'

"就在他站起身来准备出门时，托姆茨上尉步伐平稳地走近火炉，把手里拿着的野牛头邮票扔到燃得很旺的炉火里，嘴里大声地说道：'第三枚绝对不存在！'

"对他这个举动，在场的人谁也没有感到惊讶。"

我的朋友讲完了故事，又点燃了一支香烟……

（李家渔译）

安东·霍尔班

安东·霍尔班（1902—1937），罗马尼亚著名作家，两次世界大战之间文学的代表者之一。生于布加勒斯特。毕业于布加勒斯特大学法文系，后从事教学工作。霍尔班一生身体虚弱多病，心情抑郁不安，三十五岁时便因一次不成功的手术失去了年轻的生命。

尽管英年早逝，霍尔班却为后世留下了《米雷尔纪事》（1929）、《无谓的死》（1931）、《教师群像》（1932）、《伊娃娜》（1934）、《丹尼娅游戏》（死后出版）等长篇小说，《与死者交谈》《祖母准备死去》等中、短篇小说，以及大量报刊散文、随笔等作品。

安东·霍尔班在创作风格和手法上受普鲁斯特的影响，以人物内心意识流动为线索写作。作品多用第一人称叙述，却又非自传。作者刻意探索人物的内心世界，对他们思想情感的剖析鞭辟入里。霍尔班的作品里，生命的可贵总是为消逝的预感所纠缠。人物始终处在一种躁动不安之中。这构成他创作的一个显著的特点。尤为精彩的是他的短篇小说，如这里介绍的《祖母准备死去》，被誉为罗马尼亚文学史上同类体裁作品的代表。这篇作品塑造了一个栩栩如生的祖母形象，她几乎具有伟大女性的一切优秀品质：勤劳、俭朴、善良、正直、胸襟宽广。虽然创作于半个多世纪之前，但小说对祖孙两代的深厚亲情，以及他们之间的所谓"代沟"等做了真实的描绘，加上罗马尼亚农村的浓郁生活气息，生动自然的语言，在今天读起来仍然有着强烈的艺术感染力。

　　《祖母准备死去》译自《罗马尼亚历代短篇小说选》（海鸥出版社，1990年罗文版）。

祖母准备死去

山区小镇。街道两旁是景色迷人的果园。一道木板围墙；墙内的花园里松树参天。一幢高大的房屋。屋后的菜园，树林一直延伸到水塘边。这——便是祖母的家业。

祖母卧室的窗户对我来说，永远是这样温馨！因为，祖母的大多数时间，至少在我开始比较细心地观察她以后，都是在这里度过的。如今，她也是面对外面的阳光，在窗前一坐就是几个钟头，缝补那些因为用得太久而变得很破旧的床单；或者，更多时间是在那里读东西。首先是读报纸，因为祖母对世上发生的一切都很关心。她通过报纸在默默进行一种灵魂的对话，继续昔日同祖父的那种交谈，当然啦，祖母对自由党人有着偏爱，只不过她不曾公开承认罢了。因为她知道我们这些不受传统约束的晚辈，能够提出更有力的论据来驳斥她，而她又无力进行辩解。祖父当了五十年自由党人，立场始终坚定不移，从未有过调和妥协的言行。祖母自然也就习惯了用这种观点看待事物。祖母读完报纸后，就开始读小说。当我们这一代年轻人常常为一些可笑的琐事消磨时光的时候，她却一动不动地坐在窗前，聚精会神地翻着书页。要是历史题材的小说就更好了。因为，祖父曾当过历史老师，祖母当然也就在这方面受到他的影响。

时不时地，祖母将窗户打开，向正在院子里干活的厨娘下达命令。这种开窗户的声音我无论什么时候都能分辨出来，并且一辈子也忘不了。从卧室的窗口，祖母忘情地久久注视着展现在她面前的宽大院子。厨娘忙进忙出；几个农妇抱着活鸡进院子来叫卖；母牛从田野上放牧归来；看家狗懒洋洋地打着盹儿；几只可爱的家猫小心翼翼，瞻前顾后地在草地上行走。尤其是给鸡群喂食的场面，更叫祖母着迷。为了观看这一景象，她一大清早就起床，身上穿着睡衣坐到窗前。厨娘呼唤着：“咕咕咕——小乖乖，快过来！”霎时间，大大小小、五颜六色的鸡们从院子各个角落飞奔过来，争相啄食。等鸡群吃完食后，祖母重新上床去，继续睡觉。

当年祖父还在世，并且不太老的时候，院子的景象可壮观得多。家禽要多好几倍，厨娘善于将它们管理得非常出色；牧归的牲口是一大群。庄园的田地还没有卖掉。傍晚，下地干活回来的长工也不少。院子边摆上一大桌饭菜。人们在胸前画过十字后便开始吃饭。我记得一个帮厨的农妇端来一大锅热气腾腾的玉米糕，倒在桌上铺的干净布上，用线绳将它割成小块……那时候，因为常常人来人往，整个院子，一直到大门，没有一根杂草。我和堂兄弟，以及邻居的孩子们，随时都可以在干净平整的地上玩槌球。可如今，当我早晨手里拿一本书绕着空荡荡的院子散步或想心事时，胶鞋会被草叶上的露水沾湿。我看见祖母依旧在窗口眺望。为了表示对她的爱，我把一只手放在胸前，做出亲吻她的样子。她也像年轻人似的，半玩笑半陶醉地用同样的姿势回答我。

有些时候，特别是当我把祖母那衰老，微微颤抖，但很温暖的手握在自己手里时，我就想到，要是没有了祖母，这对我来说将是多么残酷的事！

在我们家里，事物累月经年一成不变。我记不得家里有什么家具曾被挪动过位置。客厅里悬挂着国王卡罗尔一世和王后伊丽莎白的照片。光线比较暗淡的内堂里，则挂着一位波斯国王和德意志皇帝威廉二世的肖像。那是祖父五十年前从集市上买来装饰房间的。战争期间，我们常常嘲笑祖母，说她原本是个亲法派，却在家里挂德意志皇帝的像。祖母尽管对我们的笑话不予反驳，却并不把皇帝的肖像换掉。她就是这样反对改动家里的任何东西。祖父祖母都是持家能手，但除了创业阶段，他们所做的更多是保持现状而不是去创新。就连家里各种东西摆放的位置也不肯轻易改变。座钟一直在壁炉顶上；墨水瓶在窗台上没动过地儿。

祖父的病来得很突然，并且短短几天就夺去了他的生命。发病前，他把袖套放在卧室的梳妆台上。从此，微微带着祖父身体气息的袖套就一直留在那里，没有任何人把它收走。这不仅是出于对祖父的尊敬，而主要是因为家里不能改变任何东西位置的习惯。

当我们新的一代要进行某种变革的时候，祖父总是激烈地反对。我们家的人上街，可以穿过花园走大门。侧面还有一扇小门。走小门最方便；走大门就得绕远。由于进进出出的人们漫不经心，小门总是敞着。犹太女人有时候就溜进来偷花园里的鲜花。为了制止这种现象，祖父不顾我们的反对，决定用钉子把小门钉死。可我们很快找到一个机会，偷偷又把小门打开了，从大门上街要多走约一百米，这使我们觉得难以忍受。祖父为了彻底断绝我们的念头，重新把小门钉得更牢，还拉上了铁丝网。我们利用各种机会试图说服他。花园里已经不再有花，关小门的理由也就不复存在。可祖父根本听不进去。直到他去世后（他的死使我们很痛心），出现第一个机会，我们就企图把先前的计划最后完成。没想到原来站在我们一边的祖母却突然改变态度，反对重新打开小门。她说：

"我们不能违背祖父的心愿。"

不知道怎么回事，我们竟然也赞成了她的意见。

我觉得我们家里什么都没改变，祖父也没有死。许多年过去了，我们似乎还看见他在生前所在的地方：吃饭，专心致志地喝牛奶咖啡，在林荫道上散步，坐在客厅里看书。我们甚至听见他用那特别的嗓音问话。祖父曾经从街上带回几个流浪儿童收养起来。其中有一个名叫科斯塔凯，是我们家的童仆。他信神信鬼，声称说，他经常看见祖父在院子里散步。而我们也觉得这不是没有可能。祖母到了风烛残年，仍然要将她丈夫留下的家业保持原样。花草枯死的地方，重新种上，让人修剪长疯了的树枝，修补被损坏的家什。有时候，当我们预感到将来的情景，心里不免感到害怕。

　　将来，谁会像在自己家里似的，在那些同我们一起长大的树木之间穿行呢？

　　我随身带个小本本，把一切统统记在上面。老家的事情时刻在我的脑子里萦绕。要记的东西无穷无尽。有时，我坐在卧室里的椅子上，望着祖母在窗前读报。有时，我又坐在一棵松树下的板凳上。时而有个别家里人或亲戚从旁边走过，但这并不妨碍我。间或，有过路人和鸡鸭从门外的街上走过。偶尔从什么地方传来一声公鸡的啼鸣。此刻，我待在屋后的园子里，坐在一个长条形的露台上。沉甸甸的果子压弯了枝条。林荫道两旁种着红醋栗，一串串小红果像玛瑙一般。远方的山峦起伏平缓，仿佛一笔画出来的。园子里一条较宽的道路两旁隔不远就有一个长凳，那是供祖母坐下歇息的。当年祖父的田产从这里一直延伸到远处的水塘边。我还记得小时候穿过田野去玩耍的情景。我在小溪边采摘野雏菊，穿过比我还高的麦林，或者爬到马车上堆成小山一样的草垛顶上，看着祖父和其他人在庄稼地里锄草。我还亲自参加他们用一种机械扬场。那机械相当原始，但在我看来却是非常复杂。后来，祖父不停地将土地一块一块地卖给别人。也许战争刚刚结束，买主出的价钱使他动了心。也许人家对他说，跑这么远的路去经管农庄实在太累了。于是，如今就只剩下屋后这片迷人的园子了。祖母无论需要费多大的力气，每天都要到园子里去，有时甚至刚下过雨，冒着摔倒的危险，一直走到尽头，去查看果树长得怎么样，仆人们是否对蔬菜进行了精心管理。今年，她不能像过去那样去查看园子了。偶尔让人搀扶着去，也没走多远就累了。

我对她说：

"你知道吗？布加勒斯特盖了很多新楼房！"（几年前，祖母每年都要到布加勒斯特去的。）

"我听说，我们镇上也盖了不少新房子！"

这么说来，祖母连"我们镇上"也无力去了。我知道从前逢年过节，她总要戴上那顶饰着羽毛的漂亮帽子，去看望她的几个朋友。可是如今，就连去屋后的园子——她的心肝宝贝——都成了问题。她的空间将会不断缩小。去墓地给她的男人上坟，她也放弃了。也许只有等到将来最后再去一次，那便是一了百了……

我们家的一件大事：我的堂弟列卢结婚了。或者不如说，这本当成为一件大事的。先前，为了这种事，要进行长时间的筹划。宴席要请全镇的人参加。美味佳肴由祖父从布加勒斯特弄来。如今，已是时过境迁。朝不保夕的日子不允许你有什么重大的开销。从战争结束以来，我们大伙儿都习惯于一种想法：无论发生什么事，都不会令人惊心动魄。列卢的母亲向我们诉说了这桩婚姻中几件不如人意的事。男孩子虽说是硕士生，却找不到职业。姑娘是个教师的女儿。人长得挺可爱，心肠好，不挑剔。可他们两人如何顶门过日子呢？生活上的拮据难道不会在夫妻关系中造成日益加深的不满情绪？末了，列卢的母亲又说："不过，我们不必为此过于伤脑筋。两人实在过不下去，就只好分手，各人自找出路吧。"这样的话要是在今天这个时代，说起来倒是容易。可在当时，意味着亵渎圣灵。列卢的婚事办得非常仓促。事先做过精打细算，只有少数几个朋友到雅西——那女孩的娘家去。谁也没有考虑送贺礼的事。结婚是列卢几天之内决定的。也就是说那姑娘一时心血来潮使他下决心的。那姑娘等了他一年，却等不了他一个月。列卢把自己的主意同父母商量了几天，谁也没有再说什么，事情就定下来了。列卢到雅西去的时候，由于害臊，甚至没有勇气告诉全家人，而是悄悄离开的，就像他以往离家时所习惯的那样。然而，临出发前，他受到下意识的驱使，感到必须去同祖母辞行。老人家正在阳台上看报。就像猜到有不寻常的事发生似的，祖母亲了亲孙子，并坚持要站起身来相送，尽管这样她要费很大力气，而在场的其他人都不让她起来。那场面特别感人！

　　自从嫁到我们家后，六十年来，祖母一直管理着家里的流水账。她用一本簿子记录一天的收支情况：花了多少钱，进了多少钱。因为家境比较富裕，用不了的牛奶和其他东西就拿去卖。到了每个月底，祖母就把收支汇总。

　　我认得她的娟秀字体，像一个文静学生写的。数字写得很工整，每个数字的前面标明开支的名目：白糖，粮食粒，小鸡等等。她把桌子挪到窗前（墨水瓶就在窗台上），摊开账簿，非常认真地记账。为了不受别人干扰，她背对着敞开的房门。吉娜姑姑发现了账簿，她惊讶的是，在一连串数字后面的横线下面，没有上个月的支出总数。祖母解释道：

　　"你知道，我再也算不好加法了。从一个数字到另一个数字时，总是把前面的数字忘了。可是，我暗暗对自己说：我还有什么必要做这件事呢？"

过了这么多年，祖母总算明白了：支出的钱不是绝对需要加出总数的。因为，每个月在她的生命里都会发生变化。

最要紧的事，是要计算清楚，怎样才能使木柴够烧整个冬天。过一会儿，祖母又说："要是明年祖母没有了，你会觉得怎么样呢？"

祖母一辈子勇敢面对人生，凡事直言不讳。她没有任何迷信。对年轻的人们忌讳数字十三和礼拜二，她觉得可笑。因此，她今天早晨给我讲了一个与她的心灵结构格格不入的梦，使我很诧异。

"我仿佛觉得是你祖父来了。他穿着通常散步时穿的夹大衣，头戴礼帽，拿着一根手杖。于是，我醒来了（其实仍然在梦中），问他需要什么。

"你祖父回答说：

"'我把袖套忘了，回来取它。'（自他去世后，袖套一直放在梳妆台上。）

"'你为什么不歇一歇呢？你一定很累……'我知道他长时间一直在外面旅行。

"'我不累。我只要想去什么地方，一眨眼工夫就能到那里。'（从前他是多么喜欢旅行啊！）

"'你马上又要离开吗？'

"'是的。朋友们在等着我……'

"的确，我看见窗外有很多人。有几十年里同你祖父一起搞政治的那帮人。博勒蒂安兄弟，斯图尔查……还有庄园的总管扬·赫尔曼内斯库。这些人全都死了。"

可是，祖父邀请祖母：

"你不愿跟我一起去吗？"

"不！"

祖母不愿意去。

当祖父去世的时候，我第一个重要反应是："我还有这么多事情没来得及问他！"突然间，我对先前从未想过的许许多多事情发生了兴趣：关于他的童年，他上学时的情况，他早年的生活，他在一八七七年独立战争中的经历，等等。如今，祖母也知道许许多多的秘密。我每每想问她，却又一次次地暂时放弃。对于从前发生的一切，她记得一清二楚。她能详细而准确地叙述尘封了七十年的往事，记得某个姿势，某句无关紧要的话。最有趣的是我身边这位老态龙钟、时日不多的老人竟开怀地笑着，向我讲述小时候她被自己的母亲狠狠揍了一顿的故事。

"我的母亲真叫厉害，可我也确实是个淘气鬼。"

我所知道的祖母从来都是一个满头白发的老人。此刻，我必须在想象中把她变成一个蹦蹦跳跳的顽皮小姑娘！

祖父一生追求的目标非常明确。他把自己的孩子送到最好的学校去上学。每天精打细算，以保障他们的生活。他行事稳重，对于战争结束以来我们所习惯的过激改革表示怀疑，他身为中学校长四十年，从来没有更改过给学生打的分数。后来，我们为这事同他进行了很长时间的交谈。他总认为，这种情况对他来说是不可想象的。他说："如果你有一个好学生，必须为他尽职责，你可以再仔细地考核他一次。但如果这次他仍然答不出题，你有什么办法呢？"

在政治上，祖父犹如那个时代的人们一样，一生没有背离过自己的党。祖母每谈及此，都感到由衷的自豪。

"你祖父凡事都亲自去做。他的父母有很多儿女，家在农村，孩子们住在一间屋子里。他能够忍受贫穷，专心学习。后来，他又努力养育自己的子女，盖了这幢漂亮的房子。院子里的每棵树都是他亲手种的！"

在我们的房前屋后，各种果树枝繁叶茂，果实累累。松树苍翠挺拔，高入云端。祖父的家业同院子里的树木一道繁荣兴旺。后来，唯一同这些树木有直接联系的他去世了。我们这些人是后来才出世的，一切都是坐享其成。

祖父身材高挑、挺拔，犹如一支蜡烛。一把白胡须，像威严的主教；额头宽阔平坦，到老也没有一丝皱纹。他的外貌如此，他的心灵也是如此，就像院子里的松树！

祖母是祖父最完美的贤内助。她为孩子们缝补衣衫，关心他们的饮食。必要的时候，也揍他们的屁股。她没有说过任何人的坏话。当然，在那个时代，也不太有可供人们街谈巷议的坏事。她对外人也一样公正无私，从没有嫉妒过别人的好运。她完成一切义务，而从不怀疑这些义务的真正价值。社会就是靠这样一些人来支撑，而不是靠我们。在我们看来，他们的观念已经陈旧了。对于我们这些人来说，任何一种思想，如果不用怀疑的观点从各方面将它剖析一番，它是不可能在较长时间里指导我们的行为的。在我们身后，就连一棵亲手栽种的树都不会留下！

战争期间，当我们的军队打了胜仗时，祖父祖母由衷地感到高兴。而当我们的军队吃了败仗时，他们又由衷地感到痛心。他们会刨根问底地打听失败的真正原因，尽管那原因太令人伤心了。他们的乐观主义似乎显得有些天真。可我们那些尽量标榜客观的解释，难道就不显得太悲观了？换句话说，难道不也是一种缺乏公正吗？我们常常提出一些与他们的看法相矛盾的观点，从某种意义上讲，是不是仅仅为了搅乱他们过于明澈的心灵呢？

祖父的一生很不平凡，死也很壮烈。我当时不在乡下，可人们向我详细地讲述了前后过程。他只病了一个星期。第一次出现危险症状时，祖父就被送到布加勒斯特，请著名医生给他诊治。可是，没有用。复活节那天，他去世了。家里人租了两节车厢将他护送回小镇。

祖父的遗体占一节车厢，家里人坐在另一节车厢。一位提前赶回去的叔父把噩耗告诉祖母时，没有出现人们所想象的那种痛不欲生的场面。祖母马上猜到了发生的事，她有充分的思想准备。看来，她对这种可能性已经考虑了很长时间。祖父向来办事精细周密。满七十岁的时候，他便在墓园里建造了一坐墓地。因此，无论他们两人是否谈论过关于后事的话题，但人老了终有一死，无疑在他们的意料之中。当祖父的灵车经过家门前时，所有的果树都繁花盛开，景色非常壮观。

我坐在祖母身边。堂妹桑达捧着一个皮球走过来。祖母感叹道：

"我从没有给我的孩子们买过皮球！不能乱花一分钱，这是规矩。"

过了一会儿，她又说：

"我想派人去把那棵苹果树砍了。"说着，她指了指那棵树。

我立即反对说：

"你怎么能把那么漂亮的一棵树砍掉呢？"

"它既然不结果子……"

"那有什么关系？它是园子的点缀。"（我想起了大门边被砍掉的那些栗子树。）

"再说，它掉那么多叶子，真叫人受不了。天黑时，我才让人把落叶扫去。早上起来，地上照样还那么多。"

可我呢，今天看见一片黄色的枯叶在空中飘旋，我还以为它是今秋以来的第一片落叶呢！

我为什么不把祖母的话原原本本地记录下来呢？她随意说的无论多么琐屑的话，从一个行将就木的人嘴里说出，都变得很重要，将会在我和全家人的心里久久回响。今后，我们将会记起她的某一句话，把它当成老人们留下的古物一样细心地珍藏。可是，我不敢去杜撰哪怕只是一个音节。即使记忆无法帮助我准确地复述某次无论多么短的交谈，我也不能凭想象瞎编。因为任何细小的忽略或增添都会使我们认不出原来的面貌。我会担心无意中捏造了什么内容，从而亵渎了珍贵的回忆。我现在还有可能收集祖母的话语。这些话，将来谁也不会怀疑它们的真实性，它们所展示的声音和场景。同样，尽管现在我还可以在家里四处乱走，看得到祖母的各种神情和姿态，但我不想为她拍摄标准照片。因为，今后能够打动人心的，并不是祖母精心打扮、神情凝重的照片；而是祖母坐在窗前，一个人玩纸牌或者看书的神态。

这一切我都清楚地知道。可我并不努力去完成各种准备，如弄一架照机，买胶卷（不仅因为懒，而且也为了节约!）。我把这些事情一拖再拖。

小镇上的全部房屋，所有的人们，以及一切事情，无论巨细，都连接着我的心。不管到达多么遥远的地方，我都仿佛听见镇子中心教堂的钟声。这钟声将一种祥和的生活分为许多相等的部分。每年夏天，当我从城里回来时，心里的第一个问题就是：在我离开的这些日子，家乡又发生了什么事情呢？任何最细小的事，我都关心。难得听到说有人结了婚，有人生了孩子，有人死了。像是一种修道院般的生活：什么变化也没有，一切都成了永恒。不过，仔细地考察一番，我仍然发现有不少变化。而且，说到头来，我们家这个角落，似乎坚持得最为长久，令人难以置信地长久。虽说祖父去世了，家里的气氛仍跟从前一样（这种气氛已持续了五十多年）。我们小时候绕着它们追逐嬉闹的松树依然如故。周围的房舍，田地，还是老样子。只是每过十年，这些家里的人们就会发生变化。

我们家马路对面，在相当长的时间里，住着一个名叫格林菲尔的牙医。他是个讨人喜欢的年轻人。工作的时候，他时不时地停下来休息，从窗口看我们在院子里玩耍。他对我说："当你们家的大门打开，第一个从城里回来的人乘坐的马车进院子时，我感到特别兴奋。因为我知道春天到了。而当你们当中最后一个人离去的时候，我心里便不是滋味。意味着寂寞冷清的冬天将要来临……"可这些美妙的夏天还能持续多久呢？祖母已经是八十岁的人了。能享受的，我们都充分地享受过。她死后，这座房子就要被卖掉。谁也不会为了照看它而住在这里。即使现在，也不太会有人再来了。许多年后，要是我还活着，我也只能抽出短暂的时间来旧地重游，寻找一下我昔日的时光而已。那时，我将住在客栈里——镇子上我唯一不了解的地方。在那些陌生而又冷漠的人当中，我会感到别扭，会为他们以这些地方的主人自居而感到气愤，因为，只有我才对这些地方有如自己家的亲切感。那时候，我说不定也会隔着篱笆往里张望，看看我们的家又发生了什么样的变化……

家里养的牧羊犬乌尔苏被链子拴着，懒洋洋地躺在井台边。这条狗很大，浑身毛漆黑油亮，长着童话故事里所说的"铁嘴钢牙"，但它从来没咬过人。我那些堂弟说，他们可以同它尽情地嬉戏玩耍。阿迪内尔牵着它脖子上的链子满院子乱跑。尽管乌尔苏看上去挺友善，我却仍然不敢过分靠近它。它多数时候是懒懒地躺在草地上睡大觉。别人告诉我说，到了冬天，它的身子在一望无际、洁白晶莹的雪地上变成一个特别打眼的斑点，谁也不会踩到它的身上。祖父死的前几天，乌尔苏突然开始悲戚地哀嚎和长声地呻吟，天天如此，直到祖父下葬之后。这就是人们所说的：人之将死，狗有预感。可是，你在书上读到这种描写是一回事，而你本人亲身经历这种场面又是另一回事。从此，只要听见乌尔苏发出类似的哀嚎，我们都会感到心惊胆战。

祖父和祖母都很腼腆。我从没有听见他们骂过脏话，即使是在最气愤的时候。也从来没有见过他们袒胸露背。我见到祖母的装束向来都是短衫、长裙。通常还披着一条披巾，因为这个地方即使夏天也相当凉快。因此，要是发现他们文雅的举止中出现异样情况时，我禁不住会去欣赏，去回味。

有一天，祖母发现，我尽管已经长成大孩子，却不知道基督徒与犹太人在身体结构方面的不同，她感到特别惊讶。

"在你这样的年纪竟然不知道。我还不满十岁就了解了一切。"

我从高中同学那里了解到人体的一切秘密，可是一个基督徒同一个犹太人之间的区别，我是从祖母那里知道的。

有一次，我得一大早乘火车去布加勒斯特。头一天晚上我就跟所有的人告过了别。第二天清早，尽管我特别小心，不想打搅任何人，祖母还是听见了我就要出门，于是急急慌慌地来到房门边想再吻我一次。她身上只穿着衬衫，睡意蒙眬的脸上红扑扑的。这是我唯一见到祖母衣着如此随便的一次。但她看起来一点儿也不显得粗俗。也许是她同我祖孙两人之间深情的爱才使她一反常态吧。

现在，祖母需要更多时间养神了。她很容易累，尽管睡不着，一天也要躺几次。到了晚上，她仍要像往常一样，跟别人一起待到很晚，不得不把吉娜姑姑先打发去睡觉。有时，她因为只能断断续续地听清我们的谈话，就感到腻烦，我们又不情愿老给她解释。她就去睡了，多半是生自己的气。祖母白天睡觉的时候真是好笑。她歪在卧室的一个小沙发上，尽量蜷缩身子，头枕着手臂，以便沙发能容下整个身体。很难想象有比这更令人不舒服的睡姿了。但自打我发现起，她就没有改变过自己的姿势。时不时地，我们当中仍然有人尽量轻手轻脚地走近她的身旁。这时，祖母立即转过头来（躺下时她的听力似乎要好一些），想看看是怎么回事，然后接着睡。而早晨，她按照一辈子养成的习惯（总有做不完的事），太阳刚出山，就醒来了。但她不敢下床到窗口去看她的院子。吉娜姑姑做出牺牲，整个冬天留下来陪伴祖母，跟她睡在一间卧室。祖母知道姑姑胆小，对我们说，那神情简直像个孩子：

"我装作还没有醒，免得吉娜唠叨。躺在床上真是烦死了！"

小辈们主持家事，她只能接受，但尽可能地保持昔日的权威，让别人知道这个家的真正主人是她。尽管如此，她每天不得不取消一些自己下达的命令，因为她不能将它们坚持很长时间。她必须放手让其他人来料理她的家业。作为先前主宰的象征，她只是在围裙的兜里揣着家里的钥匙。

在这个家里，成年累月只有一些微不足道的变化。我们这些孙子辈赶上的时候，一切都最后定型了。不过，趁我们在布加勒斯特无法表示反对的时候，大门边的两棵高大的栗子树还是被砍掉了。那栗子树真是漂亮极了。它们的枝叶相互交织起来，在大门上方形成一个浓密的拱顶。小孙子们的童年差不多都是在栗树下度过的。我们攀到它们的枝杈上去，摘花朵或者果子玩耍。每次走过栗树下，我们都要神往地看它们几眼。栗子树把祖母的院子装点得像王宫的入口。一年夏天，我回老家时，发现它们已经被砍了。我认为这无异于一场灾难。连邻居们都觉得可惜。他们说那两棵树是整条街最好的景致。这究竟是怎么回事？原来，有个熟人曾问吉娜姑姑："你们怎么有胆子住在一个如此阴暗的院子后面？任何事都可能发生的！"吉娜姑姑本来就胆小，于是决定砍栗树，好让院子和花园明亮一些。祖母对这个决定感到惊讶，但还是同意了。为什么？她老人家可是无所畏惧的呀。也许祖母出于她根深蒂固的勤俭过日子的想法，砍掉栗树就意味着会有一大堆木柴。我和我的堂姐妹们后来费了很多口舌，想报复一下，可是无济于事。当我们气愤地质问："你们怎么能把这两棵栗子树砍了呢?"人家问答说:"因为我们愿意!"我们证明说,砍掉了树,也并不能预防盗贼。可这种论据没有任何作用。而且,我们担心说得太多了,反而还会激起他们去砍别的树的决心。于是,我们使坏,将了祖母一军:"要是祖父看见家里现在这个样子,他将会怎样说呢?"没有人回答。我们的话站住了脚,尽管我们心里知道祖父是不会生气的。

是他在年轻时兴建了这个园子,当他上了年纪,再也无力进行各种更新时,说不定他也会同意把自己创建的东西毁掉。当初,祖父就曾以修剪美化为由,亲手砍掉了太多的树枝,让松树下半部光秃秃的。说到头来,侍弄一棵树长大成材,需要费多少劳动啊!你怎么能忍心决定在几分钟里将它毁掉呢?

祖母既不迷信,也无畏惧。我们家过去的人也全是这样的。因为在这个小镇上,并没有什么危险的盗贼。先前家里有一个帮工叫普利科皮。这人有个坏毛病,爱喝两盅。每个月,他偷家里一把铁锹拿到酒店去换酒喝。祖父宽容了他。第二天去那酒店把铁锹赎回来。过一段时间,事情又重复一遍。可是唯一一件可怕的事改变了人们的习性。就在我们家对面,一个有钱的希腊女人被强盗杀了。她叫基利亚科斯太太,跟镇上的有钱人家都有来往。过了二十年,凶手仍然没有被抓获。当时我还很小,但我记得亲戚们的恐惧神态,众说纷纭的议论和不断从马路对面传来的消息。从那时起,乡亲们便开始在睡觉之前插好门闩,查看床底下。只有祖母仍跟从前一样。晚上,她一个人在饭厅里玩纸牌。这时,要是从房子的另一头传来什么响动,祖母便单独一人穿过一长排房间前去查问:"谁在那儿?"我们对她的胆量感到惊讶,劝她还是小心谨慎一点儿为好。其实,谁也不知道,另一个无法抗拒、危险得多的敌人——死神——正在每个路口虎视眈眈呢!

厨娘玛丽娜也死了。玛丽娜从祖父母结婚起就在我们家帮工，一干就是五十年。她身材瘦削，娇小，面容和善。她始终都为家里的一切好运由衷地高兴。她会解释云彩的游动和梦里发生的事情。战争期间，祖母跟她一起在厨房里分饭菜时，把官方公报的内容讲给她听。全家人都是亲法派，玛丽娜也站在我们一边。她死之后，我感到她做的一种特殊的、让我们吃腻了的点心将永远不会再出现了（谁也不知道她的配方）。就这样，我们到现在还亲切地回想起从前那让我们受不了的点心。

玛丽娜安葬的时候，全家人把她送到墓地。祖父当时对祖母说了一句睿智的话：

"现在我们可以放心地死去了。因为，我们在那边已经有厨娘了。"

创业之初，祖父并没有多少钱，只有当时教书先生那样一份薪金，可他怎么能够建立起这样大一份家业？又怎么能够培养如此众多的孩子呢？全亏了两口子精细和勤俭，每一笔开支都是精打细算的。家里生活改善的速度并不快，却是一步一个脚印地在提高。有好几次，我们这些年轻人嚷嚷说，即使摆脱了穷困，祖父也没有学会慷慨大方一点儿。

祖母到现在仍然是从不乱花一分钱，不过节省开支的事，她再也不指望了。国家很会把每一种预算开支的紧缩归咎于局势的动乱。每个月的退休金都有变化，而且发放又没有准日子。祖母对此开始还感到气愤，后来也渐渐疲倦了，再不抱怨，接受现实。看到祖母怎样支撑着这个家，你难道不明白，她的才干超过我们任何人吗？我们有时对各种事物抱有这样多的不信任，并为此感到得意，认为不信任能给我们一种复杂性。殊不知由于此，我们不可能创造出任何东西来。在生活日趋艰难的情况下，祖母反倒变得更大方了。每次来家的人离开时，她总要送几个苹果。甚至以从未有过的盛情说："到苹果园里去吧，要多少苹果就摘了带走。"可对自己，她的钱却把得很紧。虽然她很喜欢点心和西瓜，却从不舍得花钱去买。

昨天晚上，吉娜姑姑为了小小的节省，把餐室里的灯关了。可没过多久，祖母便吩咐女佣人去把它们重新打开。

"算了吧。等进了坟墓，我们会有够多黑暗的。"祖母说。

我坐在凉亭里写这些文字。吉娜姑姑照例到这里来干活。家里人本来就多，时常有人经过凉亭前面。旁边是草地和松树。前面就是街道。偶尔有农妇在门外叫："您买小鸡吗？"或者"草莓！卖草莓啦！"

堂妹桑达这时来到我桌前（她已经把整个院子转遍了）。小姑娘才十岁，长一双大眼睛，挺可爱。她看了我一会儿，问道：

"你在写什么？"

"一本关于一些树木、一个家庭和一个园子的书。"

"它的标题是什么？"

在这么多人当中（大多数比我年岁大），只有桑达好奇地问我在写什么。谁也没有猜想到我在写这个地方。事实上，他们并不是存心不信任我的才能。他们是看着我长大的，对我小时候的一切太了解了，对我在家里的种种表现记忆犹新（就是此刻，我坐在桌前，脚上歪穿着两片布鞋，也时时准备站起身来，把座位让给比我年长的人们。而几乎所有的人又都比我年纪大）。我留在他们心中的印象仍跟过去一样。尽管这么多年过去了，我在餐桌上的座位依然是被排在最后。

桑达的提问使我激动不已。在兴头上，我想把那些对谁也没有讲过的想法直截了当地告诉她（我之所以没有对旁人讲过，是因为我感到难为情。心想他们也许会觉得我在指望祖母死去呢）。我说：

"我非常爱这些地方，于是想把它们描写出来。"

桑达却说："而且，你想想看，所有这一切都会消失！"

瞧瞧小姑娘桑达对问题的考虑！也许我们大家都有这样的想法，而只有一个小女孩才敢于把它大声地讲出来。难道这个小女孩比大人们更有情有义？

桑达离开了我，继续一个人在花园里玩。一只公鸡走进凉亭，肆无忌惮地啄食地上的粮食粒，并且渐渐走近我，仿佛我是一尊不会伤害别人的塑像。

如今，我们的院子是多么冷清！想当初，婶婶们还没有离开的时候，又是多么热闹！当我还是个只有几岁的小孩时，我曾亲眼见过战前外省那些欢乐的宴席……全镇的人都穿上巴黎最新款式的西装……令人眼花缭乱的圆舞和四对舞……我甚至还记得几个无忧无虑、满面春风的青年。如今他们都上了年纪，整个儿换了个人；或者已不在人世。餐厅里满桌子的各种美味佳肴（有许多是祖父从布加勒斯特买回来的），对我们有着神话般的魅力。我跟所有的人一样，热切地盼望这过节一样的宴席。议论它，为它做准备，心里怀着各种梦想。然后，我就端坐到客厅里一把椅子上，尽可能清楚地观看眼前的一切。可无论怎样强打精神，我仍然靠在椅背上睡着了。时不时地有人走过来，说是要送我回去睡觉。我心里害怕他们真的要这样做。幸好祖母立刻走上前来，决定让我继续留在那里。

所有这些荣耀的时光都过去了。随着祖父母的年岁越来越大，生活也变得平淡无奇。前几年，我们还有过喜庆的时刻，不过那完全是另一回事。我的堂妹阿迪娜还没有长成大小姐，生性又淘气，招惹整条街的犹太小孩跟她一起玩耍。他们绕着树跑，捉迷藏，或者玩棰球。祖母受不了这般吵闹，常生气，但并不坚决反对他们的游戏。

如今，所有的林荫小道都空寂无人。每当小门嘎吱一响，我们便立刻回转过头去，看看是谁来了。野草长疯了，又高又密实，就像墓地里那样。

*"任何人都有他疯狂的一面！"*① 祖母已经八十多岁了。她首要的优点是智慧，对自己的道路十分明确。可当我发现她竟然也有近乎罗曼蒂克的言行举止时，觉得真是太有趣了。

有一天，她在花园里摔了一跤，一个手指头脱了臼。当时，她一点儿也不觉得疼，就自己把手指头重新接上了。"我真害怕再也不能戴手套了。"她非常认真地说，尽管她再也不进城，因而也就没有必要戴手套。还有，她给孩子们起的名字也挺逗人（祖父从来不管给孩子们取名字的事）：奥克洛夫，维吉尼娅，安托伊内特，尤金，科丽娜，等等。每个名字都有它的故事。有一个女孩出世的时候，祖母给她取名科丽娅，因为她当时刚巧在《宇宙》杂志上读到德·斯塔尔的一篇随笔，题目叫《科丽娜或意大利》。

我拿着一本书在院子里散步。帮工格奥尔基在劈柴。厨娘玛丽娜在从井里打水。祖母坐在窗前，观看着这具有田园风味的一幕。我走到她跟前，亲切地同她闲聊。我们的头顶上方是山区小城镇那种明净的蓝天。这种场面如此熟悉，重复了千百次，似乎成了永恒。它对于我的存在来说，具有实质性的意义。而我的存在，却注定在不久的将来就要消逝……

我们大家都是疯子。因为，只要稍微用脑子想想，就会明白，一切都有终止的时候。祖母身体会受到疾病的侵害而彻底衰弱，这是不

---

① 原文为法语。

可避免的。令人惊异的是她依旧坚持抵抗着。明年我们还能见到她吗？谁也不敢打保票。或者，在最好的情况下，她能顺利地挺过这个似乎漫无尽头的冬天吗？我们的祖母本是耳聪目敏。她参与一切交谈，对什么事心里都非常明白。她同我们一道跟着时代潮流走，了解任何最新的消息。这么多年来，她一直是精神、智力和体力的楷模。可是突然间，她变得有些昏聩了。每年我们从城里来看她的时候，都会发现她的变化。现在，她的耳朵越来越不好了。对于自己的生命就要终结，她愈来愈感到恐慌。她特别容易疲劳，往哪里一坐就难得站起身来。明年呢？也许洗脸梳头都要别人帮助吧？我亲爱的祖母终究变了个人！我们害怕未来，而未来一旦成了过去，也就不会有人感兴趣了。因为，祖父死后已经过了七年，我们承受着这种真情。

我们确切地知道一切，但我们并不改变已经习惯的生活方式。跟从前一样，我们仍然是夏天到老家来。我认为，这是为了看望风烛残年的祖母，一半也是没有什么别的什么地方可去。同时，能够免费享受这样一个漂亮的家园所提供的最清新的空气，何乐而不为呢？即使如此，我们也尽量推迟离开布加勒斯特到乡下来的日期。平时，有什么新的消息，我们也不急于写信，虽然明明知道祖母收到信将会多么高兴。一旦到了这里，我们又像以往那样，很快就腻烦了。各人找个清静的地方待着，继续去干自己的事。当祖母没有听清我们的话时，我们老大不情愿地向她重复。我们还这样安慰自己：即使我们用更多的时间同祖母交谈，又有什么意义呢？这些事很快又会成为过去。由于这种想法，我们就往往缺乏主动性。

祖母最大的担心是会失去记忆。"与其变得昏聩，还不如即刻就死。"这种想法长时间折磨着她。她也常常向我们披露内心的恐惧。她每天都因为"记不得某件事"而感到害怕。尽管我们安慰她说："每个人都是这样。"祖母依旧是忧心忡忡。几次，我偷偷注意她，觉得情况并不那么严重。比如，我发现她忘记了自己曾玩过千百次的纸牌方法。这时，我就感到惊讶，又不好表露出来，怕祖母更加伤心。因为，祖母仍是如此年轻，愿意同你平等地交谈，以致你习惯于像对同龄人一样跟她唠叨。你可以非常认真地同她讨论问题，必要时也可以驳斥她。你不能接受这样一种想法：因为她上了年纪而尊敬她。你对她本人和对她的信念抱着同以往一样的热情。偶尔，如果有必要，你可以对她讲出一句失去分寸的话来，而并不感到这是对她的不尊敬。祖母能够跟你讲述过去发生的无数鸡毛蒜皮的小事，如她度过童年的房子是什么模样，那时家里人给她吃什么东西，等等。有时候，回忆往事，她能够记住所有细微具体的事，而忘记那些重要的。比如，她能准确地描述她年轻时的两个朋友的相貌，却忘记了那两个人是亲兄弟。再比如，在国家的政治生活方面，她记得那些最令人屈辱的变化，却想不起战后把土地分给了农民。仿佛她大脑的整个机械是完好的，你可以同她长时间交谈而看不出任何问题；可突然间，你会发现某个连接部件磨损了。那情景就像是你在梦中遇见奇怪地混在一起的一系列真实事件。

"我的姐姐是个非常聪明的人。她不识字，可只凭脑子就能记住田庄上的一切来往账目。可后来，她一下子就昏聩了。多可怕啊！"

我也记得她的姐姐，尽管那时我还很小。她一天到晚待在花园里，谁也认不得。农民路过门前时向她打招呼："您好！"可她回答说："谢谢！"

祖母常常抱怨她老了，但话音里没有太多的伤感。因此，开始我们还特别感动，后来就习以为常，甚至还有点儿烦了。她一天到晚念叨："我老了。""我病了。""我的耳朵听不见了。"可谁也不把这些话放在心上，只有我才为之感动。尤其令她伤心的是，她的听觉越来越差，不能全心全意地参加我们的交谈。这时，她免不了夸大其词。要是一个很久不见的人来看她，祖母就抱怨开了："我什么也听不见了。"她说这话的时候心平气和，以致谁也不想去反驳她，或者好心地安慰她。祖父死前的一段时间也是听力严重减弱。可他就难以对付多了。只要我们不大声讲话，他马上就生气。而当我们把一些日常鸡毛蒜皮的小事大声讲出来时，他又感到烦躁。

祖母却是对我们所说的一切都感兴趣，因为她属于我们生命的一部分。即使我们为了向她重复某件无聊小事时语气特别生硬，她也不生气。我想，她内心的痛苦在于：她暗暗打定主意，即使没有听清我们讲的话，也放弃提问；过了一分钟，她连自己想问什么也记不得了。这时，我们便不耐烦地说："不要这么好奇吧，没什么重要的事。"这种说法似乎又在请求她原谅，因为我们又在议论一些无关紧要的琐事。实际上，我们这样做也是有道理的。因为，如果你说"要下雨了"，而别人让你重复一遍，你肯定会生气的。而且，当我们的交谈非常热烈，每个人都慷慨激昂地陈述自己的观点时，有时候议论的又是一些可能会使祖母感兴趣的重大问题，她就不打断我们，因为我们讲的话太多了，她根本别想听得过来，只觉得我们的谈话就像一只蜂桶。某一瞬间，当我中断自己的思路时，我发现祖母太不幸了，仿佛她此刻已经进入了坟墓。可是她依然按照自己的习惯，神情庄重，没有悲伤。

"我哪儿也不疼。要是医生问，我可不知道怎样对他说。"

祖母说这话时，是多么喜形于色啊！的确，祖母没有受到任何疼痛的折磨。她就像一枝在不断熔化的蜡烛。它燃烧了这么久，油已经快燃尽了，只剩下一点点物质，在短暂的时间里给人一朵微弱的亮光。

她常常想到死，但嘴里不说。只是不断重复这样的话："我老了。"或者，"明年你们还会有我吗？"这个问题老是在她的心里纠缠。可有时，当她听说某个比她年纪更大的人依然健康地活着，她又立刻乐观起来。祖父在世时，从不喜欢听到死这样的字眼。"别说蠢话！"他总是这样打断别人的话。但是，作为一个好当家人，祖父凡事想得周到，而且有先见之明。刚满七十岁时，他既不张扬其事，也不故弄玄虚，就去买下了一块墓地。他为我们大家建造了房子，兴建了花园，置备了墓地。祖母还健在，对她周围发生的一切都充满兴趣，因此，难得有什么事使我们感到惧怕。"过不了多久，一切都将结束。"这几乎是一种抽象的想法，并不令我们心惊胆战。

祖母害怕死！尽管她意识到祖父——她的生活伴侣——在等着她，甚至可能为她在这个世上滞留这么久而惊讶，但想到将会离开自己的全部劳动和欢乐，到地下去，她实在受不了。祖母一辈子又是一个现实主义者，不喜欢说她相信阴间会发生的事。虽说她是神父的女儿（祖父是神父的儿子），我从未见她去过教堂。祖父当年是教堂财产的监护人。他去教堂仅仅是为了坐在荣誉席上，或者逢年过节带着孙子们去，为他们自豪一番。可是，当别人拿着教堂的单据前来让他签字，打搅了他吃午饭时，他又特别生气。

我知道祖母怕死，尽管其他人装作不懂；或者不喜欢指出这点。因为这样一来，他们就免不了要费神去安慰老人。但是，有一次，当只有我们两个好朋友——祖母和孙子——在一起的时候，我对她说：

"奶奶，我感到自己病得很厉害！"

这话我只对祖母讲，是为了安慰她呢，还是因为其他人尽管同我年龄相近，但都不能跟我推心置腹呢？无论我年纪轻轻就做这种表白显得多么奇怪，也不管别人怎么议论，我说的的确是实情。那些有某种觉察的人，认为不过是神经方面的问题。我常常感到剧烈的疼痛，但如此众多的著名医生都不明白我究竟得的什么病。检查、诊断和服药花了我很多钱，但任何效果都没有。每日每时我都不得不去考虑我的悲剧。有些人说，我在同死神玩游戏。这些人真是不知情，什么也猜不出。一段时间以来，我已经失去了任何希望。过了这么多暗淡的日子，能买到的药都吃过了。用不了多久，一切都会结束，我对此深信不疑。再说，我也不能够照这样活下去了。我已经习惯了这些想法，无论做出什么样的决定对我来说都不会太难……

跟你一道走，一位老人和一个年轻人。无论这种结伴而行在别人看来多么奇特。我们两人——祖母和孙子——犹如漫步在花园里……越过天空和云彩，走向远方，去找祖父……

（李家渔译）

欧金·巴尔布

欧金·巴尔布（1924—1993），罗马尼亚著名小说家。出生于布加勒斯特一个工人家庭。一九四五年毕业于文学哲学系。一九五五年登上文坛。一九五七年，长篇小说《坑》问世，使他一举成名。之后，他又创作了历史小说《大公》（1969）等。小说外，还创作诗歌、剧本、杂文和报告文学。一九七○年曾访问中国，回国后出版了《中国纪行》一书。

短篇小说《新娘》以不断变化的多瑙河为背景，描写了一位逃亡者内心的孤独。作者在短短的篇幅里，用凝练而富有诗意的语言，通过一个令人震惊却又符合逻辑的结尾，深刻地揭示了小说主人公近乎疯狂的孤独，以及爱国修女刺人心肠的英勇和悲壮。

新　　娘

秋天，浑浊的多瑙河汹涌而来，裹挟着泡得肿胀的牲口和来自维也纳的各种垃圾。黄色统治着柳树。随后，风又将所有的叶子剥落，缓缓地将它们运往大海，宛若运送着一片片碎金。草地似乎在发愣，而鸟儿开始成群成群地飞去。黄昏时分，一个名叫约其姆的逃亡者和绿林好汉听到了对岸传来的马的嘶鸣。约其姆实在无法忍受地主长期的敲诈，在一次聚会上，将两个地主，连同他们的婆娘，活活地剥了皮。

他从不点火，生怕被缉捕队发现。平时就吃些蒲草和生鱼。仿佛已忘了言语。早晨，常常像狼似的嚎叫，以便让自己从睡梦中彻底醒来。他在一块巴掌大的舌形地带已整整待了八年。他的屋顶冬天会在雪的压迫下坍塌，到了春天，又会重新由两根从叽叽咕咕的多瑙河里捞上来的老杨树杈支起。要不是奥斯特洛夫修道院的梆子夜夜不断地敲着礼拜的钟点，约其姆早就疯了。梆子和稀稀拉拉的几口钟，以它们青铜的声响，奉献最崇高的敬意……

每当晴朗的夜晚，风平浪静，万物清晰可辨，河水的中央，修女寺的墙壁在月亮的光华中不断增高，你会以为土耳其人携带着他们的象牙字盘从伊斯坦布尔来到了这里。那时，绿烟袅袅升起，赞美上帝的甜蜜的女声在四处回荡。

约其姆梦想着黄灿灿、热腾腾的玉米糊，梦想着像穷人饭桌一般大的面包圈，以及一锅葡萄酒似的滚烫的、嘶嘶作响的牛奶。他想起了昔日的宴席，禁不住咬上一口土，贪婪地咀嚼着。

接着，雨季来临。遥远的对岸，那些牧羊人怯怯地唤着早已在羊群旁腐烂的狗，在迷雾中苦苦寻找着。这是绿林好汉架起用修枝刀制成的筏子四处觅取过冬食物的时候。

一连好几个星期，雨不停地下着，真可谓倾盆大雨了。天上见不到任何生灵。死亡的静默，恐怖的静默。多瑙河用它发自深处的呼啸在预报着什么。

十月过后，暴风雪来临之前，天空高远，宁静，一片蔚蓝，黄昏时分，空中会出现一些白色的骨架，僵立着，活像一具具骷髅。岸被一点一点地吞食，水依然在步步紧逼地侵犯。唯有远处的丘陵纹丝不动，洁白，巍峨。风刮起一阵阵的灰尘，好似一块块新娘的面纱。修道院里，钟敲着死亡之音。从此刻起，一直到春天，死神都在积聚着黑色的贡品。

牧羊人面对太阳，向着东方膜拜。随后又转向多瑙河。然而，河水冷漠地流淌着，水底游动着鱼和其他生物。

十二月，一场雪后，冰冻迅疾降临，将多瑙河砌进了沉默和死亡。残存的草，枝条般僵立着。空中不再泻下一丝光亮。在令人恐惧的静默中，约其姆也在期待着，可又不知道究竟期待什么。

少雪的冬天终于过去。绿林好汉忽然听见铁锁在多瑙河的石袄下断裂。一切都是在一个夜晚开始的。河心破碎，发出轰隆隆的响声，你还以为山崩地裂了。早晨，从西边传来低沉的马蹄声，有什么东西正向这边挤来，一些硕大而又笨重的立体物，然后，河谷间出现了巨大的白色的波峰，撞击着，重叠着。僵固的一切全都开始崩裂，发出咯咯的声响。太阳欢快地露出了自己的脸。鱼儿迫不及待地从冰窟窿中跃出，即使最迟钝的人也能用手将它们逮住。

约其姆细细观察着天气的变化，随时准备卸去身上肮脏、褴褛的棉袄。四月的轻纱，带着无限的甜柔，在悄悄地贴近。连续两个多星期，河水，一如猛兽，翻滚着，喧哗着，撕裂了河岸，将羊圈连同牧羊人一起冲向了大海。那些溺水者，扯着鹅卵石般雄性的嗓子，朝着岸上的同伴呼救，可岸上的人却一动不动，他们知道多瑙河的厉害。淹死者很快便消失在水雾之中，仿佛进入了一个邻近的庭院，安宁和先人正等候着他们。

五月初，在河水将冬天积聚的一切驭走之后，约其姆甚至看到了一座教堂，石膏神像，还有祭坛和前廊，散布在水中。多瑙河上漂满了圣像和柏树木制成的座椅，它们唱着唱着圣歌就被淹了。往年，多瑙河上，也曾流来一座带挡板的磨房，泡得肿胀的马匹、木桥和木瓦顶的仓库。

就在这样一个早晨，当翻腾的波浪稍稍平息，河水在苍白的天空下呈现出一片蔚蓝的时候，我们的绿林好汉坐在他的栖息之地，凝望着上游的河水。他闲着没事，吹起了竖笛。对岸的牧羊人有些死了，有些带着羊群进了山，有些赶在敌人到来之前逃之夭夭。太阳燃烧着，射出复仇般的火焰。白昼，多么像一滴眼泪。不见有任何小船从杜尔努方向驶来。四周静悄悄的，仿佛一场灾难就要来临。此刻，多瑙河猛烈的波峰渐渐失去了势头。绿油油的青草在湿润的土地上茁壮生长。

然而，到了正午时刻，河面上又冒出了什么东西，好像是某些贡品，好像漂来了一位受难者，或者一个双手捂住胸口的圣母。约其姆不由得跳上河滩，好看得更清楚些。

首先漂来一个淹死的姑娘，瓷器似的腮部，年纪很轻，草秸般的长发从水面上掠过，灼热的嘴唇尚未发肿，甜甜的、蓝蓝的眼睛凝望着无穷的天空。多瑙河飞快地、飞快地将她冲走了。

绿林好汉惊讶得朝自己的颈背打了一巴掌。转眼间，又漂来一个，接着又是一个，又是一个，一共十九个姑娘，只穿着洁白的亚麻衬衫，乳房刚刚发芽，她们既不哭泣，也不挣扎，全都像女神一样美丽无比。从她们的服饰可以看出，她们都是处女。

　　国土遭到了敌人的入侵。奥斯特洛夫修道院的修女们不愿沦为奴隶。

　　最后一个，也是最最美丽的一个，恰似一位丰满的新娘，长长的秀发一直飘到脚踝。约其姆，这个绿林好汉和疯子，这个隐居了这么多年的逃亡者，情不自禁地将她拖上岸来，同她一起生活了好几天，直到姑娘的尸体开始腐烂。

（高　兴译）

斯特凡·勃努内斯库

　　斯特凡·勃努内斯库（1926—1998），罗马尼亚著名散文家和小说家。出身于农民家庭。一九五二年毕业于布加勒斯特大学语言文学系。担任过编辑和记者。一九六八年至一九七一年间，任《金星》杂志主编。早期主要从事文学评论和报告文学创作。一九六三年开始小说创作，主要作品有《男子汉的冬天》（1965）和《乡村来信》（1976）等数十部长篇小说和短篇小说集，曾多次获得罗马尼亚作家联合会大奖。他的小说，尤其是短篇小说，具有寓言和神话色彩，因而被罗马尼亚评论界称为"神话现实主义作品"。作者喜欢通过一则则虚构的、简单的故事来进行一系列形而上的思索并挖掘出一个个深刻的哲理。《从前的暴风雪》便是对时间和认知的一种形象的思考。

从前的暴风雪

"当你听到某人说从前的雪下得更大，他的青年时代是另一番模样等等等等时，为了赶紧结束谈话，你会随声附和他的说法，可你心里觉得你面对的是一个开始衰老的人。他判断事物的唯一尺度存在于遥远的过去，这意味着就连这样一件陈旧的器具他手头也没有。事实上，他是个迷失了方向的人。你对此有何看法？"

"我能有什么看法。"我对友人说，我正在他家度寒假哩，"我能有什么看法，这些都是些平庸的琐事，我们可别为鸡毛蒜皮的小事浪费时间。"

"可不能这么说，"友人说，"倘若你开始厌烦，对这些平凡事物提不起兴趣，这才叫平庸哩。要知道，它们也有它们的价值。比方说，从前的暴风雪是怎么样的，你知道吗？"

"得了得了，"我笑着对友人说，"看来你也开始衰老了，你也成了一个迷失了方向的人。从前的暴风雪！"

"没错，从前的暴风雪。我们为何不承认暴风雪并不全都一样的呢？从前的暴风雪，亲爱的，从星期一下午开始，一直要到星期六早晨才结束……有一回，在我还很年轻的时候，暴风雪到来了——"

"你想说说笑话吧。"我试图打住友人的话头，生怕他会给我讲一个什么老掉牙的故事。

"噢，"友人不慌不忙地继续讲道，"那时我还很年轻，一场暴风雪降临了，天哪，那是怎样的一场暴风雪啊！正是这样，从星期一下午开始的。我特意对了一下表，以便密切关注一下这场暴风雪，好像，让我想想，那是星期一下午六点差十分。我等待着。寒风呼啸，大雪纷飞，飘散的白雪一会儿落在地上，一会儿又打着圈儿飞了起来，白昼顿时变成了一个白晃晃的夜晚，布满了芒刺，使人分不清东南西北。屋里的炉子不再烧了，只有烟雾弥漫，灯光和蜡烛熄灭了，你的心中只有一种感觉，那就是恐怖。我失去了时间概念，表早已停了，我想暴风雪开始后没多久，我听见了猛烈的敲门声。那是绝望者的敲门声。可能是一个迷路者，我寻思——就像数不胜数的民间故事中发生的那样。但我并没有急于去开门。在这种情况下你不知道自己面对的是何许人。然而，猛烈的敲门声又一次响起。"

"你是谁？"我问道。

"你的一位兄弟。"门外传来一个陌生的声音。

"胡说八道，"我对门外的人说，"你最好说清楚你是谁。"

"你的一位兄弟。"陌生声音重复道。

"就算你是，"我说着打开了门，"就算你是一只被羊吃了的狼，请进来。"

走进屋来的是一个魁梧的汉子，身穿一件翻毛皮大衣，皮衣、眉毛、下巴和胡须上结满了钉子大的冰凌。我帮他脱下衣服，或者，说得更确切些，我为他脱下了皮大衣，因为他已一点力气也没有了，就像根木头。最后，我使尽浑身解数，让他恢复精力，暖和身体，重新像个人样。他也真的恢复了过来。恢复过来后，似乎并不像刚进门时那么高大了，又获得了正常比例。

"嗨，"见他恢复体力后，我问道，"这下你可以告诉我你到底是谁了，尽管说实话，除此之外，我也不感兴趣。欢迎你并祝你永远平安!"

"我，"陌生人执拗地说，"是你兄弟。"

我哈哈大笑，然后对他说：

"好吧，就算你是我兄弟，但是哪一个，因为我有许多弟兄。为了帮你一把，使你不至于混淆，我可以告诉你，的确，我的弟兄中有四个，也就是我的四个哥哥，我已很久没见了。就算你是我四个哥哥中的一个吧，可是，瞧，你长得同我一点也不像，实在无法把你当作我哥哥，而且，据我所知，你和他们也不像。尽管很久没见面，但我还很清楚地记得他们的鼻子、喉结、眼神、走路姿势以及手和头动的样子。"

"你久未谋面的四个哥哥我一个也不是，"陌生人说，"我是另一个。"

"那你就谁也不是。"我差点吼了起来。

"不，"陌生人顶了我一句，这一回摇了摇头，他的头发、眉毛、下颚、胡须上立马落下了一场名副其实的雨，还夹着冰。"不，我是你弟弟。"

"你怎么可能是我弟弟呢？我弟弟刚出门，到院子里去取捆木柴了，他倒是披了件皮大衣出去的，可你并不是我弟弟。"

"我是的，我是你弟弟，正是从这间屋出去的，为了去取一捆木柴，但我并不像你所说的那样刚刚出门，而是星期一下午，暴风雪开始的那一会儿。"

"哼，见了鬼了，"我说，"难道现在不是星期一下午吗？"

"不，现在是星期五清晨。"陌生人回答。我还是觉得他很陌生，在冒充我弟弟。"现在是星期五清晨，"他重复了一句，"我确实是星期一下午出去的，但还没等我去柴堆上取柴，我就听到街上传来一阵阵奇怪的马蹄声，还夹杂着女人和男人的声音。我朝街上走去，顺着马蹄声一直往前走，最后竟迷了路，接着发生的一切都很艰难，我实在难于启齿。最后，瞧，我又回到了家里，尽管直到今天，星期五早晨才回到家。"

屋里有点冷，我想大概火灭了，不知怎么搞的，我怒气冲冲地向他发问：

"好吧，你迷了路，就算你迷了路，但至少你从院子里取回木柴来了吧，你不正是去取木柴的吗？"

"我没取木柴。"他羞愧地说。

"行啦。"我怨恨地对他说，然后穿上衣服，出门去取木柴。我捧起一捆木柴，迅速回到屋里，既没有迷路，也没有遇到什么不同寻常的故事，就像我弟弟那样。我点燃炉子，然后煮了点红葡萄酒，加上胡椒粉和肉桂，打算同我弟弟一起喝上几杯。葡萄酒煮好后，我倒上两杯，朝弟弟睡觉的床走去。

"来吧，弟弟，"我摇了摇他。在我出去取木柴的时候，在我努劲点燃炉子煮葡萄酒的时候，他早已睡熟了。皮大衣翻动了一下，掉在了一边，站起身来的却是个完全陌生的人，根本不是我弟弟，而是另外一个人。

"你在我家干吗？"我气势汹汹地问新来的陌生人，"皮大衣下睡着的应该是我的弟弟，可却冒出了你。"

"噢，"陌生人睡意蒙眬、结结巴巴地说，"弟弟等你从院子里取木柴回来，可等呀等，一直不见你回来，就出去找你了，怕你迷路。在他等你的时候，我，你的大哥，来了，我就是你很久没见的大哥呀。我进门时，真可谓饥寒交迫，于是就对我们的弟弟说：先给我弄点热的喝的和吃的，然后就去找我们的兄弟，也就是你，因为我已根本动弹不了了。这样他就出去找你了，而我就盖着这件皮大衣躺下了。"

"他什么时候去找我的?"

"嗯,"我哥哥想了想说,"你是星期五早晨到院子里去取木柴的,他从星期五一直等到星期一晚上;本来星期一晚上他就想去找你,就在这时我来了,这样就耽搁到星期二早晨。没错,就是星期二早晨,我对他说:'去吧,该去找找我们的兄弟了。'"

"那今天是星期几?"我问大哥。

"不知道,"他打着哈欠说,"不知道,因为我在小弟出去找你后,喝足,吃饱,然后倒头便睡,睡得很死很死。"

友人笑着讲完了这个故事,给我递来一杯掺香料的热葡萄酒,然后总结似的说道:

"亲爱的,这就是从前的暴风雪。你兴许会轻蔑地说这些都很平庸。然而现在倒是来场暴风雪看看,像从前那样,我到院子里去取木柴,把你留在屋里,喝着加上香料的热葡萄酒,你左等我不来,右等我不来,就出门去找我。我回来时不见你的人影,只看见喝得差不多的葡萄酒,而在你的皮大衣下,在我让你躺下的床上,一个陌生人,一个完全陌生的人,对我声称他正是我们共同的朋友斯特纳福鲁……是啊,"友人一边呷着香喷喷,热腾腾的甜葡萄酒,一边怀恋地说,"是啊,斯特纳福鲁此时此刻怎么样呢?我已二十年没见他了。斯特纳福鲁,这个可怜的家伙,你还记得他吗?这家伙,对,这家伙明白从前的暴风雪意味着什么,天哪,他越是明白,讲述时就越动听,越美丽……"

(高 兴译)

特奥道尔·马兹鲁

特奥道尔·马兹鲁（1930—1980），罗马尼亚著名剧作家和小说家。出生于布加勒斯特一个机械工家庭。少年时代就在各类青少年刊物上发表作品。一九四九年正式走上文学创作之路。先写诗，后致力于戏剧和散文创作。在讽刺小品创作上，取得了令人瞩目的成就。出版过《袖珍标本盒》（1956）、《阳台上的夏天》（1966）、《床头柜上的礼帽》（1972）等几十部讽刺小品集。其他主要作品还有长篇小说《昼与夜》、短篇小说集《当代爱情》及剧本《温柔与卑鄙》等。他的短篇小说大多探讨和表现各种人物，尤其是青年恋人微妙、复杂，甚至有点可笑的特殊心理。《黄昏的逻辑》便是很有代表性的一篇。

黄昏的逻辑

他没料到安卡会来电话。两个星期前他们已决定分手，至今他还在竭力抵挡忧伤和孤寂。他聚集的毅力实在微不足道，恋人温柔的声音以及想要重新见他的愿望轻而易举地就将它击垮了。

"我一定得见你，欧金……我们之间的一切曾那么美好！我们不能这样分手呀……"

"好像分手的方式有什么重要似的，"欧金自言自语，"如果我们终究要分手的话，那么怎么分手都一样……"

怀着对他的万般柔情，安卡请求同他至少再见一面。

"你为什么不理解我呢？我还无法忘记你……还无法，以后可以，可现在很难……你明白吗，欧金？"

理解又怎么样？怎么会不理解？他也很难，然而他在内心寻找着支柱。他不想伤她的心，不知如何回答她的请求．他的犹豫不决使她感到屈辱。

"怎么，欧金？你不想见我吗？如果我告诉你我一定得见你……非见你不可……"

"当然喽，要是你一定要见我，随时来我这儿吧。"欧金羞于自己的怯懦，慑于女性的愤怒，终于答应了。

"我这就向你跑来。"安卡叫了一声，猛地挂上了电话，唯恐他会变卦。她尤其害怕进入不了他的无奈状态，害怕简单地承认他已没有勇气见她。

分手的念头就这样莫名其妙地出现了，仿佛独立于他们的意志之外。他们内心中混乱而又迷惑的一切，一旦流露到了表面，便变得坚定而又清晰。是安卡首先提出分手的。她谈到分手的必要和美妙时，热情如此之高，以至于完全抹去了难免的终结和永恒的爱情之间的界线。欧金比较平常，感情也更加投入，还难以理解此事形而上的含义，然而出于傲慢和微妙的心理，他顺从了。

欧金是她的初恋。他们相亲相爱，渴望结为眷属，似乎没有任何障碍能阻挡他们的幸福。最初的爱情之夜所呈现的美丽和微妙没有辜负她的感觉，然而那些从现实或想象的矛盾中产生的念头，却使她怀疑起她生存中深刻而又真实的一切。安卡首先害怕起那场伟大的爱情。她渴望永恒的爱情，可一想到它来得如此之快，又难以接受。她想如果献身于初恋的话，那么未来岁月将给她带来的所有欢乐、愉悦、惊喜都将统统被剥夺。对于十全十美的生活，她并不感到特别满足，因为她意识到，一旦委身于这种生活，她将会失去体验悲伤和未知的特权。再说，现在就承认已找到理想的伴侣，难道不为时过早吗？要是命运让她遇上一场更加伟大的爱情呢？要是命运让她邂逅一个更加美妙的男子呢？她才二十三岁，生活还刚刚开始，过早发现的永恒的爱情会对她关上天堂之门的。预料之中的完美使她产生了一种不满感和失落感。他们将结为夫妻，将相互欣赏，将生儿育女：这不是提前自寻烦恼吗？为什么不继续嬉戏？倘若我们过早进入严肃——安卡对自己说——我们就再也领略不了世界的奇妙……促使我们远离人群和知识的恰恰是幸福。她为什么不看看世界是如何组成的？她为什么要认为自己遇见的第一个男人就是完美的象征？况且，在某些方面，安卡觉得自己比欧金优越。并不是在智力方面——人人都能发现欧金的能力，都确信他会成为未来的科学权威——然而她认为自己的内心世界更为丰富，更具活力，更加浪漫，更加疯狂……

安卡很快便来到了欧金的住处，希望能巩固一下分手的美丽和力量。可一推开门，面前的一切使她的目光充满了眷恋和失望。她似乎觉得她曾看到的一切早已结束。她试图从过去的王国中抽出曾向她展现过的真实，并将它带回到现在。欧金也属于这个过去。他此刻的面容仿佛是最最不可救药的面容。她问候他时的柔情恰好体现了她的无奈。

"你好吗，欧金?"

她没有正视他，害怕这样一来会失去必要的分手的勇气。

"我想求你件事，欧金……我们从未一起上过山……我觉得没有一起爬过山就分手，似乎太不可思议了……哦，我明白你会觉得我对你说的一切未免有点疯狂和天真，可我们不能这样就分手啊……"

欧金不明白为什么安卡偏偏要在这时候同他一起去爬山。在她明确说过"他并不是她的意中人"之后，昔日的恋情再死灰复燃，实在令他恐惧。怀着终结感穿越爱的完美是一项他无法胜任的使命，然而安卡下定决心，一定要认识一下终结的美丽。

"眼下，十月份，旅游价格降得很低，差不多是半价。"她说。她期望寻找一个支点，可匆忙之中，却找到了最为脆弱的一个。

"对，我知道。"欧金同意道，语气中流露出了一种以后他才会向她解释的忧伤，"可我们，我们不再相爱了，安卡……"

事实上他在撒谎，他依然爱她。同安卡一起在山上待几天，在他看来犹如一场美妙得难以想象的梦。几天中只有他们俩……

"怎么，欧金?你不想同我一起爬山吗?就这最后一次……"

爱的终结拥有一场同爱的开始一样错综复杂的典礼。分手的台阶多种多样，每时每刻都会出现，难以预料，安卡决心一步步跨越它们。他们的分手太容易了，这一点首先令她悲哀。她不同意他们分手的方式，觉得过于平庸，同他们对爱所倾注的希望和感觉格格不入。一次艰难的、痛苦的分手对她来说也就意味着对过去的一种复原，这会为她增添继续前进的活力。她想在这几天里好好体验一下他们没有体验过的快乐。那时他们总以为来日方长。

欧金虽然不明白他们为何非得分手，但还是被终结典礼弄得心醉神迷。他在内心深处祈盼，他们的爱情会在他们试图共度爱的黄昏时复活。终结感既为他们的爱增加了强度，又使他们的爱获得了朦胧美。

在火车驶向普雷迪亚尔的途中，他们面带微笑，观赏着美妙的山景，同时也为没能早点发现这样的美景而感到悲哀。他们努力要尽可能地弥补过去的失误。

"上山来真好。我一直纳闷我们以前为什么很少旅游。"

出于对安卡的爱，他提前感到了旅行的快乐。

"我正盼着画画哩。"

她惊讶地望着他，还无法相信这么巨大的幸福。

"你会画画？你可从未告诉过我呀，我还一直以为你是个书呆子哩。"

分手典礼没有带来太多的忧伤，反倒引发出一连串的快乐和激动。正是对分手的恐惧孕育了无数美妙的瞬间。

"我以后再也见不到你了吗?"欧金问道，语气中流露出了明显的忧伤，只是出于对终结典礼的细腻情感才努力抑制住自己。

安卡期待着一次热烈的拥抱，因此用黑色目光来看待一切。她肯定了他的担心。

"是的，欧金。我想你以后再也见不到我了。"

此时此刻她爱这个男子，恰恰因为她晓得以后将再也见不到他。以前的那种万无一失的爱使他变得既丑陋又苍老。或许她想同他分手，正是为了恢复他的青春和美。

普雷迪亚尔附近的春风旅店空空荡荡，格外好客。他们早就梦想着享受一下这样的宁静，但令他们痛苦的恰恰是终结典礼使他们梦想成真。一片迷雾曾长时间地飘浮在他们的头顶，仿佛爱情遮住了他们的本来面目。无情的分离之光促使他们看到了真实的自我。

"瞧，"欧金说，"一旦知道将要失去，才懂得珍惜。安全感会扼杀爱情。"

旅店中就他们两位客人，因此老板将全部热情都倾注到了他们身上。他们住进了最好的房间，窗户宽大无比，可以尽兴尽致地欣赏山中景色。

"我爱山。"欧金承认。

"我也爱山！"安卡脱口而出，并朝他转过身来，惊喜地凝望着他，仿佛第一次见到他似的，轻轻地摩挲着他的手，由衷地感激他们共享的这个时刻。

为了让他们的日程充满愉快的瞬间，第二天早晨，他们又重温了一下以前没有分享过的快乐。

"你知道吗，欧金？我们从来没在林中散过步。"

欧金自卑地想他的遗憾可要深得多，他说：

"实际上，过去我们很少在一起。"

林中散步归来时，他们虽然疲惫，却很开心。时间在默默地流逝，两人急切地希望相互袒露心迹。怀着这样的心理，欧金将一个写满诗的本子递给了她。连他自己都弄不明白为何直到今天才向她呈现。

"你为什么不告诉我你写诗？"安卡温柔地责备他，"要是我早点知道，一切或许是另一番模样."

"我也不知道为什么……你一直心事重重的样子。"

这些责备徒劳无益，为时已晚，因而也就显得更加令人痛苦。

终结典礼所带来的幸福使他们惊恐万状。他们压根儿没想到在决定分手之后，两人相处一起，感觉还会这么好。这一突如其来的幸福最后变成了一种温柔的相互指责。只有面对分手的威胁时，他们才恍然大悟，其实谁也离不开谁。

"欧金，你会为我去死吗？"

"是的，"欧金干脆地说，"我会为你而死。"

奇迹出现了……他们本想踏上分手的台阶，结果却懂得了爱的含义。

……这是个极为美丽的早晨，所有季节都在空中飘动，白雪同阳光交融，预报着春的来临。美丽的早晨也在为他们永恒的爱辩护。他们终于明白：分手的最后一步便是永恒的爱的幻影。分手典礼降下了帷幕。

（高　兴译）

诺曼·马内阿

诺曼·马内阿（1936—　），当代罗马尼亚作家，生于罗马尼亚东北部重镇苏恰瓦的布尔杜杰尼村一个犹太人家庭。第二次世界大战期间，马内阿全家被流放到一个集中营。因此，他的童年是在集中营里度过的，直至一九四五年二战结束。一九五四年在故乡苏恰瓦中学毕业后，就读于建筑学院。一九六九年出版第一部短篇小说集《长夜漫漫》。之后又先后出版短篇小说集《最初的通道》（1975）、长篇小说《停房》（1970）、《正厅》（1974），《儿子的书》（1976）和《时日与游戏》（1977）等。一九七九年，出版了论文、评论和笔记集《傻子奥古斯特的学徒岁月》。一九八六年，马内阿离开罗马尼亚，定居美国纽约。近年，他的作品已引起欧美读书界的广泛关注。他还于二〇〇六年获得法国的美第契外国作品奖。

诺曼·马内阿的小说大多取材于二战时期集中营生活的经历，往往通过一个儿童的眼睛来透视世界，特别是生活在集中营这个人间地狱里的无辜的普通人的生存状态，他们对于光明和未来的向往，他们的善良人性的本能及在死亡线上的挣扎。面对残暴、屈辱、饥饿、寒冷、疾病、死亡……他们的无助、孤独、奔走、呼喊。罗马尼亚和欧美的诸多评论家认为，诺曼·马内阿作品的一个重要特色是对人物心理的刻画与分析，从天真而饱受苦难的儿童的内心感受，来揭示巨大而深刻的心理创痛和善良人性的绝望。因此，有人说诺曼·马内阿的小说看似一个手握犀利手术刀的外科大夫在冷漠地进行解剖，其实充满了感情，颇似卡夫卡的风格。短篇小说《毛衣》和《普鲁斯特的茶》选自《罗马尼亚七十年代短篇小说选》（爱明内斯库出版社1983年版）。

毛　衣

　　她星期一走，星期五回来。走时总是哭哭啼啼，仿佛是生死诀别。下一次再也不能忍受把我们单独撇下。一星期内可能发生很多很多的事情。也许在她离开的那些日子的尽头，将会出现奇迹，她不必再外出，同我们分离。老天可能突然开眼，我们所有的人一觉醒来会发现自己睡在一节真正的车厢里，而不是在天涯的荒野里，把我们像运来宰杀的牲口一样卸下的闷罐车。一列温暖明亮的火车，还有软席……和蔼可亲和彬彬有礼的阿姨们给每个人送上菜单，供大家挑选想要的任何食品，就像从另一个世界归来的旅客应该享受的那样。也许在星期五她必须回来时，这无边的灰暗天空最终轰然塌下，把我们吞没和埋葬，化为我们惊恐地等待着有朝一日将葬身其中而结束一切的灰烬。

　　因此，她总是那样忧心忡忡地急匆匆赶回来，喘着粗气，佝偻着身体，被肩上扛着的大口袋压得直不起腰来——那里面装着她为我们日夜辛劳的血汗。

　　她仿佛一个幽灵，干枯黑瘦。我们在窗口等待着这个幽灵从原野的烟雾中悄然出现，焦灼地走近。我们知道，她经过多少挣扎，恳求，最终才被允许走出营地，去周围的异乡人的村庄里干活。反正她没有办法，也没有地方可以逃跑，而我们只能留在营地里。爸爸的劳动每天只分得四分之一个面包。如果没有她，我们的生命早从一开始就会很快熄灭。

所以，他们允许她离开营地；他们要显示伪善的仁慈，等待着乞求，仿佛是在玩一个暂时值得容忍的游戏，然后再突然终止，怀着加倍的残忍和快意。

星期一到星期五，她在周围的异乡农民家里编织衣物，尽管她听不懂他们的语言。我们知道，这个游戏随时都可能终止，不是在把我们分隔的泥棚里，就是在她为了挣得些许土豆、黄豆或者面粉，以及偶尔见到的奶酪、干李子、苹果，而默默地干活的温暖的房子里。只有她还相信，只要我们抓住或许能够拯救我们的任何东西，就可以逃脱命运的摆布。

总之，星期五意味着某种新生。仿佛我们又一次获得了死刑的缓期。她步履蹒跚，拖着被大口袋压得佝偻的身体，筋疲力尽地走向我们。重聚的喜悦是那样地强烈，以至我们没有一个人能说出话来。而她像疯子一般久久地骚动不安，仿佛不相信再次找到和看见了我们。她虚弱地从这面墙跑到那面墙，满脸惊恐，不敢靠近我们。直到艰难地清醒过来，恢复了力气之后，才去解开扔在房间门边的口袋。当她低下身分配东西时，表明心境已经平静。

她像惯常一样把东西拿出来摆在地上，分成六堆作为六天的口粮：土豆，甜菜；三个苹果被单放在一边。除了惯常能够得到的，谁也不指望有其他的东西。她手抚着额头，蹲在口袋旁，疲惫得全身蜷缩着。"我还带来了点东西"，这未必是说一定有什么惊喜。我们不指望有什么新的东西，已经忘记了还有额外礼物的非分之想；对于她表现出的满足，我们并不感到吃惊。

她好不容易把它从口袋底里拉出来，仿佛要用尽力气抓住它的耳朵或者大脚掌举到面前。但她没有力气把它抱在怀里向我们展示，眼睁睁地看着它从自己的骨瘦如柴的手中滑落到袋口上。而落在袋口的东西显得更加厚实和沉重。

用不着说，只能是给爸爸的礼物；虽然它看来过于漂亮，或者恰恰是因为它在一刹那间显示出太大的诱惑力，足以使任何人感到艳羡，即使这个人只是在手里拿一拿，而不是获得它。它放射着绚丽光彩，仿佛一个将要拯救我们的魔法师在向我们显示他的万能。黑夜在我们周围扩散的只有烟雾、寒冷、黑暗，我们耳边能够听到的只有雷鸣般的鼾声、梦魇中的号哭、哨兵的吼叫、鸦啼和蛙鸣——我们久已忘记的这种点燃心底火花的声音。

她没有打开让我们看到它展开的全貌，但这无关紧要。很清楚，这是一件真正的礼物。如果我们还能看见并亲手触摸到这样的奇迹，那么我们的获救现在似乎更加接近了，或者说无论如何是可能的。

我终于忍不住走近去抚摩它。毛茸茸的，特别柔软，不由得促使你会不顾周围任何人的想法，想把它穿在身上。我用手掌理平它的袖子、领口。我把它绷紧，卷拢，它顺从地让我随心所欲摆弄着。我把它放平，展开，然后再放平；我把它拿起来，想走过去递给爸爸。如果她的声音没有及时制止我，那么我就会忘乎所以，像心中期待的那样认为事实上这是给我的礼物。

但是，如果它能受到所有人的艳羡，那么最应该得到它的理当是爸爸，因为他第一个在心头早就丧失了任何希望。

它很厚，看来很大，毫无疑问是特地为他织的。应该拿过去给他，拖延是徒劳的。

"不，不是给爸爸的，"她终于低声说，仿佛很内疚。

我困惑地站住了。怀里依然抱着它，它的色彩和温暖使人眩晕。我不由得对自己说，本来就不应该自作聪明，或者至少一开始就应该明白事理。

可怜见的，她终于想到为她自己做点什么。冰雪早已覆盖着草原的所有道路，这样的东西对于她比我们更有用。我本来就应该想到这一点，记得她离开时身上只披了一只麻袋片，而脚上裹的是几片破布。我不应该这样盲目，这样糊涂。懊恼使我几乎流下泪来。真舍不得松手放下，它显得那样柔软和顺从，但既然是她的东西，就不能再有什么异议。我把它展开，又看了一眼。它不再显得那么宽大。是为她自己织的，她总算也为自己的需要考虑了一回。

我转过身来，向蜷缩在似乎比较暖和的房间角落里的慈爱女神走去。

"毛衣是给玛拉的。"她说。我不知道她究竟是在微笑还是在哭。

突然间仿佛一切黯然失色，我再也看不清她，看不见她究竟像我想象的那样在微笑，还是像以往发生过的那样颓然倒下。在我的心里和周围笼罩着一团阴暗的雾，或者甚至可以说天昏地暗。

不应该这样，但我依然久久地木然站着，把头贴着它的柔软的袖子和前胸，仿佛钻进了一个温暖的窝，再也不愿意出来。透过一层厚厚的舒适的毛线，它融入了我的肌肤，但冰冷的沉默不久变得越来越凝重，使人再也不能忍受；甚至连周围人的呼吸也停止了。

我转过身来，坚定地向玛拉走去。终于拿着它送到应该的去处。把它放在了小姑娘的怀里。

直到第二天，我才细看了它。它不再显得那么珍贵。首先可以明显地看出，它只是由一串串疙瘩联成的。我把它翻过来，指给玛拉看，要她相信确实是一个疙瘩连着一个疙瘩。仿佛只是用剩线头编织，勉强连接在一起。再者是颜色。一些地方的红颜色看来确实比较鲜艳。但另一些地方，却是斑驳杂乱，莫名其妙。白色夹杂着灰色和黑色；在一块黄色的斑痕的近旁是一块青色的印记，还有一块暗青色的斑纹；这边是一个灰色的条纹，还有一个紫色的李子，近旁却是一片褐色泥土的陈旧印子；那边是一个粉红色的火腿尖，挨着一个红黄两色的鸡冠。谁都能觉察到，显然不是为一个女孩子编织的。但我没有对她这样说。玛拉有着特殊的身份，家里人早就嘱咐我必须不惜任何代价加以呵护。

我们太爱她了，保护她远胜过保护我们自己——人们常常这样对我们说。不能告诉她毛衣太大了，埋没了她的整个脖子，倒像是为一个男孩子织的。也许最终她自己也会发觉毛衣不合身——她已经长大——但要发觉这一点，必须把它脱下来，有时间细细地看一看。毫无疑问，她可以随意做任何事情。如果她想要一直穿着，也只能随她便。至少在头几天，她是这样穿着睡觉的。确实，寒冷日夜把我们冻得发僵，特别是夜里。你多么想在自己身上多穿一点保暖，但一个同样的灾难——虱子在窥视着你。你不得不脱光衣服，浑身擦洗，再裹上干净的被子，这些被子尽管全是些破破烂烂的布片，但都经过沸水煮洗，而且每个缝隙和角落经过仔细检查，否则灾难就会降临。所以，我很清楚绝不能和衣连续睡三夜。而她恰恰又是被严加监管的对象。一出现营房的那一头有人病倒的传闻，人们就像疯了一样开始查看她：不但摸她的额头和脖子，而且久久地翻看她的眼睛、头发、指甲。一旦测出额头或者手发烫，将是何等的恐慌……

他们每一次小声地反复说，她必须不惜一切代价生还。她是误入我们队伍之中的，如果失去的恰恰是她，而我们却活着回去，那么显而易见，我们似乎只关心自己的生命。也许她的母亲现在已经知道我们在什么地方，正在往这里赶的路上，并且通过合法的文件来重新证明事情的真相。这个小姑娘同我们的罪罚毫无瓜葛，她是无辜的。她的母亲要把她送到离她所住的医院很远的一个朋友家里住几个星期。灾难却意外降临到她的头上，她被裹胁进了我们的队伍，一直来到这里。虽然一再抗议，却说服不了任何人，他们没有工夫分辨是非，他们不相信。当然，我们也是无辜的，大家都在呼冤叫屈，以此来重新点燃自己的希望。但这个不速之客的情况使所有人觉得更加严重得多。如果身份不搞清楚，这个不幸的孩子将继续同我们一起关押下去，那么大家一致同意，无论如何必须保护她活到最后一个，比所有人活得更长。为了不让小姑娘听见，他们在角落里低声耳语，想方设法守护她，不知道怎样讨她喜欢而又同时使她摆脱危险。从一开始我就应该能够猜到礼物只能是送给她的，是为了让她因此而由衷感到高兴。

直到第四天，我才能平静地观察它。不能再自欺欺人，确实是一个奇迹。真想把它要来哪怕是只穿一夜。如果我求她，她也许会借给我，甚至送我。她一向同我很好。但我知道，不能这样做。不过，我可以不受拘束地一连欣赏它几个小时。即使是最灵巧的魔法师也不可能做出更高超的东西。一个个结使它更加牢固，而且集中在里层，增添了暖度，而外层面子显得光滑平整。至于颜色，可以看到许多颜料的奇怪岛屿，这里是黑色，那里是绿色，再过去是蓝色，你的手指和目光不由得任意漫游和深深地融化在其间，直至你又遇到巴掌大的一块红色，犹如非洲的沙漠，或者一角灰色云彩，衬托着阳光或是花朵的金色条纹。整整一天也看不够一片接着一片突现出来使你陶醉的这些新大陆。

我看着它，永无厌倦。我一直没有把它借来穿在身上，希望它在自己心里变得淡薄。在后来一个星期里，玛拉的脸颊出现了寒热的潮红。她终于脱掉毛衣，独自躺在窗口旁的角落里。我看着她，心里想着那件毛衣，但没有动它，尽管很想把它拿在手里。

玛拉感到越来越难受，面临着死亡的威胁。自从爷爷奶奶得病之后，我已经知道病情怎样开始，又会有什么样的结果。她很快就会死去，大家都爱莫能助。在清醒过来的时刻，她重新又变得活泼和多话，但我知道这只是假象。

她不会再有任何理由不把毛衣留给我。病情不断加重，随着白昼增长，不断延长，我感觉到死亡正在临近。我恐惧地等待着眼见这个可爱的小姑娘突然变得冰冷。不知道她是否现在会把毛衣给我……仿佛早一点收回它，就可以制止事情的自然进程。如果早把它给了我，她也许可以逃过这场灾难，尽管她生病根本不是我的罪过，而各种药品也没有小法挽救她。

　　当他们决定把她和属于她的一切东西一起埋葬在森林边缘爷爷奶奶的墓旁时，我没有打扰他们的絮叨和号哭。

　　我浑身颤抖地等待着，依然希望他们会忘掉……但妈妈把毛衣从角落里揪了出来，怒冲冲地扔在其他东西的上面。

　　他们还在小姑娘的身旁站立了片刻，彼此搀扶着，痛哭得喘不过气来。玛拉虽然同我们不是一家人，却第一个跟随爷爷奶奶离去。她早就变成我们的孩子。当要把棺材从屋里抬出去时，爸爸用他的大巴掌在上面摸索着，终于找到了它，把它取出来，随手扔在了身后的地上。妈妈早就察觉了他的举动，意味深长地注视着他，但没有说什么，默认了对它的挽救。

　　我们很晚才从森林里回来，一个个都冻得瑟缩发抖。雨不停地下着，泥土沾满我们的破烂衣衫。浸透着水的泥团覆盖着玛拉。自从爷爷奶奶的事情发生之后，我知道她同样也一去不复返了。我回想着她怎样在黑暗中冷得蜷缩着身子，把双手伸进我的脖子后面。她的圆润和急促的笑声使我们陶醉。我们默默地躺在她每夜在我们身旁睡下的泥地上。

　　我没有走近去触摸它。只是偷偷地看了几眼，看见它变得黯然失色，僵直地被遗弃在一旁。第二天，也没有任何人对我说可以把它拿来穿上，虽然屋里变得似乎更加潮湿和寒冷。星期一，妈妈又走了；直到午后，只剩下我们单独在一起时，爸爸才把它放在了我的肩膀上。我感觉到它的袖子滑落到我的胸前，温暖着我。我把它们拉过来，一头钻进了暖烘烘的衣襟里。它贴着我，仿佛在我的身上旋转着。我很想走出去，到院子里显示一下自己。至少应该穿着它在屋里来回走一走，但我没有勇气。我蜷缩着身体，最终如愿以偿得到了它……我浑身颤抖着，再也克制不住自己。

但是，快乐也是短促的。就在第二天，我就感觉到它变得软绵绵的，无力地耷拉在我的肩膀上。我记得，这是一个信号。爷爷奶奶，随后是玛拉，都是这样开始的。病魔在周围窥视着，不知不觉中偷偷地侵入，长期地悄悄渗透进骨髓，突然在傍晚爆发，被击中的人突然出现高烧，神智昏迷，摇摇晃晃地倒下，再也说不出话来。

于是，人们开始骚动不安，求着向邻居们要药，哪怕只是一片匹拉米洞，一片阿司匹林，一点点酒精。最终出现了体温计。整个集中营只有唯一的一支体温计，由一个古怪的老太太保管着，上面裹了同样那么肮脏的一小块毡布，除非经过一番吵吵闹闹的求告，否则很难得到。仿佛是一个护身符，被小心翼翼从一只手传送到另一只手，直至病人，唯恐稍有闪失碰破了它，从而也许会失去同我们依然希望维系的正常世界的最后联系。

这一次同样也随后出现了大夫先生。那个戴着精致的眼镜，对自己的医术很自信的仪表堂堂的男子，早已被一个驼背的痨病鬼代替，他衣衫褴褛、一脸疲惫。我们也称他为大夫，他也有一双白皙和细小的手，但像以往一样，在诊疗开始和结束时从不洗手。而且，尽可能简化动作和缩短诊疗。

前几天为玛拉看病时，他把手掌贴在小姑娘的额头上，察看了她的手指，然后嘴里数着血管跳动的次数把脉，揭开衣服观察她的泛着黄色的瘦弱身体，把它翻向一边，再翻向另一边，指着她身上的红斑数道，一个，又一个：病魔已经完全控制了这个小病人的身躯。除了举起手，低垂着眼，喃喃念叨几天之内很快就会夺走人性命的这个凶恶的病魔的名称之外，似乎束手无策。但愿出现奇迹，出现奇迹……他再次无力地举起双手，像所有人能做的那样，祈求奇迹的发生。然后像来时一样，驼着背羞愧地悄悄地离开了。

夜幕降临，我不仅觉得光线在越来越疲惫地退却，而且特别感到残酷的严寒在横行肆虐。当我觉得某种奇异的东西，它似乎弃我而去，不再保护我时，夜晚的寒热开始袭来：乏力和战栗现在仿佛凝固了一般压迫着我。毫无疑问，病魔自始至终躲藏在它的内部。它也欺骗了玛拉，但她死时没有能把它带走。现在轮到了我。我要把它从身上挖出来，把它烧毁，把它扔掉。但太晚了，不再有任何用处。

我不愿在那个潮湿阴暗的泥坑里结束一切。在这样的坑里你不知道还将会继续发生什么。我承认自己罪有应得：不应该如此急促地贪图美丽的色彩和温暖。我本来应该克制自己，应该等待，不应该如此无耻地对玛拉的痛苦冷眼旁观，然后又把它拿来套在自己身上，贪图一时的快感。我不应该如此脆弱和盲目，不应该如此急不可耐，以至当我获得它时，喜悦掩盖了自己的泪水……肯定是因为我的贪婪和卑劣，受到注意并被记录在册。即使不是从一开始，至少在玛拉死后，不应该有非分之想，如果真是那样，惩罚也许可以避免……

我再也受不了，走近到窗边。爸爸像惯常一样透过狭小的光斑窥探着奇迹或者灾难。傍晚，绝望笼罩着他，他再也控制不住自己……

"病。病，我难受。"——但他稍迟一点才听见我在喊叫。他突然转过身来，用手掌抚摩我的额头和脖子。把我拉到窗前，让我数数，伸出舌头，睁开眼睛。"你脸色苍白，很苍白，不过什么事也没有。"他一边把我搂进他的宽大的怀抱里，一边又嘱咐我好好睡一觉。

我没有力气说话。我几次指向有毒的衣袖。用手直接指着有病菌的领子，但他没有察觉。天完全黑了，他的憨厚的微笑抚爱着我，向我俯下身来，用手掌摸着我的潮湿的额头。

我从梦中醒来，觉得自己似乎躺在棺材里，正在滑落进玛拉旁边的坑里，直至忘却。我浑身颤抖，早已经天亮，我想对他们说自己活不到星期五，不会再有什么人能够救我。黑夜来临了，我什么也看不见，感到有一片深沉的云，越来越深沉，隐约听见云上飘浮着惊恐的呼叫。

我感觉到了颈边和耳际的急促的呼吸气息。有人在说话："幸亏我赶到了，到得及时。"还有在近旁哼哧喘气的大夫的细弱的声音。"没有红斑，不构成症状。"他以往也是这样说："症状。""症状"这两个字很悦耳，我让它们跟随着我，我正在跌落，崩塌，"症状"，好像是在抚慰着我，我滑动着，下沉着，失去了任何知觉。滑溜和湿淋淋的鱼儿游过我滚烫的嘴唇，舔着我的耳朵，我随着它们一起漂流。我偶尔拍打着胸前的浪涛，试着睁开眼睛。我看见了透明的蜡塑的玛拉，大夫尖利的黄色牙齿，还有墓坑。

在水中沉溺的濒死感觉可能持续了几夜，直至我又重新听到那个熟悉的声音。"我能比较安心走了，幸好他挺过来了。"我逃出了死神的怀抱，挣扎着站立起来，虽然摇摇晃晃，但神志清醒，扶着墙，扶着爸爸的胳膊，试着迈出了最初的几步，一直走到窗前，窗外是那吞没了一切的大草原。

我终于能够开口问自己身上还有没有红斑。

"根本没有。你没有病。只是心里害怕，"大夫这样说，"你梦呓，一个劲儿说胡话。沾住了，你总是这么说。沾住了，一边说，一边想把手举起来。"

他扶着我腋下，帮我站起来，观看窗外的景色。给了我一盘滚烫的糊糊。星期五一清早，大草原就把妈妈还给了我们。"我早点儿回来，告诉他们你病了。他们给了我一些油脂，好让你恢复元气。"

我终于有了力气，能够再次看到它。它被扔在一个角落里，颓丧，萎缩，顺从，准备随时为我效力。但我已经变成了另一个人。我让它等待，再也不看它一眼。他们早就在我身上盖了一条厚毯子，我不再感到丝毫寒冷。所有人都围绕在我身边，决心不再离开我。

它越来越缩小。最终我还是让它把自己包裹起来。它并不显得那么危险。在它被揉成一团扔在潮湿的墙边的一段时间里，它的多刺和凌乱的毛团变得更湿了。我把脑袋钻了进去，整个脸颊感觉到被粗粝的衣里刺痛，而它曾经是那样柔软和舒服。但愿它的温暖依然能够使我陶醉，犹如刚出炉的热面包和烤土豆，或者新鲜的锯末，奶香，雨露，树叶，对于蜡笔和苹果的思念。但并非如此，毋宁说散发出一股奇怪的霉味。一种腐烂和刺鼻的气味。或者只是气味过于强烈，令人窒息，我说不清楚。它变得暗淡，干巴，疏远，疲乏。

在后来几天里，我们重又相互适应，开始相认。我们逐步重新找到彼此的感觉，它复苏了，显得越来越柔软、温暖。色彩变得越发鲜活，展现出一个绚丽多彩的世界。但接近它毕竟使我恐惧，使我感到压迫。我像一个卑劣的坏蛋一样贪图把它占为己有。我的贪婪加速了玛拉的死亡！我不由得浑身战栗，尽管除了它，没有任何人发现。我气馁而乏力地走近它。我的两条胳膊被缠住在里面，伸不出脑袋来。最后，当终于把它绷着穿在身上时，却觉得已经太瘦太紧，勒得几乎喘不过气来。我不再害怕生病。我知道，玛拉耗尽了它的力量，它不能再把病传染给我。只有负罪感，恐惧，火热的衣袖的抚爱，缠绕在我的身边，犹如玛拉为了抵御寒冷每夜都试图贴近我。

但是，我已经习以为常，而它也变得乖巧。它不再招摇，免得勾起我的回忆。它听我的话，为我服务，变得越来越平和，越来越顺从。我常常忘记自己，获得了某种安全感。

但在大夫的葬礼上，我没有穿它，它实在是太显眼了。大风雪狂暴地呼啸着，恐惧和严寒使我禁不住浑身打战。我把它严密地隐藏了起来，不让任何人找到它。有相当多的日子几乎忘记了它，直到很晚，当葬礼增多到每天有好几起时，才把它解禁。不再需要任何替罪羊，我们再也没有什么必须避讳的东西。数以十计的人在倒下，咒语恰巧在那些没有料到的人身上应验。他们不再有时间顾及我，我也没有时间顾及自己，恐惧早已变成大家共同的阴影，巨大得足以把我们所有的人吞噬。我们昏昏沉沉，变得十分渺小，忘却了我们自己和其他人。

他们不再在乎什么卑劣、罪恶，不再在乎任何东西。它也早就懂得这一点，脱尽了色彩和气味，越来越深藏不露。只剩下功效：我每天穿着它，它为我遮挡风寒，仅此而已。它有了完美的用武之地，成为一个保护盾，没有任何东西使人回想起我们以往引以为荣的亲密。我们彼此不相见，却毫无保留地尽可能相互保护。草原的风暴接二连三，间隔越来越近，仿佛单单选中我们发威肆虐。它们贪婪的咆哮掩盖了一切恐惧。也许没有人再听得见一声有气无力的、负罪的和卑怯的可怜叹息。

病魔每天都在窥伺着我们。我们忘记了时日，听着黑夜的疯狂的咯咯嘶咬声，无奈地等待着。时间在追逐着我们，再也没有任何办法，时间也早就已经有病，我们是时间的至亲。

(陆象淦译)

普鲁斯特的茶

挤在一扇扇沉重的大木门外好奇地看热闹的人，也许是旅客，也许是送人的，或者是习惯在火车站消磨时光的闲人。那天下午，一些人既没有被允许进入火车站的候车大厅，也没有能看到里面究竟发生了什么。窗户很高，门上镶着的长方形的玻璃既脏，又蒙上了一层雾气。

大厅十分宽敞，很难想象曾经什么时候能有什么东西赋予它生气；一切都消逝了，被吞没了。蜷伏在包裹上的衣衫褴褛的人们，挤成一团，一个个圈子从墙边向大厅中央扩散，占据了一切空间，嘈杂的吵闹声再也平静不下来。

绝望的尖叫，嘶哑的乞求，有时还有沉重的呻吟，在护士们出现的那一刻，突然上升。白色的大褂勉强在横七竖八的杂乱的腿脚和身体之间穿行，从四面八方伸过来的手抓着这些尊贵的夫人们的大褂下摆或者衣袖，甚至恨不得能抓住她们的肩膀、脖子和手臂。大声的喊叫，仿佛是乞求，夹杂着大声擤鼻涕的响动，还有咒骂。一些人哭了起来，特别是离得太远，够不着食品袋和水杯的人。

挤在木门和玻璃窗外好奇的看客们，徒劳地想要从麻绳和破布条掩盖着的一堆骷髅中，分辨出聚集在候车大厅里的那些人的相貌、年龄、性别。女人们仿佛都是些被关押着的衰弱不堪的老太婆，孩子们在她们中间突现出一张张青紫的面孔，男人们一个个神色恐惧，垂头丧气，蜷缩委顿，仿佛套着一个紧箍他们身体的每个部位的同样刑具。

确实，护士们知道大厅里没有一个青壮年男人，也没有姑娘和年轻的女人。如果要了解周围的号哭和呜咽的原由，就会察觉恰恰是这种缺失加剧了恐惧：这些女人不理解也不愿意接受拯救她们的行动，怀疑这又是一个更加阴险的新圈套，毫无疑问是为了对她们进行新的折磨，或许谁知道是不是甚至将带来死亡。为什么扣押了青壮年男子和女人？用另一列火车把他们运走？难道是没有地方？有谁反对人擦人地挤在一起？可以舍弃那些像皇家游艇一样连接起来的豪华的宽大车厢……用大车来运，即使不得不步行几十公里，但应该让丈夫妻子，兄弟姐妹，儿子女儿，老人孩子，所有的人大家一起走。

……护士在她面前停住了脚，这个女人剪了短发，像其他人一样在头上包着块麻袋片的包头，根本看不出有多大年龄。她始终漠然无语。旁边的女人从她手里拿走了一块剩毯子盖在自己身上，她也毫无反应。当左边的老太婆把她的沉默看作对于自己的预感的肯定，开始举起双手指着天拼命挣扎喊叫时，她依然没有任何动静。最后，她终算抬起了头：一具布满皱纹、饱经风霜的腓尼基人的面具。即使当看来被周围的气味熏得喘不过气来的护士，不由得倒退一步时，她也纹丝不动……只是关切地注视着。就像把细小而发黄的脑袋倚着她的赤裸的肩膀的小男孩一样。

大厅十分燥热，骚动颤栗着。一种有节奏的连续的嗡嗡声由天花板降下，逼近四周的墙壁。大厅仿佛缩小了。一切只在底下很矮的地方飘浮。只有当你使劲向后仰起头，抬眼观看时，天花板才显得高远，像一片越来越升腾的高不可及的天空。嘈杂声远远落在后面，越来越遥远，消失在一个不可知的隐蔽去处。下面的人被喧嚷的叫喊震聋了耳朵，惊恐仿佛凝固在了他们心底。他们忘却了一切。

她也忘记了再去苦苦思索那一列没有来到的火车里会发生些什么。她知道，自己原本是不会被准许进入这里的，尽管从外表看她像一个老太婆，谁也不会相信她才不到三十岁。但她没有任何理由想要乘坐专门运送青年男子和女人的列车。她当然也看见了当他们从队伍里走出来的一刹那间，父亲怎样毫不害臊地紧贴着那个所谓表姐。她没有注视他们，但自然是早就看见了一切。她乖乖地排着队，有气无力地拉着跟在她后面仿佛爬行的小男孩的手。她甚至没有神经质地试图摆脱他。她帮助他爬上车厢的高高的一级级踏板。她感觉到了孩子怎样在最后一级踏板上转过灰暗和已经出现皱纹的脸颊，望着站在月台上彼此紧紧依偎着的两个人。但她什么也没有说，坐到了凳子上，疲惫地闭上了眼睛。

　　也许，地面上那么多辨不清的声音的喧闹使她疲惫，失忆……但蓦然间，她仿佛扭动了一下身体，抚着小男孩儿细小的脖子，把他从蜷伏的窝边挪开。即使是在梦里或者童年的记忆里，她瘦削和潮湿的肩膀确实不能代替他所渴望的一个枕头面的清新和圆润。

　　但是，抚摩小男孩儿脖子和骨瘦如柴的胳膊的，是穿着白大褂的夫人的手。夫人低垂下在她额前闪闪发光的红十字，对着他微笑。递过来了饼干袋和水杯。

　　水杯的外壁是温热的。像一头野兽一般的小男孩的脸颊，伸进了冒着浓香蒸汽的淡黄色液体圈里。一种从未体验过的快感是不能持久的，任何一个人都必定会害怕停留在这样的快感中，不论他是多么幸福。这是不可能的，却是真实的，因为大厅也是真实的，并且喧闹着，头顶上传来了撕破口袋的声音，手掌里塞满了饼干。

　　孩子大口喝着，快乐得有点恍惚，却又显得恐慌。他明白一切是真实的，因此将会结束；甚至是欣喜得发晕、急不可耐的他，也正在临近终极。茶杯空了一半。他停了下来，望着手掌里暄腾的小饼干，开始耐心地慢慢咀嚼第一块面粉做的甜贝壳。直到这时候，他才感到了饥饿。他一只手抓住口袋。另一只手拿着茶杯。用拳头抓着一把饼干塞进嘴里。一个可怜的小家伙，即使很可怕。于是，夫人又在母亲手里另外添加了一袋。

"再喝点茶。趁热喝。"

也许像人们所说的那样，绝望者的心灵确实封闭在某种没有生气的东西之中。它们是冷漠的，直至我们感觉到彼此亲近，唤醒我们承认它们，把它们从死亡中解救出来。也许，过去确实不能通过记忆的指令回来，而只能借助香气、味道，重遇以往曾经享受过而久别的某种东西的美好滋味，借助它们提供的自发的奇异感觉才能复活。

但这种神奇饮料的芳香似乎不能唤醒任何记忆：这样的快感以往从来没有过。据他能够了解的知识，这种迷人的美味饮料无论如何也不能叫做茶。

于是，他的目光不能不转过来，向上望着肮脏的石头的天空，那里到处布满一团团苍蝇组成的黑云，而爷爷，唯一能够回答这个问题的爷爷，应该从那里出现。

以往，全家人通常聚集在爷爷周围，每个人拿着一个盛满淡绿色水的温暖的茶杯。在找得到槐花的季节，爷爷也偶尔在这些不知何方生长的绿草里加进些许槐花。

在候车大厅高高的拱顶上，一个个灯泡汇成了苏醒的苍蝇飞舞的黑浪。在那里，像在一个圆形的银幕上一样，出现了爷爷、奶奶、爸爸、妈妈、姑姑，凑在茶杯的蒸汽上暖和着手，同时大家都朝上凝望着面前的同一个点。当然还有安达……为了不缺席喝茶的聚会，她表现得十分谦卑、顺从，一副忍辱负重的模样。爷爷总是招呼全家人参加这样的仪式，有时还久久地注视着他们，要他们懂得他不但了解每个人过去的所作所为，而且也预知他们未来会发生些什么，无论是女儿或者女婿们，以及这个漂亮而罪孽深重的外孙女。

……复活的爷爷像每一次一样，目不转睛地望着悬挂在天花板顶灯上的一小块白色的方糖。全家人都必须在喝热茶前，全神贯注地一连几分钟凝视着它。能够回忆起糖的味道的人，也就是说在灾难发生之前，有幸让自己的上颚习惯于品味这些小小的白色立方体的甜味的人，渐渐感觉到嘴唇开始湿润，产生黏液。绿色苦涩的饮料变得甜而好喝。用爷爷的话来说，变成了"真正的茶"。

这个仪式几乎每天下午都会重复举行。导演就是那个老人，那个长着一把粗硬蓬松而且其中不少处依然乌黑发亮的胡子，神态严厉，却不乏幽默的老人。他确信自己必将回来，所以早就把那块熏脏了的方糖作为另一个世界的象征和献给另一个世界的祭品保存起来。在滚烫的开水倒进茶缸之后，任何人都只准凝视他的杯子，期待着谛听沸腾作响的开水倒进旁边的茶缸，再逐个注满所有的杯子。然后，大家把目光投向那盏灯，以及用一根绳子挂在灯上的已经不太白的六面体糖块。必须耐心地久久注视它，慢慢地啜着茶，随后每个人感觉到自己的嘴唇、舌头、嘴巴、整个身心清新振奋，仿佛唤醒了对于不应该放弃的光明的记忆，因而变得温暖起来。爷爷坚信光明不会抛弃我们，而且也不能离开我们。热茶在杯子里冒着蒸汽，他们沉默着，按照要求他们的那样，把目光集中在一小块熏脏了的方糖上。爷爷很早就有意识地把它保存起来，每天挂在他们眼前。

上面，在不幸的人们徒劳地想要回到以往生活的喧闹声的上面；上面，在同宽大的候车大厅分隔开的一个自由的空间中，对于不复能实现的回家的念头那么自信的爷爷，也许会再次肯定说，香味扑鼻的美妙饮料确实是世界重新接纳他们的证明，但眼前这怪味的水丝毫也不像"真正的茶"。

"把饼干放进茶里泡软。趁热喝。"

"趁热喝。"时而这个女人，时而那个女人重复说。

在茶里泡软的暄腾的圆饼干，自然有着甚至是幸福的滋味；但愿时间还能够允许去品味。这是在充满令人眩晕的感觉下的一种完全的超脱，只有上苍挑选的子民才配期望享有，才能够在又一次的神交中重新获得和返回的无法估量的官能。

饼干有着肥皂、烂泥、铁锈的味道，有着烧焦的皮、雪团、树叶、雨水的味道，骨头、沙子、霉菌、绵羊的湿毛、雨雾、耗子、朽木、鱼……的味道，饥饿，是的，饥饿的唯一的味道。

因此，一些天赋的独特的品质和缺点，是永远不能被任何东西替代的。往昔是不能重新召回，不能重新拥有和返回的。

留在心底的只有恐惧、饥饿、屈辱，野兽般盲目而狂暴的焦躁，煎熬难耐的孤独。也许还有童年。

难道这是深刻的生命体验，上帝的恩宠和魔法，自我陶醉和忘我？是那些暂栖的"窝"泛出的味道、气息和汗臭？在这样的"窝"里，期待仿佛正在延续着某种没有完成的新生。

如果说后来我们失去了什么，那么恰恰就是残酷的冷漠。但这发生在很晚；很晚很晚，也很艰难。因为，后来在很晚的时候，我变成了一个称得上……有情感的人。

（陆象淦译）

尼古拉·马诺内斯库

　　尼古拉·马诺内斯库（1939—　　），罗马尼亚目前最富盛名的文学评论家。出身于罗马尼亚勒姆尼库－沃尔恰市一个知识分子家庭。曾就读于布加勒斯特大学语言文学系。一九九〇年起，担任《罗马尼亚文学报》社长。二〇〇五年，当选为罗马尼亚作家联合会主席。出版过几十部文学史和文学评论著作，并获得过无数文学奖项。《中选者》译自短篇小说集《一见钟情》（罗马尼亚胡马尼塔斯出版社，2008 年版）。

中　选　者

"亲爱的夫人，鲫鱼钓着容易，吃起来难。择刺是一门科学，哈，哈，或者说是一门技术。您允许吗？您把刀叉给我……要顺着切，先要把脊椎骨剔出来……得这样……对……剩下的小刺……也会卡得你够呛，比如伊沃娜……"

"伊沃娜是谁？"

"伊沃娜是勃昆第侯爵的公主或正要成为公主，但是，菲利普亲王为了摆脱掉默勒亚策①，变卦了……"

"默勒亚策又是谁？"

"啊，默勒亚策就是伊沃娜，廷臣和国王都这样叫她，因为她行不了屈膝礼……为了摆脱掉她，在订婚宴上让她吃鲫鱼，伊沃娜卡住了……对，对，一根小刺卡在喉咙里……就呜呼哀哉了。名声显赫的王室里那些龌龊勾当就是这样策划的。您允许吗，请问？我对您的切鱼技术不敢恭维……不能切得块儿太小，弄得太碎……小伙子，再来一瓶冰镇葡萄酒……"

"这个伊沃娜的故事发生在哪里呀，律师先生？"

---

①　傻里傻气的意思。

"自然是在贡布罗维奇①的话剧里。您没看过吗？可惜，太可惜啦！那可是一出非常精彩的戏，您一定得看！虽然我不赞成导演的意图……伊沃娜并不是一个傻瓜，明摆着，她是一个堂堂正正的人，只是与宫廷那套礼仪规则格格不入而已……那些人使她手脚抽搐……使她失去理智，使她不能说话……所以，那些无事生非的人把她看成默勒亚策，尽管她比他们都更加正常，那些人不过是些傀儡罢了……"

"那我很乐意去看这出戏。"

"您就请工程师先生带您去吧。如果他去不了并且不介意，那我就自告奋勇陪您去……小伙子，我跟你说过了，再来一瓶葡萄酒。您，作为作家，雷奥纳德先生，您或许另有高见……"

"我没看过这个戏。我受不了话剧。连贡布罗维奇我都没听说过。"

"雷奥纳德，亲爱的，咱家有一本他的书……"

"我不知道，可能吧，我没读过。"

"他可是大得不得了的……您怎么会不知道呢？"

"他大也好，小也罢，反正我没看过。太多了，你不可能都看得过来。我感兴趣的是生活，而不是文学。文学是为批评家的。瞭一眼这荒凉的海滩比读什么书都更受教育。"

"我懂，我懂，所以您才接受工程师先生的邀请让我们来吃他钓的鲫鱼……为的是来研究我们。说到这儿，是谁对您的教育更全面，是我们呢，还是盘子里的鲫鱼？我这是开玩笑，您可别介意。那就让我们来看一看：我先不说您的太太，因为您对她太熟悉了……我指的是我们其他人，您了解我们才仅仅几天的时间，毫无疑问，只能是表

----

① 维托尔德·贡布罗维奇（1904—1969），波兰剧作家，被昆德拉称为"中欧四杰"之一。

面的……那就让我们从工程师太太开始，她怎么称呼您？或者说，她姓什么？啊，米鲁娜，金发女郎，可爱……您用不着难为情，太太，我现在从文学的角度观察您，就像您将出现在我未来的一本书里那样……或者，关于我，您怎么看？无非是我胖，话多，知道的事儿多……或者我婉转地向工程师夫人献殷勤，她那位出类拔萃的丈夫自愿让我给她择鱼刺……是的，我喜欢米鲁娜太太，属于我这个类型的。请别误会，我可不是图谋不轨。我说话开诚布公。我是个单身男人，已鳏居十年，再说，我比在座的诸位年龄大得多，就算倚老卖老吧。那我们继续。阿波斯托尤工程师先生是一位十全十美……休假时喜欢垂钓……爱好下棋。啊，我听说您是冠军。您告诉我，掷骰子有学问吗？或者，赌博的时候有没有我们普通人所忽视的那种猫腻？在我看来，任何赌博都可以暴露出赌博者的品性。赌博就是人，对，对。工程师先生是个审慎、不合群、谨小慎微、缺乏冒险精神的赌博者，不是吗，米鲁娜太太？您笑了！这么说，您同意我的看法……"

"我丈夫，恰恰相反，从来都是玩明的，明得过分……不是吗，雷奥纳德？我是想说，他生活当中也……比方说，刚才，您问他读没读过贡布罗维奇，他回答您说没听说过。您以为作家都这样诚实吗？大多数人都自吹什么读书，实际上，他们根本不看书。雷奥纳德可不像他们。他不担心给您、他的读者们留下不好的印象……"

"我对读者的印象不感兴趣。"

"但是，假如他们是生活中的一个组成部分，您就得感兴趣，因为正如您所说，生活是有教育意义的。"

"不，不是人们的见解有教育意义，而是他们总的态度，他们的举止和他们自发的反应。见解从来都不真诚，律师先生，见解是一种伪装。人们往往信口开河，并非他们真正有见解。您在法庭上难道不是……这样看吗？"

"无疑，您说得对。对不起，就一会儿……咱们再喝一杯吗？当然，当然，小伙子……来支烟吗，米鲁娜太太？您请。雷奥纳德太太，作家的夫人都不吸烟吗？不，不是这么个点法，海风会把火苗吹灭的。您允许我给您点吗？我到过前线，知道怎样用手心挡住风，火苗才不被吹灭。您说得对，雷奥纳德先生，可我纳闷，如果有时一种伪善的见解至少不像一个自发的手势那样容易察觉，难道伪善果真就暴露不出所想掩盖的意图吗？稍候……我来给诸位解释。手势不管多么自发，都属于陈规老套，我们可以把它们加以分类。与其说人做姿态，莫如说姿态做人。如果你不觉得自己过于自命不凡，你会发现你本人跟你周围同时代的人一样，也在指手画脚。我们距老电影里的人物已年代久远，他们那时的手势颇具时代特色，这方面老电影给我留下了深刻印象。也正是这个原因，你们这一代人意识不到葛丽泰·嘉宝的魅力。也许今天她显得有些怪异。可我年轻时，丝毫不觉得她有任何怪异之感。但长话短说……我们的见解，尤其那些关于我们自己的见解，原则上具有主观臆断性的见解，统统都是框框，虽然各有特点，如果我们知道这个并且一下子给它翻过来……我建议诸位做个游戏……一点坏处没有……咱们每个人为自己来个自画像。既用不着那么诚实，也不要那么虚伪。就一幅自画像。诚实和虚伪只有与我们所不熟悉的客观实际相比较才能加以衡量。如同文学里：我们没有办法察觉虚构与真实的差别。那么然后呢，看吧……假如真有看头的话。"

"好主意，可我就想看看你们怎样让我丈夫说话超过十句……他，要说钓鱼和下棋……可论说话呢……哎——呦——喂！"

"十句，我的夫人，太多啦……有时候一句就够。请吧，谁先开始？趁等的工夫，我想来杯咖啡。还有，自然是再来点葡萄酒。这些鲫鱼咸了点儿。"

第一幅画。海滩上一家普普通通的餐馆。餐后，傍晚，除那五个人和服务员之外，没有其他人。天气不太热。沙滩上斑斑点点的阳光。杯盘狼藉。托梅斯库律师是个身材高大的汉子，汗流浃背，话说个不停。阿波斯托尤工程师是个皮肤晒得黝黑又绝对沉默寡言的典型。他另外的特点是颌骨特别发达，如果说他咬字不灵光的话，那他咬其他任何东西可都不含糊。他夫人米鲁娜，金发女郎，属于那种娇小类型，有一点装腔作势，包法利性格，经常上当受骗。作家，他夫人管他叫雷奥纳德，好像根本没有小名似的，高高的个头，蓄着小胡子，性格固执，头戴一顶怪里怪气的扁平草帽。雷奥纳德太太重实际，自信，当众夸奖自己的丈夫，向大家宣布丈夫具有诸多优点。律师的年纪在七十岁上下，除他之外，其他人都在四十至四十五岁之间。他们相互认识只有几天时间，应工程师的邀请，这个时候聚一聚，工程师一大早钓了一些鲫鱼。这个钟点海滩的餐馆里几乎没什么人，他们同服务员商量好把一部分鱼腌制一下，然后烧烤，他们还买了一些葡萄酒。海风吹得桌上夹着的餐巾纸有节奏地跳动起来，海浪的喧闹声盖不住刀叉的碰撞声、杯子的碰击声和人们的轻言细语声。人们的低语犹如海水中的泡沫，显得那样乏味、脆弱。

　　"我这个人好色，而且享乐至上。我喜欢金发女郎。我并不刻意去勾引她们。凭经验，女人不是争来的，她们是自我献身。这也是唐·璜神话的意义所在。他没有争夺过任何一个女人，凡是他试图争夺过的，没有不失败的，表面上解释不通。相反，那些他没去争夺的，反倒成群地前来自我献身，这样，他也就名声在外。我酷爱文学，读书万卷，我从事律师这个行当为的是生活得舒适。我本来喜欢干点别的，比如戏剧批评，尽管我认识的所有批评家们，我觉得与其说吸引他们的是舞台上的演出，不如说他们更加热衷于上流社会的生活。我也热爱过舞台、演出和艺术。我也有过可爱的女演员。我夫人在剧院管过服装。这个女人给人家穿衣服那才叫艺术呢！她用几时长的呢料或布料可以把随便一个什么人就能打扮得像模像样。她首先给演员穿服装，然后化妆，人物的思想得出她提出建议。我喜欢那些突如其来的事情和轻轻松松的风流韵事。我憎恨任何形式上的义务。嘿，开场白，我讲完了……下面，谁接着说呀？米鲁娜太太？"

"对，我想诸位不指望我也像托梅斯库先生那样直言不讳吧。他这个人，对不起，律师先生，我很难当面同利克（利克就是阿波斯托尤，这个诸位都懂）……单独谈话。并非我要隐瞒什么，只是出于简单的风骚。一个女人，如果不风骚，就不是女人。我就风骚。我喜欢让人发现我的连衣裙和皮鞋质地考究，如此而已！在我看来，判断男人很容易，就是看他会不会观察他身边的女人会穿还是不会穿。女人分风骚女人和邋遢女人，注意女性风骚的男人和……漫不经心的男人。利克，怎么样！托梅斯库先生，恰恰相反……"

"亲爱的太太，您不要违反我们的游戏规则，规定只谈我们自己……谢谢您，对您的评价，我吻您的手……工程师先生您别介意，请您发言，这回您可以报仇雪恨了。"

"我早就知道米鲁娜对男人的看法，我不感到意外……我自认为是个讲求实际的人，风骚不风骚，我并不感兴趣。无非是耍不耍小脾气而已。女人本性就应该是美的，而男人则应该脚踏实地，其他都是空话。对这个问题雷奥纳德先生更在行……"

"对不起，其他并非都是空话。关于风骚问题，我赞成工程师先生的看法，但我没有看不起风骚的女人。仅仅风骚，我并不认为这就是理想的妻子，然而天生的风骚，在一个女人身上，就像菜肴里的盐那样。这就是一个想象力的证据。高级的人是具有想象力的人。仅仅看你周围是不够的，正如我刚才匆忙表述的那样，你应该看见其他人所看不见的。不，这样说也不好。事实上人们不善于观察周围，不知怎样才受教育，因为他们是瞎子！天生的瞎子。因此，他们就过着瞎子般的生活。假如你出生时有视力，那你就看一看周围。想象力就是把你看到的所有事物联系起来，这是阐明现实的一种形式。请诸位回忆一下，在学校里，我们首先学的是字母，然后才把字母连接起来，但是，从来就存在这样的困难，就是说，为什么四五个字母随便凑在一起不成，而是必须组成一个词才具有一种含义。当你阅读宇宙万物，而不仅仅是书的时候，的确如此。没有想象力时，世界是由一个个字母或者字母群组成的。只有想象力才能创造词汇，也就是概念。我喜欢创造现实。除此之外，我所有其他特点都显得黯然失色。假如把我阅读周围事物的能力拿掉，我也就变成一个普普通通的人了。"

"我丈夫一向谦虚。我对你们说这个，因为我了解他至少像他了解他自己一样。我是一个具有很强判断力的女人，嫁的是一个具有想象力的男人。刚才工程师先生说，男人应该脚踏实地，而女人……则要漂亮。可支撑家的，特别是到了一定时候，不都是女人吗？女人的务实精神创造奇迹。漂亮与否则是次要的。我与雷奥纳德组成一对，具有很强的互补性。工程师先生，请您再给我倒一点冰镇葡萄酒，我这个热了。"

第二幅画。太阳西下，夜幕尚未降临。第一轮吃喝之后，又接着开始了新的一轮。自画像重新调动起了人们的胃口，又上了一道鲫鱼，不过这次是油炸的。大家显得兴致勃勃。律师一手挡着风给阿波斯托尤太太点燃了一支香烟，趁机抚摸着她那修长的手指，她那涂着晶莹剔透指甲油的指甲像一只只贝壳。米鲁娜心甘情愿地让他抚摸着。阿波斯托尤坐在自己的椅子上犯困，他本想下盘棋，可就是没有棋友。阿波斯托尤凝望着露台边太阳底下的一把空椅子……太阳已经疲惫不堪、苍白无力，颜色像柠檬那样淡黄。他的夫人把剩下的面包捏成面疙瘩。她从手提包里取出小镜子照了一会儿。餐桌对面的米鲁娜想出来一个好主意。两位夫人一起到一个地方去涂一涂嘴唇和面颊，口红和胭脂的颜色虽说尚未完全褪去，但毕竟已经不那么光鲜了……相当一段时间，只剩下了几个大老爷们儿。

"怪了，你们看一看那边的椅子。如果我作家的想象力没有愚弄我的话，那把椅子可不是像原来那样没人占着了……"

"雷奥纳德先生说得有道理……啊，一个何等非凡的年轻女子啊！你们瞧！工程师先生，值得我们对她发生兴趣，是不是？我多长时间都没见过这么漂亮……漂亮得出奇的女人了……你看那条长裙，那条把两条腿完全盖住的长长的连衣裙，穿着它就连参加化装舞会都无可挑剔……我亡妻说不定觉得她此时此刻的出现至少不合时宜，说真的，虽然已近晚上，影子已变得很长，但与那位太太……小姐那条美轮美奂的长裙相比，仍然显得难以匹配。"

"得了吧，哪儿的话！律师先生，一个劲儿地说连衣裙干什么？这女人，这个女人可不寻常，一定要靠近看。请原谅我太随便，我心情很乱，刚才你吹你的想象力，那么对这个刚刚出现的女人，你能跟我们谈点什么看法？你快去，赶快去，千万别让她走掉！"

"先生们，是我发现她的，我认为，我能够向你们提供一些信息……不经意间……一开始，在我的眼皮底下……露台……还有，对……你们千万不要认为我这是胡说八道，我可没有看见这位年轻的太太是从哪儿来的，我看见她的时候，她已经坐在椅子上了。"

"也许您就那么一眨眼的工夫，而她就在那会儿……这么说吧，如果您允许，搞调查我轻车熟路。哈哈……从您这儿，您只能看见从海堤来的那个方向，那么海滩呢，则被太阳的阴影给遮挡住了，这样一来，年轻女子可能就是从海那个方向过来的……我们不妨再听一听工程师先生的意见。看来，怎么说呢，他好像打算亲自去考察一下。"

"先生们，先生们，简直不可思议！假如不是从天而降，那么这姑娘就是从水里来的……可是又看不出脚印……这到底是怎么回事？我的眼力非常好……况且距离也不远……"

"作家先生，工程师先生，用不着那么激动。我们稍微理智一点，冷静一点。说不定她的影子被一个什么障碍物给遮住了……也许只有椅子在太阳底下。女人的头发是非常亮的，像是发出微光、荧光，可不是因为太阳的原因……而连衣裙……什么想法……这个钟点……有闪光的饰物……我可不认为这年轻女郎出类拔萃是因为服装的品位……"

"您说话小声一点，律师先生，她若是听见我们说话……那可就糟糕了。"

"看不出她听得见我们说话……您没看见她纹丝不动……让服务员给咱们解释解释……可他妈的溜哪儿去了……莫非钻天入地了……工程师先生，您从近处还发现了别的什么没有？"

"先生们，我都崩溃了，一点确切的东西也想不起来了……我这辈子也没见过这样吸引人、这样迷人的女人。千真万确，不是我故意这么形容。这女人不是光有性感，而是有魅力。反正我也没喝多少……我再去转一转。"

第三幅画。天色越来越晚。有海鸥的鸣叫声。海滩更加空旷。那两位夫人尚未回来。律师和作家木然地坐在各自的椅子上。工程师疑惑地走近那美丽的姑娘，凝视着，突然跪倒在地，婴儿似的在露台边的沙滩上爬了起来，停了一会儿，又重新爬起来，终于爬到了距姑娘两步远的地方，姑娘坐在椅子上纹丝不动。他汗流浃背，喘着粗气，恰似一只正在嗅气味的狗，时间过得很慢，非常非常慢。工程师似乎忘记了自己，依旧跪着。律师和作家望着他，屏住呼吸。时间慢慢地流逝，如同停滞了一样。刹那间，工程师举起右手……律师和作家随时准备猛扑过去，然而，他们愣住了……他抚摸着姑娘的手臂，然后是臀部，大腿……海风停息，海浪呜咽，好像有人用一把草堵住了大海的喉咙。现在工程师把手放下，轻轻撩起长裙的下摆，手悄悄向上伸……突然吓得往后一缩，似乎对在那里发现的东西没有把握，把动作又重复了一遍，长裙，下摆，轻轻向上，手摸到里面停下不动……律师和作家好像失去了知觉，活像两截木头疙瘩。其实，他们看到了所发生的一切。忽然，陌生女人弯曲一下左臂，放在工程师的头顶上，他立刻就变成了一条听话的小狗，一条神狗，口水从它那张开的嘴里流出，奔拉着它那红红的舌头，姑娘的手抚摸着小狗，梳理着它的皮毛。就在这时，雷奥纳德太太和阿波斯托尤太太从卫生间回来，整场演出尽收眼底。

"上帝呀，利克，在那里干什么呢？你这条癞皮狗，你这个畜生！就为了这么个狐狸精，破烂货……我非把那闪光的毛毛给她拔下来不可，非扒下她那条分文不值的长裙不可，还装饰着破玻璃碴子，真不要脸！"

"太太，太太，放过他吧，他听不见您说什么，我认为他是中魔了。您坐下喝点酒，消一消气。您没瞧见他听不见。他绝望了。您再耐心地等一等……你有什么话要说呢，作家？"

"这可好，律师先生，这可超过了我小说家的想象力。我的想象力蒙受了耻辱，我的想象力遭到了践踏。那个倒霉鬼都干了些什么呀，你们看，他站起……啊，没有，他把她抱在怀里……律师先生，照看好阿波斯托尤太太，我求你，千万不要放她过去……绝对不能让他们厮打起……况且也不是多么体面的事情。现在这场面还是应该得到一点尊重的。他干什么呢，干什么呢？他想把她抱在怀里，抱着她站起来很困难……她搂着他脖子……假如我看清楚了的话……如果我的想象力没有欺骗我的话……姑娘身上长着的不是两条腿，而是一条……绝妙的鱼尾巴。毫无疑问。这就把一切都说清楚了。这个，工程师太太，把什么都说清楚啦……您的丈夫没有背叛您……原来是一条美人鱼……您瞧她长着尾巴，身上还有鳞。您还有什么说的呀？千万不要去殴打一条来自大海深处的生命……冷静一下吧，这与通常这种情况下发生的那种事情不可同日而语……大家都别说话，都不要说话，让我们踏踏实实地……看奇迹吧。"

　　第四幅画。将近夜晚，太阳早已落下。海滩上依稀可见像散落着硬币一样的斑斑点点。两个男人和两个女人站在餐馆露台上，茫然不知所措地凝视着工程师怎样把自己身上的负荷物送往大海。这是一个身强力壮的汉子，他把那迷人的不明物抱在怀里，未因身负重荷而弯腰。那不明物身着的晚装与她头上戴的金黄色的发冠十分匹配，虽然没有一丝阳光，发冠依然闪闪发光，如同灯塔一般闪烁，光芒直射露台上凝望着的人们的眼睛和灵魂深处。那汉子步履轻盈，丝毫未因负重而蹒跚，姑娘的双手搂着他那公牛般粗壮的脖子，他已不再是那条嗅气味的小狗，也不再是情绪激动、令人可笑的蠢货，他是一头健壮的公牛，掌握着自己命运的朱庇特把欧罗巴往背上一背，把欧罗巴的长裙往上一提，露出了那条奇妙的尾巴。那两个人，工程师和姑娘，公牛和美人鱼，朱庇特和欧罗巴走进大海，海水淹没了他们，首先是他的双腿、臀和肩，上面作为祭品的是姑娘的头和她那条长裙，白色的斑点和她头发里那永不熄灭的太阳。然后，一切都不见了。

"咱们还喝一杯吗？工程师先生，你显得疲惫不堪，来一杯酒有好处。小伙子，拿点葡萄酒来，如果还有，再上一点那种鱼。我们大家可都饿坏了……还要怎么样，并非每天都会经历这种事情的……啊……但是，值得！"

"你，律师先生，你说值得，可你要是换成我，看着自己的丈夫摸那个破烂货的大腿，唉呀呀，上帝呀，恶心死了！"

"太太，你不能这样看，这种经历关乎的不是我们个人，让我怎么说呢，它关乎的不是我们当中的某些人，这种经历，一定程度上带有某种共性。我将把它写进书里。比如我就很遗憾没有处于工程师那样的位置，尽管作为作家，我应旁观现实，而非亲身经历……如同一个医生，自己的患者死了，不能痛哭一样……同死亡保持某种距离……但我坦言，我本来也想亲身体验一下阿波斯托尤的经历……对不起，工程师，但这种经历打破了某些障碍，打破了我们当中的一些陈规陋习，请允许我指名道姓……我真想替你经历……让我去当那个中选者……"

"你怎么就丝毫不考虑我的感受呢，雷奥纳德？这是怎么说话呢，你这个被人们当偶像崇拜的大作家会跪在那个姑娘面前爬……"

"请您允许我，太太，尊敬的太太，您这话没有道理。任何一个男人都梦想有一段这种爱情经历。我就想去扮演工程师那个角色，充当那个中选者。雷奥纳德准确无误地把情况直观化了，不是阿波斯托尤选择了她，而是她选择了他。您担心您丈夫什么呢？我是想说，他想成为美人鱼的小狗和小公牛的想法妨碍您什么啦？这样一种道德状态并不降低我们的人格，因为它也不粗俗，尽管表面上看好像是。一定要把它作为伟大的东西，绝对伟大的……"

"也许你说得对，里边包含着某种伟大的成分，但平心而论，这种伟大最好不要发生在我和我所爱的人身边。因此，我不想知道我丈夫所扮演的恰恰是这类先导者的角色。然后呢，我认为你错在哪里了，你错在你强调状态的纯道德性质。她放荡，先生，你怎么会没有意识到这一点呢？太放荡，甚至淫荡，下流，丑恶的占有欲。"

"我认为，恰恰是伟大与下流相结合才更有味道。将来我在书里描写时，我看一看能否把这个思想发挥一下。通常，我们的经历都很粗俗，而那些伟大的经历只奉献给某些人，并且枯燥乏味。只有当崇高与下流、美好与丑恶相结合，才有益于人。比如，给一个长相平凡的女人拍照，当然也很好，我不会发疯说什么……犯不上。让你柏拉图式地爱恋另外一个世界里的生灵，天上的一颗星，或者一个没有躯体的美女，如同埃米内斯库诗歌里那样，的确了不起，但令人失望，太令人失望。我的心理学学士论文（诸位可能不知道，我虽然是作家，但我学的不是语文学，而是心理学）就是被我所发现的并且以埃米内斯库的诗歌主人公的名字命名的《米隆的情结》。这个，诸位知道，此人爱上了一个美丽的女王，可这个女王没有躯体。嗯，好，假如我二十四岁时像我现在知道这么多的事情，特别是今晚以后，那么，我对事情的描述就全然不同了。人能够体验的真正伟大的经历既不是非纯粹肉欲的，也不是纯粹形而上学的，而是混合在一起的，如同注定奉献给了我们的朋友阿波斯托尤的那一种。"

"我，作为女人，我想说，我们女人，雷奥纳德太太肯定同意我的看法，我们可不这样想。也许我们比较刻板。对我来讲，我所看到的就是丑陋，就这个。什么形而上学？你第一次看见一个女人就把人家的裙子给撩起来，并且在底下乱摸，形而上学在哪里？"

"亲爱的太太，可那是个美人鱼呀……这就改变了问题的性质……"

"一点儿都没有改变，律师先生……美人鱼是女性，那我就把她看成情敌……看着自己的男人跟另外一个女人睡觉，简直太可怕了……利克干的怎么就是另一码事……漂亮话并不能把一个丑恶行径变成一个崇高的思想。"

"怎么说呢，你就是超越不了强迫症这个毛病，我理解，但你哪怕试一试，就这么一会儿……雷奥纳德和我都说服不了你，你觉得我们是讲大道理，但你问一问你丈夫，那个……啊，我们的工程师，我们的小狗，我们的朱庇特哪儿去了？谁看见他离开桌子的？海滩上一片漆黑，伸手不见五指，从餐馆露台往那边走上一步谁也看不见你了。工程师先生！阿波斯托尤先生！你在哪里？"

最后一幅画。夜。第五个人的失踪使餐馆露台上那四个人坐卧不安。大海的呼啸。人们的呼唤。阿波斯托尤踪迹全无。正从厨房回来的服务员说没有看见他。工程师夫人歇斯底里地大哭大闹。作家完全没有料到他的故事会这样结尾。他原以为，美人鱼重新回到自己的环境之后，先导者们像刚才那样又吃喝起来。律师说话好像不那么利落，他趁别人一不留神，去了卫生间。没有人知道他是否真的要方便，还是灵机一动冒出了一个想法，即阿波斯托尤在卫生间。他迅速回来同作家咬耳朵，表情惟妙惟肖，暗示有人饮酒过多，作呕吐状。两个人尽量憋着不笑出声来。夜色更浓。从外面看到的是光线暗淡的露台和情绪非常躁动的几个人。盘子已经从餐桌上收走，剩下几个差不多已经空空如也的葡萄酒杯。椅子被暴风雨搞得七零八落。美人鱼坐过的那把椅子翻倒在地。从上面、远处或宇宙望去，露台显露出来的是一个褪了色的白色斑点，看不见人的踪影。就是说，没办法清点他们，不知道究竟是几个人，还有，假如这场戏开始时在场的那些人当中，某个人的确销声匿迹，不知他是否躲藏在从上往下哗哗流水的墙后面了，因为隔墙我们看不见……一般而言，我们看不见人灵魂里的任何东西，而灵魂又隐藏在躯体里，就像人在墙壁后面躲藏、潜伏起来那样。总之，或许，什么都不存在。

（张志鹏译）

安娜·布兰迪亚娜

安娜·布兰迪亚娜（1942— ），目前罗马尼亚诗坛上最活跃的女诗人和女作家。生于罗马尼亚蒂米什瓦拉市。曾就读于克鲁日大学语言文学系。当过编辑和图书管理员。已出版《复数第一人称》（1964）、《脆弱的足跟》（1967）、《第三种秘密》（1970）、《掠夺的星》（1985）、《价值的建筑》（1990）等几十部诗集。她的诗多次在国内外获奖，在罗马尼亚拥有广大的读者。她的诗纯朴、细腻、自由自在，透明但并不简单，有浓厚的神秘气息，善于用最简单的词语和意象表达深沉的情感和深邃的思想。诗歌外，还写散文和小说，出版过不少散文集。《不可能完成的使命》译自短篇小说选《一见钟情》（罗马尼亚胡马尼塔斯出版社，2008 年版）。

不可能完成的使命

　　批准我重新下去时颇费周折，可我一刻也未曾想过，这次出差会发生什么使我感到意外的事情。以前，我去过不知多少次了，压根儿没觉得我喜欢常回去看看的那些人会事前让我蒙在鼓里，对我隐瞒什么秘密。这次批准我下去之所以这么费劲，恰恰是因为每次重要任务我都能善始善终地完成。我也无须再熟悉和履行什么，因为我早已超过了这些起码的条件，即使这些苦差事令人激动不已。同其他人相比，我只不过是不把苦差事当成苦差事罢了，况且我自己也不期待任何变化。可有人认为我这次下去就是为了惩罚而非保护人。这种想法使我不寒而栗。我不指望得到提升，成为有权有势者，让人望而生畏，脑袋周围给画上"赶尽杀绝者"的光环。相反，如同往常一样，我坚持允许我抛头露面，我的面孔普普通通，同那些我应该认识的人的面孔毫无二致。在批准我这些要求时，他们带那种少不了的同情和幸灾乐祸兼而有之的微笑。这使我有一种惴惴不安的感觉，直到我上车之后很长一段时间，这种不安的感觉一直伴随着我。公共汽车上拥挤得一塌糊涂，在坑坑洼洼的沥青路面上颠簸，就像行驶在起了风暴的海上。

　　清晨六时，那个混沌的时刻，黑暗和困倦尚未完全退去。人们已经同另一些陌生人一起运动起来，彼此谁也不看对方一眼，每个人只注意自己。每个人似乎都要拼命从自己的岩浆中挣脱出来，就像出生时那样，就像每天早晨都要力求被重新登记造册一样。谁也没有时间管我，这样更好：无论我对这里的一切多么熟悉，仍然需要一段时间重新习惯，以便从一种状态进入到另一种状态。

更有甚者，出发时我的那种忐忑不安不仅没有停止，反而更加厉害，越是无缘无故，就越使人心烦意乱。有一次，我感觉有人从后面看我，我甚至回过头，但车里拥挤不堪，人们身穿大衣，头戴皮帽，手扶横杆，结果，我什么也没有发现。汽车穿过成片的楼群，那些楼群外墙皮已经剥落，阳台用参差不一形状各异的玻璃窗封闭起来，勉强用来挡风、御寒和隔音。我开始以一种人性的、具体的思维方式进行反思——截然不同于通常那种"万事通"的思维方式，事实上，我觉得整个这悲天悯人的氛围（我恰恰为此而回来）需要我来维护，同时我也感到对此负有责任，我认为我不能去审判它和惩处它。

封闭的阳台里堆着橱柜，里面放着空瓶子、没有放花的花瓶、放着食品冷藏用的铝锅、生锈的工具、破机器，以及没用途的破烂玩意儿。透过被将近一冬的雨雪弄得脏乎乎的玻璃窗，依稀可见落在这些东西上的灰尘因潮湿变得黏黏糊糊，给人一种更加肮脏的感觉。一切都是那样的丑陋，本应使我产生恻隐之心，但我却未能如此。在车里我的目光只是一掠而过，也不能不扪心自问，我是否为此而来，为这种丑陋而来，而恰恰就在这种丑陋里躲藏着众多生灵，其中大多数都一样的悲惨。还有，不管我觉得多么荒唐，我都不能不承认，答案是肯定的，尽管这种丑陋令我有些反感，同时我内心也深感愧疚并且全身激起了一股热浪。身体上的感觉我无法描述，其他地方的感觉则更加难以体味，但对前几次来这里的回忆则是我这次重新回来不可名状的缘由之一。

我又一次回了回头，确信一定会发现我感觉到了的那道目光，它不是从脑后，而是从前面肩膀的高度投射过来的，这高度使人焦躁和不安。汽车出了楼区之后，就不像刚才那么拥挤了，只是依然没有空座位而已。坐在座位上的人没有人看我一眼。大多数人都透过玻璃窗望着郊区那些屋顶苫着油毡的平房和院子里的葡萄架。

再过一两站就是终点站了，而终点站也是占地几公顷的医疗区的入口。这里矗立着一幢幢不得随意出入的大楼，整层整层的手术室、实验室、检测和治疗器械、洗涤室、药房、厨房、诊室、办公室，特别是那些数不清的病房。这些病房里尚且活着的生命盼望着已经迈开的脚步能停住。

我回忆起了第一次下来时的情形。那时我尚且没有发觉放弃任何上级权力部门时的那种幽眇意趣。对我的眼睛而言，那一幢幢大楼通体透明，成千上万的人在那里遭受痛苦，我在大楼之间飞来飞去，竟然没有发现油然而生的怜悯之心。就在那时，在同一时刻，我看见并听见了他们所有人在说话。出于条件反射，我纳闷那些留在汽车里的人当中究竟有几个是患者，我又一次回过头，颇感惊诧。

就在那时，我看见她正在贪婪地注视着我。确切地说，并非我故意这样说，我的目光已经掉进了她的黑眼球里，不知如何才能出来。我甚至忘记为什么要回头，究竟要看什么。我索性在座位上彻底转过身，不再为看个究竟而歪着脖子保持那样痛苦的姿势。事实上，我什么也没有看见，简直就像掉进了阴沟那样掉进了她那双睁得大大的眼睛里，一双像总怕吃不饱的怪物一样的眼睛。我出发时的那种不安情绪中断片刻后，这时令人恼火得更加厉害。为了弄个究竟，我从座位上站起身来，向车门走去，几乎两肩之间都可以感觉得到她的目光。

实际上，汽车已经到达终点站，人们下车后匆忙向各医院的总出入口——雄伟的大门走去。她也下了车，为了追赶我，她几乎一溜小跑，我的第一个条件反射是加快步伐，以便拉开距离。然后，或许出于好奇心或某种莫名其妙的阴暗心理，我放慢了脚步，让她从后面赶上我，最后我停下脚步，甚至就是为了等她。

她急忙走近我，像下级对上级那样，谦卑、恭敬，同时又有某种孩子气，似乎她的恭顺是属于年龄差距方面的问题。我不知她觉得我年龄多大，我则很难说出她的年龄，比如十五至四十岁之间，但无论怎么说，也是在十五和三十岁之间，或者更小一点。她离得越近，就越显得年轻，显得更加没有戒备。她身材相当矮小，身子单薄，显得比实际身材略高一点。但是，她的拘谨，或者说腼腆妨碍她变得楚楚动人，也使她畏首畏尾，似乎像要掩盖什么生理缺陷。见我停下来，她也胆怯地停下脚步，瞬间，她甚至向相反方向动了一下，但马上镇静下来，越来越慢、越来越不自信地向前走，目光搭在我的目光之上，似乎以我的目光为支撑点，以致使我感到，如果我突然闭上眼睛，她就会因失衡而摔倒。

她来到我身边时激动不已，我原以为她随时会哭出声来，显然，这样会使事情更加复杂化。

"您要对我说什么吗？"我试图帮助她，"我能对您有所帮助吗？"

但是，姑娘没有回答，继续看着我，眼睛里噙着的泪水扑簌扑簌地滚到面颊上，然后停留在围在脖子上的围巾里。

"发生什么事情了吗？"我再一次询问，主要是想说点什么。因为自己不仅没有受过这方面的训练，不知这种情况下该如何行事，甚至从未怀疑过竟然会有这样的事情，这就使我感到自己更加滑稽可笑。

"您贵姓？"她终于开口了，似乎问题本身就是一种答案，或者说，无论如何，这或许也是一种摆脱困境的办法。

我未料到她会这样，不无幽默地回答：

"安格尔①，您为什么要知道我叫什么呢？"

---

① 安格尔是罗马尼亚人名字，通常不熟悉的人之间用姓。

"为了还能找您。"她回答得虽然简单，却使我完全解除了武装，本来想问她"你找我干什么"，可这句到嘴边的话却没有勇气说出口。

我改口问了别的："你在这里上班吗?"我随便地指了指周围的医院。

"是的，"她答道，显得很感激，精神焕发起来，"我是肿瘤所的护士。"突然她显得很幸福，好像让我同她一起分享一个特大喜讯。

"啊，在癌症患者病房。"我也微笑着答道，好奇地看一看她作何反应。

然而，她没有理解我的意思。她把我的微笑错当成了对她的嘲讽，脸顿时阴沉下来，如同突然关闭的台灯，看到的只是落满灰尘的旧灯罩。实际上，这就是她给我留下的印象，覆盖她的灰尘使她的色彩变得模糊起来。

"您也在这里上班吗?"她问道，略带胆怯地加了一句："您是大夫吗?"

"不，我是来探视的。"

"是吗?"她高兴起来。"那您来探视谁呀?"

"来探视那些遭受痛苦的人。"我简单回答了一句，为了打住谈话。

"我想让您告诉我是谁，说不定我也认识呢……"

"我该走了，"我对她说，"你也要迟到了。再见。"

我急忙随便向一个医院走了过去。

"再见，"她高兴地回答我，我不明白为什么，她喘着气跑到我身边，"我们什么时间再见面啊?"

"还见面干什么?"我问她，未停下脚步。

她却停下了，我听到从后面传来她那微弱得几乎听不到的声音。

"因为……因为……我……"

我回头看见她几乎瘫倒在地，面颊上的泪水像一颗颗晶莹的珍珠扑簌而落。正因我出于对她的怜悯而加快了步伐，我也几乎感觉受到了威胁。

每次下来之前，我都不愿预料我会发生什么事情，因为像其他人一样，我觉得随着情况的进展程度去发现事情更加令人激动。不去进行预测甚至成了我整合与构建任何一种虚幻平等战略的组成部分。但是，我可从未想过居然会出现什么令我不知所措的情况。我没想过并不排除某些人可能已经做过了。头儿们再一次验证我是否就那么一根筋地心向民众，那么拒绝往上爬。往上爬不仅能得到佑护，也能遭受到更高级别的惩罚。但是，假如果真如此，那么检验结果事前已经知晓。然而，这个面颊上带着那圆圆的泪珠和被平庸的灰尘模糊了色彩的生命，即使很痛苦，在一个彻头彻尾杜撰的、结局已经知晓的故事里，只不过是一个无意识的分子罢了。

走进楼房，我尽量忘掉所发生的事情。我从这种形式转换成另一种形式，看得见的看不见的，从这张病床到另一张病床，这一整天我就是这样度过的。我试图抚慰的既有人们的痛苦，也有人们的恐惧。我不止一次发现，对痛苦的恐惧比痛苦本身更加难以承受，正像如果不存在对死亡的恐惧，那么死亡几乎就毫无意义。我在一个几乎透明的生命的病榻旁逗留许久，散落在枕头上的银发还能大体显示出非物质躯体已经反映不出的年龄状况。她紧闭双眼，面部轮廓清晰——恰似一幅直接放在枕头上的素描，只有嘴唇微动，声音微弱得几乎听不见，重复着"主啊，快结束了吧，主啊，快结束了吧"，没有丝毫的恐惧，愿望如此的强烈，以至不理会她的愿望简直就是一种无谓的残忍。她不惧怕死亡，但我必须陪伴在她身旁，以便使她不要失去希望，死亡已经临近，而且一定会到来。其他绝大多数人需要我，就是为了使他们接受这种思想。他们甚至不知道需要这个，苦苦哀求我去他们那里，把我围拢起来，目的是让我驱逐死亡，使他们幸免于难。他们的思想不能实现他们的躯体已经明白的事实：死亡已经在那里，他们只能安于死亡的最终显现。

傍晚，我已经累了，当然这也是出发之前我所企求的特权之一，连我自己都不知道何以要白讨苦吃。但我觉得，如果我不像他们一样辛苦，我就不可能了解他们，不知怎样才能帮助他们。显然，就像没有人强迫我必须乘坐公共汽车一样，本来我可以继续安逸舒适下去。可是，如果一切都那么简单，或许就碰不到那个奇怪的姑娘了。我是在发现她像孩子一样坐在医院的台阶上仅仅几分钟之前才想起她的。

"我都不指望您来了。"她看见我，幸福地跳了起来，有一点点抱怨，就像幽会时我迟到了一样。

"你在这儿干什么？"我同时问道，也带有一种抱怨，但意思恰恰相反，同时对我称呼她为"你"而她称呼我为"您"这样的称谓接受起来很自然。

"我在等您呢。"她答道，对我的问话感到意外。

我没有勇气再问什么，我停下脚步，不知下边接着该做什么。但她却继续说道：

"我可以一直等您到明天早晨。反正我已经给邻居打电话了，让她告诉我母亲，就说我今晚住在朋友家，让她不用担心，我还请邻居帮我母亲热一热饭，因为我母亲有病。朋友离我们家不远，都住在科良蒂纳那一带。如果我知道您耽搁那么长时间，我本来可以跑回去伺候她吃饭，然后再回来。可是我哪儿知道啊，我也不敢误了见您的机会呀。"

她像鬼魂附身，说话快得好像发了烧。

"实际上，我并不知道您从什么地方出来，但我觉得，我就应该在这儿等您，我知道您肯定会回来的。从今天早晨我就知道，我们再也不分开了。"

听她这样说，我茫然不知所措，不能确定是出于对她的同情，还是出于对她的恐惧？她竟然试图拉住我的手，我几乎条件反射似的往旁边迈了一步，她像一条挨了打的小狗向后退了一下，显得格外恭顺，话到嘴边突然又沉默不语。

"小姐，"我不知该接着说什么，"我怕是一个误会……我不是你所认为的……"

她不顾一切地扑到我身上，弄得我不敢再继续有任何动作。

"你不能在不听我怎么说，不知道怎么回事的情况下，就干脆把我抛在一边不管，"她突然停住，似乎一时忘记我应该知道什么，"你不能装作不认识我……我不存在……"

医院门厅里，几个好奇的人透过玻璃门，另外一些想进医院的人停在台阶上，像看热闹一样看着这里所发生的一切。突然，我脑子里闪出一个念头：赶快溜掉，干脆跑得无影无踪，把她独自一人留给那些好奇的人们。可这样不仅是懦弱，也是对我所竭力支持的全部事业的否定。此外，我也不能完全排除这样一种可能性，即上峰那里的某人正在看着我按照他写的剧本表演的那场戏而恣情欢笑呢。

所以，我尽可能自然地伸手抓住了她的手臂。

"我们离开这里吧，"我尽可能温柔地对她说，"咱们找个地方聊一聊。"

我觉得，冷不防被我拉住，刹那之间，她几乎因失去平衡而倒下，然后像孩子一样，让我拉着她的手，既不显出高兴，也不觉得吃惊，只是顺从、轻松，因为终于可以如愿了。

我们进的那家甜食店在无轨电车终点站。那是一座直接在冰冻的土地上架设起来的玻璃房子，在摆放着一块块白色、粉红色和浅绿色各式糕点的橱柜前，放着三四张金属支架玻璃面的冷冰冰的桌子。

我们找了一张桌子对面而坐，她两只眼睛望着地面，终于沉默下来，我头一回仔细而好奇地端详着她。

我依旧很难说出她的年龄，正如我很难说她的头发是金黄色还是褐色的一样。她的头发缺少光泽，属于那种昏暗的浅咖啡色，我不由得想起这样或许难以辨别出丝丝白发。她身材矮小，面无表情，这就是我形容她最确切的词语，如同本来用浓墨重彩描绘之后又用抹布擦了一遍，留下的则是大致的线条与色彩。然而，她毕竟有令人怦然心动之处，才使我没有把她放在医院台阶上不管，也没有以一走了之和销声匿迹来吓唬她。也许这就是那种不试图进行防范或掩饰什么的目光。她不知疲倦地凝视着我，两手托腮，好像要把整个面颊无条件地奉献给我。

我们俩谁都不说话：我是因为不知该说什么，她显然因为不感到需要说什么。她静静地望着我，带有一种足够的自恋，我因羡慕她的这种感觉而颇感意外。这使我不得不考虑，从今以后，我永远也不要这样去看别人。

"我听您说话。"我以自己都感到吃惊的毕恭毕敬的口吻对她说。

"不，我求你，最好我们什么都不说，"她急忙打断我，出乎我的意料，她竟亲昵地把一个指头放到我的嘴上，"无论你说什么都不能使我不爱你，不管我对你说什么都不能表达我对你的感觉。"

我不能不意识到，我们之间的关系——至少语法上的关系，已经发生了变化。我对她用复数第二人称"您"，她对我用单数第二人称"你"。而这种颠倒，只是表明我们定义上的区别罢了：显然，当她真实、真诚、纯洁、无秘密时，我则处于一种虚伪、不能讲真话的那种令人局促不安的境地，并非我要撒谎，而是真话没有人会相信是真的。她的优势来源于她的真实，而我的神秘则堕落成一种阻止我做出自然反应的困窘。

"毕竟，如果你了解我，你自己就会意识到这是一场误会……混淆，因为我不是现在这里的我，不是你可以爱的那个人……假如我可以向你解释的话……"

"你想对我解释什么？解释你是外国人？解释你已有家室？解释你爱的是另外一个女人？解释你不爱我？这到底是怎么回事？对我来说，重要的是我爱你，我对你没有任何要求，我只要你让我在你身边。"

"可我说的不是这个，"我试图打断她，尽管我明白这分明是在撒谎，因为我永远对她也说不清道不明，即使我有力量和残忍这样做，她依然没有办法搞明白。

所以，她似乎并不在听我说话。她像一个对新买的玩具着了迷的小孩，攥着我的两只手在桌上玩着，抚摸着我的两只手，如同抚摸着比主人更加善解人意的生灵。我不知如何是好，我觉得自己既无可奈何又滑稽可笑，同时，我还认识到，我对她的怜悯和她对我的爱恋（这种感情完全占领了她，像一场疾病或太强的光线一样吞噬了她）之间存在着我永远也无法描述的质的差别。我所能够弄懂的全部问题是，真正强势的是她，不是我这个一出生在世就具有优越感的人要教育她什么，而是她这个科良蒂纳地区的护士值得我学习。我甚至感悟到，如果不想虚度此生，就必须学习。

"你答应我在你身边，是不是？"她的眼睛睁得大大的，茫然地盯着我的眼睛，显得有些奇怪，好像同时既要尽量多看，又要什么也不忘掉。

她说话声音很低，平铺直叙，一点也不抑扬顿挫，她意识到她在说车轱辘话，其实她的眼神比她说的话表达得更加完备。

"你不把我赶走，不躲避我，让我在台阶上等着你并且一起走，是不是？你答应让我告诉我的同事从值班室看着我们，对不对？"

她这样问我，并不期待答复，虽然这不是一些夸夸其谈之类的问题。索性就让她把想说的话都痛痛快快地倒出来，想说什么就说什么。我也想对她说点什么，说一点不使她害怕的、相反还能增加她的幸福感的话。但是，一方面，我不知说什么好，另一方面，不管我说什么，明摆着都不如沉默，因为她可以把沉默理解为某种认可。所以，我沉默就够了。

"上帝啊，"她低声笑了，"如果妈妈知道我找到你了，知道我谈情说爱了，她该有多么幸福啊，让她也认识你，或者看你一次，就一次，我就非常高兴啦。"

"该关门了，对不起，"在用人造奶油装饰的糕点柜台后面传来差不多可以说是悦耳的、充满善意的声音，表达的意思与那几个词语刚好相反。

他们可能听到了我们说话，并且试图保护我们，正如恋人们都受到保护那样。

"我们该走了。"我对姑娘说，谨小慎微地起身，当心避免有催促之嫌，给她穿上那件寒酸的大衣。她急忙把她那条没有什么特色的围巾缠在脖子上。

她突然沉默起来，宛如刚刚从睡梦中醒来，没有丝毫反抗就让我领着出了门，但并不显得如愿以偿。情绪突然低落，几乎是悲伤，只要我能看到她重新精神焕发，让我再一次羡慕她，我情愿为她付出一切。我脑子里突然闪过一个念头，索性暴露自己的身份，把那个使我们分离的秘密作为礼物献给她，我突然张开双臂，使她喜出望外。但我不知道恐惧是否大于惊喜。

外面天色早已完全黑暗下来。刺骨的寒冷。终点站停着四五辆公共汽车，其中一辆里面有一半乘客等着开车，但没有司机，几盏脏兮分的灯泡光线幽暗。昏暗之中，对人和车辆来说，时间似乎已经停滞。

"这就是我们那趟车，"她说，"明天见。"

她的两只眼睛虽然已经十分疲倦，但未流露出丝毫怀疑。很清楚，对她而言，一切都是早已决定好了的。

"明天什么时候?"我本来想问，可那样就过头了。

连我都不知道明天意味着什么。我只是点点头，看不出我在撒谎，只是热切地希望为她好，帮助她，鼓励她。我甚至想抬起手去抚摸她的面颊，但我觉得这动作时间太长，只是把她的衣肩平整了一下。从她的眼睛、皮肤、鼻孔的颤抖、嘴唇的颤动而迸发出来的那种感激之情，在那肮脏的黑暗中突然发出了耀眼的光芒。她向我走近了一步，踮着脚用她那双小手，抓住我的衣领，孩子似的，脸贴着我的大衣停留片刻，最后鼓足勇气，跳上了那辆正要启动的公共汽车。

我留在车站，望着在坑坑洼洼的路面上摇摇晃晃逐渐远去的公共汽车。后车窗玻璃像电视屏幕那样把她定格在那里，她发了疯似的一边向我招手，一边变得越来越小。我也向她招手，直到不见她的踪影。然后，我放下疲劳的双手，许久，这个小小的停车场只剩下我独自一人，一辆辆公共汽车在昏暗的日光灯下熄灭了车灯。瞬间，我试图想象以我为中心所表演的这出戏，会给从上面看的人留下什么印象，但这种想法立刻就消失了。我像触了电似的发现：我竟然都不知道她的姓名。

我脑子里压根儿就没有闪过要问她的念头。每当我再次回忆起这一切时，我感到，令我内心不安的并非不知道她的名字，而是我没有想过要问她，她一定会发现我对她缺乏兴趣而痛苦。突然，对宇宙万物的一种巨大的、撕心裂肺的怜悯之心笼罩了我，那个热恋的生命是这个宇宙的组成部分，我不知道是否还能再见她一次，因为我不知道我是否有勇气承担起她无谓寻找的责任，也不知道我是否有力量把她独自一人留在陷阱之中。我只知道有人比我们知道得要多，他知道我将干什么，她将干什么，以及将要发生的一切。

只有在感觉到我的面颊潮湿、泪水开始缓缓地无声地往下流淌时，我方才意识到我已经开始哭泣了。首先我感到吃惊，这可是我有生以来第一次这样。但是在我吃惊之前，哭泣就已经变成了似乎要把我撕得粉碎的不能自已的失声恸哭，以此来反抗那种无穷无尽的不公正，我个人不过是其中一个可以忽略不计的一部分而已。我继续哭泣着，前额贴在日光灯那冰冷的电线杆上，我感觉到我在怎样溶解到神经质的发泄之中。同时，这也是我这次回来最有说服力的明证。

"饮酒过度损害健康。"从一辆发动着的公共汽车里，我听到了司机那冷嘲热讽的声音。

我深深陷入那种难以名状的愤慨和怜悯兼而有之的状态之中，没有尽头，无可选择，为那些从上面看着我的人，为那个以为我酩酊大醉的司机，为那个向她妈妈讲述她爱情的姑娘，为那些呼唤死亡的病人，为那些还在躲避死亡的人们，为那些蜷缩在人行道边结了冰的泥泞里睡觉的流浪狗们，还有，为了我——那个固执地坚持下来抚慰那些证明经常得不到抚慰的人，我继续哭泣着。这时，天气越来越寒冷，我早已从肩上扯下了权力标志，可肩膀疼痛的四周依旧使我感到阵阵刺痛。我所放弃了的翅膀使我疼痛，如同不再有双腿的截肢者们双腿依旧使他们疼痛一样。

（张志鹏译）

杜米特鲁·迪努莱斯库

　　杜米特鲁·迪努莱斯库（1942—　　），罗马尼亚著名小说家。出身于布加勒斯特一个工程师家庭。一九六五年毕业于布加勒斯特大学语言文学系。一九七〇年至一九七三年在布加勒斯特电影戏剧学院攻读研究生课程。先后当过图书管理员、电视编剧、导演助理和导演等。一九六六年登上文坛，出版过《罗伯特·卡洛》（1968）、《林达·贝林达》（1979）、《单身族》（1980）等小说集。他的小说语言简洁，语气平淡，叙述的尽是些平凡得不能再平凡的事，描写的尽是些普通得不能再普通的人。《我、丽扎和那耶》是一个反映青年生活状态的故事，表面上看平淡得有点枯燥，但细读之后不难发现，这实则是一个耐人寻味的情感故事，写出了青年人的空虚、盲目、迷惘，以及爱情观和人生态度。

我、丽扎和那耶

明天我就满三十三岁了。昨天我见了丽扎。

我的朋友那耶·库尔克也爱丽扎。他是今年夏天在游泳场认识她的。当他从丽扎的单车旁走过时，她问道：

"你这么晃来晃去干吗？"

丽扎同一位女朋友在一起。

库尔克反应迅速，坐到了单车上。

那一阵子，库尔克很有钱，因为他常跑乡下，修电视。

他同丽扎一个夏天花了八千列伊。

他们分手了。那耶，就像陀思妥耶夫斯基笔下的人物，挺拧。

他常从凯旋门附近给她打电话，十分钟工夫，就坐着出租车，来到贝尔切尼，出现在她面前。

常常一见面就吵架，因为那耶爱丽扎，而丽扎太轻浮。

有天晚上，他甚至给了她一拳头，因为她突然变卦，不愿同他去参加一次聚会。

而那耶，尽管品行不错，却喜欢聚会。他喜欢音乐，喜欢被一帮朋友围着。

有时他也喝酒，嘴对着酒瓶，拼命地喝。眼睛像两颗珍珠似的闪闪发亮。傻笑，这可以证明那耶是个好小伙，有着艺术家的心灵。

然而，在奥维德乌家的一次聚会后，他给了丹·佩特雷斯库两拳头。丹想带着桑达和她的朋友卡门去参加另一场聚会，撇开那耶，而桑达和卡门是那耶带来的。

打那以后过了一年，佩特雷斯库和那耶没有和好，两人各在各的队干活。那耶同我、奥维德乌、小科科里诺夫，还有其他人一起，而丹·佩特雷斯库主要同桑杜·戈迪泽做伴。

昨天，我碰到了桑杜。

"怎么样，先生？还和阉公鸡一起干活？"

阉公鸡就是那耶。

"没错，"我说，"那你还和丹·佩特雷斯库在一起？"

"嗯，对，"戈迪泽说，"上星期六我们三个哥们儿和六个小妞举行了一次聚会。"

一听这么铺张浪费，我热情地望着桑杜。

"以后叫上桑杜怎么样？他很出活儿。"我在心里琢磨。但不一会儿我就注意到他八成在撒谎。

"我也想同你们一块儿玩玩，"戈迪泽猜到了我的心思，"可佩特雷斯库怎么办呢？他同阉公鸡还较着劲儿哩。"

"没事儿，我有办法，你们玩时叫上我，我并不是整天和阉公鸡泡在一起。"

然后，我就和桑杜"拜拜"了，但，细想一下的话，这不是昨天的事，而是前天，我正从游泳场出来，十六点左右，我上班早退了一会儿。

昨天我见了丽扎。十九点四十五分，外贸部对面新开张的化妆品商店前。

我看见丽扎走来，发现她那双粗壮的大腿实在惨不忍睹，她单调的步伐实在无精打采，可她的蓝眼睛这样蓝，白皮肤这样白，就像是透明体，并散发出一阵呛人的雷克索娜香水及其他进口化妆品的味道。这些化妆品非常昂贵。

她想去看电影，我却毫无兴致，只觉得口干舌燥，非得喝杯啤酒不可。然而她不，她不想喝啤酒，她已喝过两次了，一次在早上到部里去时，那是头儿派她去的，另一次在家里。

我昨天上班时遇到了很多麻烦，和前天不同，觉得很有必要喝杯啤酒轻松轻松，听听自己的话，而不是电影中别人的话。

我们还是来到了金星花园。丽扎说买票吧，而我说让我们再考虑考虑，说着说着我决定不买门票，而是去喝啤酒。这下可大大激怒了丽扎，她对啤酒一点儿也不感兴趣。

"行啦，亲爱的，"我试图向她解释，"什么时候我都可以依你，但今天不行，今天上班时遇到了这么多事。"

"好吧，可我岁数小，"她说，"你岁数比我大，就得依我。"

没错，她小，二十或二十一岁。我大，三十三岁。于是，我答："对，亲爱的，是我大，但还没有大到事事都得依你的地步！"

这使我恼火。对于她来说，和我一起并不重要。我应是一个事事依她的人。比如说，带她去看电影，可我不是那种人。

我们在大学公共汽车站分手，她坐三十一路车，回贝尔切尼，我提溜着她的网兜，一直把她送到车站。她购了不少物，说是为一个女朋友买的，是位女同事，正住院哩。

就这样我同丽扎分手了。

是那耶把她介绍给我的，他现在正爱着一个叫耐莉的姑娘，他这么说，可我明白他依然爱丽扎。

有一回，我们四个聚在了一起：我，那耶，丽扎和耐莉。没有啤酒，我们就喝了佩斯克鲁希葡萄酒，然后到了我的住处，玩了一局十五子棋。

耐莉注意到那耶依然喜欢丽扎。我那时也喜欢丽扎。耐莉不想下棋。主要是我和丽扎在下。那耶也下了一会儿。

昨晚，那耶来电话，说要带耐莉来我这里看同丹麦的比赛，我对他说我要同丽扎约会。

那耶不相信。

"嘿，不是你把她介绍给我的吗？"

"正是。"那耶笑了。

后来我听丽扎说她刚和那耶约过会，那耶帮她提溜着网兜，穿过了整个城市。然后她把他打发走了。

这么说丽扎和那耶约会，还约会。

"你们为何还约会？"我问她。

"不知道，"丽扎说，"可那耶是头牛。"

"为何是牛？"

"不知道，亲爱的。可瞧，有一回，我说想到外地玩玩，他说没钱。我说，那又怎么样，亲爱的？然后，我一生气，就不再和他约会了。"

"可是，亲爱的，"我指出，"如果你说他是条牛的话，为何还继续引诱他呢？"

可丽扎同时培养我们俩。有这么多人追她，她感觉良好，这就是小妞，这就是不知想要什么的姑娘。

然而，有一回，看马戏时，丽扎问我：

"你到底想从我身上得到什么？"

想要得到什么？我知道想要得到什么吗？丽扎为何这么单刀直入，为何？我从前是，现在依然是一个感情细腻的人。和我打交道，你得特别小心。

一个星期天，中午时分，我和那耶·库尔克一起去喝碗鱼汤，我看一些人正喝着哩。可没有了。于是我要了份牛肉汤，他要了份鸡肉汤。

　　看到服务员端着托盘走来时，我们打了赌。可托盘里既有牛肉汤，也有鸡肉汤。服务员给那耶上了鸡肉，给我上了牛肉，汤汁相同。

　　能得出什么结论？

　　依我看，很多。

　　不管怎样，我三十三岁了，虽然尽干傻事。今晚我去奥维德乌家参加聚会。我想恢复自己的生活。

（高　兴译）

玛丽娅－卢伊扎·克利斯戴斯库

    玛丽娅－卢伊扎·克利斯戴斯库（1943—2002），罗马尼亚著名女作家。出生于布加勒斯特。一九六六年毕业于布加勒斯特大学语言文学系。曾长期担任编辑。一九六八年以长篇小说《亲爱的兄弟离走时的奇想》登上文坛。之后又陆续出版了《别屠杀女人!》（1970）、《期待》（1973）、《马其顿烟草》（1977）、《爱构成的小说》（1978）等长篇小说，以及《巫婆的城堡》（1972）等短篇小说集。她的短篇小说将现实和梦幻巧妙地结合起来，形成一种亦真亦幻的艺术氛围，往往既具有诗情画意，又充满人生蕴含，颇为耐人寻味。

    《克洛丽丝》译自《罗马尼亚七十年代小说选》（罗马尼亚书籍出版社，1982 年版）。

克洛丽丝

晚会极为出色。女主人——高贵的克洛丽丝夫人可以满意了。她成功地凭着精致的菜肴，细嫩的野味，动人的笛声和漂亮的宅第使得所有来宾惊叹不已。

前来参加晚会的女士们都带着一份好奇，想看看古怪的克洛丽丝现在模样如何。她隐居乡间已有多年，一直住在一幢由细草地和公园环绕的大房子里。她的先辈都出生在这里。打从多年前举行的另一场聚会以后，谁也没再见过她。那一回，好像发生了点儿不愉快，两位女士吵了起来或鬼知道什么事。过了这么多年，参加了这么多舞会，一个女人办的一次舞会情况如何你早已忘了。这个女人既不会因容貌也不会因漂亮的连衣裙引起他人的忌妒和兴趣，因为绣花锦无法使一个粗笨的腰身变得苗条，而蓝宝石耳环也改变不了一双奓拉耳朵那甜菜似的红颜色。

眼下当克洛丽丝不再年轻时，反倒不显得怎么丑了。水泡眼不再那么突出，薄如丝线的嘴唇也不再有任何人注意。瑕疵只在等着嫁人的姑娘身上方才引人注目。也许她早就放弃了这方面的想法。尽管如此，晚上她还是和英俊而高傲的凯特跳舞。其他女士要是没有那样自顾自的话，可能会注意到她只和他一人跳舞，对其他男子都一概拒绝。整个晚上，克洛丽丝依次在四座橡木楼梯上坐着。这些楼梯通向住宅的数十间卧室。她坐在那里，俯瞰着大厅，监督着仆人，看到年轻姑娘脸上漾起幸福之情时，宽容地微笑着。凯特猛烈旋转着靠近她身边，问：

"舞厅里为何缺少您那优雅的身影？"

"因为我恨你们。"克洛丽丝答，嘴唇上泛起一丝嘲讽、夸张而又狡黠的微笑。

"您能至少对我，您恭顺的仆人，温和一点吗？您能伸出手来，和我共跳宫廷舞吗？"

"好吧，尽管没有任何借口，或许正因如此。"克洛丽丝笑着说。她这么开着玩笑时，不再是个上了年纪的妇人，而成了一位令人愉快的女主人。

来宾们一会儿赞美各式各样的葡萄酒，一会儿对新端上来的每一盘煎孔雀和鹿肉冻发出热情的欢叫，一会儿又向刚刚组成的对对情侣偷偷投去微笑的目光，就这样度过了整个夜晚。众所周知，一场舞会的结果便是未来的定婚仪式，女孩姑姨间的友谊以及老夫人间互相交换的新式刺绣图案。

拂晓时分，烛火通明的大厅重又变得空空荡荡，由四座楼梯守护着。那些远道而来的客人们已到一天前就预备好并加过温的卧室里睡下了。不巧，一位老夫人却给忘了，怎么也找不到一间为她准备的加过温的房间。克洛丽丝刚刚办完一场这么美妙的晚会，此刻又巧妙地通过了老夫人这一关，丝毫也没有将她得罪。

"噢，我为您准备了最最暖和、最最舒适的房间。"她说完吩咐一位女佣领老夫人去那间卧室。

然后，她迅速走近一位正坐在高背扶手椅里，好像在休息的年轻姑娘。

"真抱歉，戴丽娅，我不得不把为你准备的房间让给她。我知道你还没把东西放到里面，于是，就让她以为是为她准备的。你不会生气的，对吗？"

"一点儿没事，克洛丽丝。"戴丽娅说。

她们俩互相称名道姓，因为戴丽娅是克洛丽丝夫人童年时代一位女友的女儿。这位女友如今疾病缠身，贫困潦倒，很乐意让女儿代表她来参加晚会。说不定哪位男子会爱上她，这样一来，她那失去的财富和土地就不会意味着可爱的女儿的幸福终结了。

"在我想好安排你睡哪儿之前，我们再聊一会儿。"克洛丽丝说，"你母亲给我写信说你要来时，我就想到这场晚会对于你来说将是一次绝好的机会。你会交上很多女友，说不定还会找到自己的未婚夫哩。"

"哦，克洛丽丝，我想我已经找到了——"

"女友？"

"不，未婚夫。"

姑娘的脸上呈现出一副羞涩而又幸福的神情，细腻光洁的双颊泛起了道道红晕。然而即便那么激动时，她也觉得克洛丽丝夫人很丑，或者说，一下子变得很丑。嘴唇不见了，仿佛被牙齿使劲地咬在嘴里；眼睛水泡似的鼓着，耳朵则像两片红红的葡萄树叶，耷拉着，弯曲着。

"是吗？"克洛丽丝稍稍抬高了嗓门问。"我都没看见你大部分时间和谁在跳舞。我没留神。"

"哦，我和所有人都跳过。"

"你和他聊天了吗？或者用餐时和他坐在一起？"

"没有，没有！我们只是一块儿跳了舞。"腼腆的戴丽娅说，眼睛在黑暗中闪着光芒。

"他长得既高大又英俊——"

"对，当然，既高大又英俊，右腿上套着黄色松紧袜带。"

"可所有年轻人都套着这种袜带，只要是贵族，"克洛丽丝对姑娘的无知感到不高兴，"而且个个又英俊又高大。"她说，声音压低了一些，"你觉得他比别人更高傲吗？你见他和我跳过舞吗？"

"没有。我连喘息的工夫都没有，一直在不停地跳啊，跳啊，只是当他再次向我邀舞时，我才能看见他。再说，舞厅这么大！你一定非常幸福，克洛丽丝，能举办精彩的晚会，让所有人羡慕。"

"你知道你将在哪儿睡吗，戴丽娅？让我们想想看。要么在我隔壁房间，要么在那间对着温室的房间。两间都一样暖和，你完全可以放心地住进去。你挑吧！"克洛丽丝说，声音在空荡荡的宴会厅里回响着，像一种威胁，像一声警告，像最后的宽容。

戴丽娅害怕。

"我不想打扰你，不想让你听到我的脚步声或……最好睡在对着温室的那间吧。"

"正好适合你，"克洛丽丝笑了，"戴丽娅本来就是花的名字。那就这样吧。"她说。话音刚落便降下了一道沉默的帷幔。

她们的脚步声渐渐远去。最后几支还在冒烟的蜡烛独自熄灭了。

"拿着，"克洛丽丝说着递给姑娘一支蜡烛，"这样你就不会害怕了。"

戴丽娅走进房间，似乎松了口气。克洛丽丝让她害怕。她一直感到自己并不讨她喜欢。她觉得她要有多丑就有多丑。她十分担心克洛丽丝从她的脸色，从她颤抖的声音中注意到这一点。女主人干枯的面容在她的脑海中停留了片刻，然后就只剩下瘦削的肩膀和突出得极不自然的胳膊肘。在她脱连衣裙时，迷人的未婚夫的形象占据了她的心田。她感到幸福。她的掌心中还留有他那微妙但极富男子气概的握手后的余温，腰部还保存着那有力的臂膀的纪念。她重又看到他的嘴唇微微启合，轻轻对她说，他一直在梦想着她，告诉她他会感到多么幸福，并会怀着多少爱意时刻跪在她的脚下。这么的激动，这样的回忆使得戴丽娅感到浑身暖融融的。她穿着一件薄衬衣，坐在床上，将插有刚刚点燃的蜡烛的烛台放到了旁边的桌子上，倚着枕头，不停地想着，试图尽可能多地回忆起有关未婚夫的细节。

另一个房间在她面前敞开。冬季克洛丽丝在里面护养着一些她最最喜欢的花。

想着渐渐在脑海中淡化的高贵的男子，望着温室里的花朵，戴丽娅幸福地沉入了梦乡。

白色的蜡烛刚刚燃到一半，戴丽娅就醒了，或者也可能这一切都仅仅发生在梦中。仿佛滚烫的空气压迫着她，使她喘不过气来。房间里一片光芒，白得令人难以置信。桌子上，烛台上，一股黑烟袅袅升起。她似乎觉得热浪滚滚，冲击着她皮肤上的每一个毛孔。她垂下目光，看到自己一丝不挂地躺在床上，说不出的惊讶，不禁打了个冷战，一半出于恐惧，一半出于羞愧。她从不光着身睡觉，因此都不敢照一下镜子。她有一种可怕的感觉，房间里并非只她一人，还有无数双眼睛在打量着她，紧盯着她，审视着她的身子。她试图用一条单子，一条床单盖住自己，可手在身体周围摸来摸去，只摸到一块光滑而又坚硬的布，却怎么也抓不住。她正坐在那块布上哩。她想用指甲将它扯出来，但没有成功。她闭上眼睛，这样至少就看不见自己那白如石灰的皮肤以及腰部周围柔和的褶皱。晚会上她的腰段曾由衬裙紧紧地裹着。

她的眼睛几乎不由自主地睁开了，看到了那扇硕大如墙的窗户，离她只有咫尺之遥。窗户前面的架子上、箱子和木桶里，奇形怪状的花盆里伸展着克洛丽丝夫人养育的各式花草，枝繁叶茂，只留下星星点点的空隙，透出窗玻璃的闪光。

她感到危险就来自这边。于是再次试图从床上抓起一条床单，好裹住自己，却徒劳无益。紧接着，她将手伸到头底下，想要抽出枕头。没料到枕头连着床上的雕花木板。直到此刻她的身体才感觉到了木雕花朵和精致的阿拉伯装饰。

她惊恐万状，在床上滚来滚去，寻找掉落的床单。有那么一会儿，平卧着，脸贴着粗糙的织物，没有一道褶皱可抓，没有一处弯曲可拉。她偷偷瞥了几下，感到离打量她的眼睛更近了。沉重而滚烫的呼吸在她的背上融化。她转过身来。

仿佛房间变狭了，仿佛光芒增强了，从白光变成了磷光。爬满植物的玻璃墙越来越近。此刻她觉得自己的整个身子就靠床帷庇护着。蓦地她听到一颗心脏怦怦地跳动，目光不由得落在了一朵白花硕大无朋的嘴上。一股呛人的、滚烫的芬芳扑鼻而来。那是朵百合花，杯状的花瓣恰似用粉笔末制成，里面栖息着一些细长细长的草茎，黄色的花冠不时摇落一片金雾似的花粉。这些细细的触须好像从白杯中走了出来，使劲地向着床蔓延。花朵在不断地生长，黄色的雄蕊一个劲儿地飘落，直到戴丽娅惊恐地看见它忽然枯萎、收缩、蜷曲，成了一个灰色的痂。

从姑娘的唇上传出了一声叹息。随之而来的热气似乎又转回到了她身上。她的目光在攀援而上的叶子上，在缠绕窗户的细细的卷须上惊慌失措地上下游荡。她闭上眼睛，然后又迅速睁开，还是看到了同样的情景。她试图从床上坐起，以便远远地躲开狂怒的植物。就在那一刻，她感到腿上一阵触动，黏糊糊的，一株粉红色的植物，长着透明的草茎，都可以看出脉络，缠上了她的脚腕。这根草茎此时成了一个系在脚上的戒指，温润而又暖和。惊慌之下，她忽然想到该用另一条腿将它弄掉，可身体另一部分即将出现的同样的恶心使她僵住了。她的身体绷得紧紧的，目光朝上投去，盯住了绣花布织成的床帷。

细细的不长叶子的草茎——一些多节的绿色藤茎，窥伺着，在金线织成的花朵上敏捷地向前伸展，此刻已到了她的头顶。尚有一半路程，它们就要越过床帷，就像攀附在网上似的四处分叉，然后向下蔓延，朝着她倚靠的床头侵袭。

她用另一只脚碰了碰脚腕周围的红色植物，惊恐地看到它立马开始解体，流淌，最后什么也没剩下。这时她的心中萌生出一缕无限的同情。戴丽娅用双臂挡住胸口，以便保护她那赤裸的身体。

就在那时，她看见了那只紫色的鼎形花盆。在此之前，她的眼睛一直没有注意。花盆中舒舒服服地躺着的植物似乎正在深呼吸，马上就要向她进攻。戴丽娅完了，身体渐渐变凉，心脏勉强还在跳动。她目不转睛地盯着布满红色斑点、边沿又细又薄的叶子，只觉得它们正缓慢地爬上了她的双腿，用奇特的草茎摩挲着它们。这根草茎看上去就像生肉，长着密密麻麻的灰白色汗毛——一层刺人的干绒毛。不多一会儿，她的膝盖上便缠满了那些好像疲惫不堪的叶子。刹那间，她似乎觉得那棵植物将要在此停止前进了。

她闭上双眼，期待着听到它杀死其他入侵者时所发出的轻轻的啪哒声。

片刻之后，她便感到红色植物触到了她的大腿。她抬起眼睛，看见薄薄的绿色网状卷须和吊钩径直爬上她的耳朵。生肉似的红叶植物向前爬行着。

从那一刻起，她的心脏便停止了跳动。烛台上的蜡烛微微闪烁着，流下了最后几滴蜡。黑暗遮住了赤裸的身体和整个房间。唯有窗户发出星星点点的亮光，然后很快又被摇曳的叶和茎遮掩了。

接着，黎明降临，太阳升起，整幢房子的人都从梦中醒来。

来宾们走出大门，登上恭候着他们的四轮马车。小伙子们骑上马，紧挨着马车窗户，以便同坐在里面的太太们并肩旅行。

高傲的凯特随着最后一批客人走出大厅。克洛丽丝布满鱼尾纹的双眼一直注视着他。光天化日之下，那双眼睛呈现出一缕淡淡的绿色，仿佛在水里浸过似的。

"你在等人吗，尊贵的先生？"女主人问。

"除了你，我还会等谁呢？"凯特答，语气中稍稍含着嘲讽。

满足了那张粗糙的，似乎另有所求的脸之后，凯特冷冷地离去。

克洛丽丝孤零零站着。这时，一个迷人的小伙子，刚从一场美梦中醒来，头发蓬乱，急匆匆走下楼梯。

"啊，你是托马斯先生的公子！"夫人笑着说，"快去追上你的朋友。"

"我这就去，夫人，但首先还得请您向美妙的戴丽娅转达我恭顺的敬意。我和她都将时刻感谢您，正是在您举办的晚会上，在您的家中，我们俩永远地相遇了。"

（高　兴译）

贝德罗斯·霍拉桑捷安

贝德罗斯·霍拉桑捷安（1945—　），罗马尼亚著名小说家。生于布加勒斯特。毕业于布加勒斯特理工大学。出版过《子夜的光晕》《候车室》等十多部长篇小说和中短篇小说集。曾多次在国内外获奖。访问过中国。作者善于通过生活细节来反映人的精神面貌和心理状态。短篇小说《精美食品四道》中的食品实际上成了某种无形的镜子，反映出人的种种特殊状态和微妙心理。

精美食品四道

小 羊 肉

"跟你说过多少遍了，不要再用这种口吻和我说话……拜托了！到此为止吧！"

"怎么呢，亲爱的，我说什么呢？怎么我一对你说点好听的，你就生气？我说'我爱你……'，这难道很可怕吗？你没事吧？我还以为你也被那出戏打动了呢……我该怎么对你说话？……你到底怎么了呢？"

"我也不知道，但求求你别再这样了……至少在公共场合……稍微注意点分寸……你这样，就像个十七岁的女孩似的……"

"嘿，瞧你说的，真是绝了！你说的可真叫高明啊……气死我了……和我玩深沉……你自己在盖拉西姆家，同他老婆说起话来，就像嘴上抹了蜜似的……在外面装孙子，回到家，反倒说我神经兮兮的……瞧你……露馅了吧……你要是一贯如此的话，倒也罢了。"

"你可真把我惹火了……你的玩笑实在过头了……我的忍耐是有限度的……你要是对我不满的话，那就请便吧，想干什么，就干什么去吧……但别这么歇斯底里……起码别在外面丢人现眼……"

"得了吧，想得倒美，让我离开这个家，你一个人呆着，谢谢了！给我摆臭架子……你以为我能一直这么忍下去吗？……行了，让人听见好了……别人你倒是在乎，就是不在乎我……让别人听见也好，至少让他们知道你是哪号人。摊上你这种男人，算我倒了八辈子霉了……如果我稍稍用点脑子的话，可以找上一打好男人……我可真傻呀！整天顾着这个家，也不出去会会其他男人，享受享受生活……行了，我受够了……明天，你就给我滚蛋，爱去哪儿去哪儿……去找盖拉西姆太太吧……我不想再见到你了……像我这样重感情的傻女人，你打着灯笼恐怕也找不到了……"

"孩子们，开饭了……别再玩录音机了……搁到一边去……还有这些废话，跟录音机里放出来似的……楼下那家邻居今天早晨问我你们小两口到底怎么了呢……连续三天吵个不停……别人会说闲话的……别再斗嘴了，好好过日子吧，斗起嘴来，你们倒挺能耐，真是傻透了……赶紧来吃饭吧，要不菜就凉了……我今天做的菜，准保你们爱吃……小羊肉……只要一吃上，你们就会把那些个情感剧撂到一边去的……"

蜜桃罐头

每当他生某人的气、和同事吵架或情绪不佳时，就回到家里，就吃上一个蜜桃罐头。就是这样。

就是这样，气冲冲地吃。用不了几分钟，感觉也好了，心情也平和了，不知怎的，气全消了。得！

没有任何人教他这样。是他自己习惯于"这一模式"的。他说这是他的模式，就好像人人都有一种模式似的。

他的名字极好记：米哈伊·尤内斯库。可同事们存心逗他，都管他叫迈克·琼生。整个单位，就他一人会英文。这样，一有什么外文要翻，香水说明书或面膜新配方之类的玩意儿，大伙儿都找他。

更甭说通常那些个外事方面的琐碎事了。

当然啰，他的工作不算太好。可比起下乡来，他就算幸运的了。

他小小的个子，有点多愁善感的样子，喜欢将面包掰碎，放在阳台上，给鸽子吃，最最喜爱的情侣是：罗密欧和朱丽叶。"瞧，就这样开始，然后再梦见勒布西内亚努大公，你的事业就成了……"

他不生气。他开得起玩笑。

可不知怎么搞的，他和戴莉齐娅·古达波闹翻了。戴莉齐娅与其说是他的情人，倒不如说是他的女朋友和未婚妻。他们互相谩骂，甚至还动起手来。最后，他单方面决定让她滚蛋，再也不想见她了。

"哼，见鬼去吧，我受够了。难道还要让我再忍下去不成？……"

他怒气冲冲地回到家，一股脑吃下了两大罐头蜜桃，直叫他母亲看得目瞪口呆。她不明白，儿子既然不太把古达波小姐当回事儿，那又哪来的这等胃口。

"行了，米哈伊宝贝，明天再吃吧……"她对自己那个不到三十便已开始谢顶的儿子说。

"求你别烦我了，我胃口正好着呢，就现在吃，决不留到明天……别再婆婆妈妈了，求你了！……我毕竟也有自己的生活呀……"

接着，他倒头便睡下了。而他那可怜的老母亲还在一个劲儿地祷告，希望儿子吃下这么多桃子后，千万别消化不良，出什么意外。可他没事儿。第二天一大早照常上班去了，情绪还特好。"我又是个自由的人了……"看来，蜜桃罐头还真帮了他。

小提琴和大蒜

他是拉小提琴的，喜欢吃蒜。对于一位知名艺术家而言，这是个多可恶的习惯，多么糟糕的口味啊！太恐怖了！任何敏感一点的人都会反对的。满嘴的大蒜味，还要演绎克莱斯勒或帕格尼尼。

不可思议！

可他却说："怎么，我们不是人吗？每个人都可以有点小小的偏好嘛……"

唯有那些真正热爱内斯特－约基姆并接受他的怪癖的人才会同意这一点。再说，所有大艺术家都有自己的怪癖，他为何就不能有呢？

只要吃些桂花，蒜味就没了。要命的是，他既受不了桂花，也受不了那些随时可以从斯图加特或毕尔巴鄂买到的化学制品。

命中注定他得满嘴的大蒜味。

他们巡回演出时，来到了一座国内及国际大腕儿和明星常常绕过的小城。这是秋天的一个温柔的夜晚。在文化馆的临时舞台上，他为慕名而来的观众们演奏了塔尔蒂尼、波隆贝斯库以及其他好多名家的作品。演出最后，一个纤细的、头上系着丝带、胸前别着校徽的女中学生走上舞台，为他献上了一束秋水仙。他大为感动，在观众热情的喝彩声中，吻了吻姑娘的面颊。

"太可怕了！这个姑娘刚吃过蒜……简直太可怕了！怎么能这样捉弄我呢？太不像话了！也没人检查一下她吃了什么。"他面带微笑，一边谢幕，一边说道。

姑娘同样感到大失所望。

"哦，大师吃过蒜……"她觉得，一位小提琴演奏得如此美妙的艺术家，除了玫瑰花瓣，不会吃别的。

就这样，一气之下，小提琴家第二天离开了小城，连地方上安排的打猎活动都不参加了，并发誓，从今往后，再也不吃蒜了。"那个傻姑娘的眼睛可真美啊！……"

他哪晓得，与此同时，那姑娘也打定了主意，以后再也不向音乐家献花了，不管他演奏什么乐器。

锡比乌香肠

寒冬。苍白的太阳装饰性地悬挂在空中。雪在各种各样的鞋底下吱吱作响。树木披上了银装。孩子们乘着雪橇，投掷着雪球。

真冷！

他们俩出门散步。到路上走走。像那些希望得到片刻休息、宁静和清闲的人一样。他们穿戴得厚厚实实，寒冷对他们构不成障碍。他是建筑师，她也是建筑师。他尊重她，她也尊重他，也就是说，他们相互尊重。他们相处得很好，甚至可以说是好朋友。他们俩都是山区出身，走起路来，步子又大又快，擅长滑雪。夏天，他打网球，她游泳。俩人都不吸烟，有许多共同爱好，喜欢桥牌、古典时期以前的音乐、冲浪和美国短篇小说。他看《时代周刊》，她则读《观点》。常到欧洲各处旅游，彩色幻灯片，十六毫米的胶片，他们的生活水准挺高，超过了平均水平。去年，他们还获得了建筑设计大奖。更不用说其他了。

他们甚至都不需要说话。

两人实在太默契了。

结冻的湖，挂满冰凌的松树，博那萨桥，还有那座小修道院——冬季的每个礼拜天，要是不去锡纳娅的话，他们都会沿湖走一圈，洋蓟，从前的外交官板球场，小高尔夫场，柳树，医务中心，然后再往下，潘格拉底街，赞巴齐安博物馆，走到这里，离他们所住的别墅就不远了。

安娜别墅。

回到家，清除雪，换衣服，洗一洗。她照着镜子，将头发松开。他打开电视，倒上一杯杜松子酒，准备看约瑟夫·沙瓦演的片子。"亲爱的，你也想来点吗？"他问。"就一点……你不想要点锡比乌香肠吗?""行啊,请你切点吧,几片就成,切完后快过来看电视,就要开始了……还有六分钟……""好吧,我这就过来——"她说。他舒舒服服地在沙发上坐下,而她迅速走进厨房,不一会儿就端来了几片面包和香肠。他们俩早就决定少吃东西,多做运动。"今晚,我来对付吧——"

两个幸福的人。

（高　兴译）

格奥尔基·施瓦茨

寻求人生的价值和意义是千百年来文学的重要话题，即使在科学技术和物质文明高度发达的当代社会中，亦是如此，发展到极致的科学技术创造了大量财富和智能化的种种手段。富有操纵色彩的科技理性不仅深入社会、经济、政治，而且浸染着人们的思维、行为、心态。但在用金钱和商品堆砌起来的精致的物质舒适之外，人们难道就不再有其他的需要和追求？哲人说物极必反，超越了界限的绝对化的理性必然会走向扭曲和荒诞，而在貌似荒诞现象的背后也许蕴含着深刻的哲理，犹如一个硬币的正反两面。以此作为描写主题的作家大有人在。罗马尼亚当代犹太作家格奥尔基·施瓦茨（1945—　）即是其中之一，他的幽默小品文别具一格，对于这类场景的刻画明快犀利，颇为耐人寻味。

施瓦茨自二十世纪七十年代初步入罗马尼亚文坛以来，已经创作了十数部长篇小说和散文集。本书选用的小小说均译自他的新作《施瓦茨偏执狂》（罗马尼亚克卢西乌姆出版社，1999 年版）。

小小说选

智能住宅

如果你能逆来顺受一切，那是不得已。

——尤维纳利斯①《讽刺诗集》

（第五、第一七〇及以后诸节）

古赫想要租一套房子，却发觉自己一举一动都不得不按名副其实的指令行事：房间里没有家具，只有按钮。

房东芬克先生是一个满腔热忱的人，不过有点神经质。他为古赫做着说明。

"这个房间可以做卧室，"他对古赫说，"当然，您只要按一下这里，床铺就会从墙体中铺展开来。如果您使用这根拉杆，桌子就会从地板中弹出，而如果您愿意坐在那儿的靠垫上，椅子就会富有弹性地迅速升起……拧一下这个螺丝，咖啡就会源源流出，而如果您把挂画的钉子轻轻一拔，苏打水就唾手可得。电视节目通过枝形吊灯投射到墙上，不过您得费神把广播电视节目表放在灯泡前面。只要您随意拉起帘子，窗户就会显现，您可以看到，所有的墙上都有帘子。"

---

① 尤维纳利斯（公元 55/60—约 127），古罗马诗人，以擅长讽刺诗闻名。

从芬克先生的脸上可以轻易地察觉到，这番说明使他自己兴奋不已，也使古赫眼下较为欢喜这套奇特的房子。

　　"我们没有厨房，"芬克继续说道，"不过，我希望您不会有烹饪的爱好。您可以直接从这个同压缩食品网连接的木橱里得到压缩食品丸。但您如果钟情于烹饪，您可以在书房里装备一个厨房，我希望您的这个癖好能得到满足。

　　"地毯可以变成草坪，而在睡眠灯旁，只需触摸一下开关，您在任何时候都可以有一只小鸟，为您演唱一支您所喜爱的歌曲。

　　（可惜，芬克先生似乎五音不全，小鸟开始用适合点歌人耳音的腔调咿呀学唱。）

　　"真是遗憾，前一个房客把藏画室改成了一条滑雪道。您可以放心使用！"

　　"可是我不会滑雪！"

　　"根本毋须学会。您进入为此目的布置的房间，就会坚信不疑自己在滑雪。如果您想睡觉，只需拧一下这个按钮。您操作强度有多大，您的睡眠时间就会有多长。

　　"还有其他需要说明的吗？"

　　"是的，关于书房……我想阅读……"

　　"毋须费神！这儿有一套百科全书。只需将它放在眼前，您就可以想象迄今人们所写的一切。可以足不出户！不过，为了您不致腻烦，我们物业管理处有一个小机器人供您使用，您可以同他对垒下棋，打台球和高尔夫。如果您中意于需要多个伙伴的游戏，机器人将在刹那间分身成相应数量的游戏伙伴。包括预备队员。"

　　古赫察觉芬克先生说话越来越急促。起初以为是自己提出的问题激怒了他，但过了片刻，古赫注意到房东越来越急躁，常常看着表。同时，房东的说明也使古赫开始感到疲劳，而且还觉得不太舒服。

"在您愿意做心脏移植的情况下……"

"可是我完全健康。"古赫咕哝着，但他的脸色在那一刻却流露出恰恰相反的思绪。

"不必讳言！三台质量最好的电脑随时为您工作。您脸色有点苍白。不必惊慌！"

芬克先生现在说话如此急促，以致古赫再也听不清他说些什么。古赫感到筋疲力尽，唯恐自己失去知觉，心头犹如萦绕着一个越来越沉重的幻觉：在他的头颅里运转着的不是大脑，而是一台操作得极其蹩脚的电脑。他依然听着芬克讲话，却再也听不明白。再且也不想做出努力去听个明白。一个念头在他脑海里一闪而过：他想指责芬克没有安装另一个按钮，只要按一下就可以对周围发生的一切不再有任何知觉。但古赫懒得再同他说诸如此类的废话。

"即使同您身后相关的事情，您也不必操心，"芬克喋喋不休道，"从一等的棺木到有三间阴宅和配套设施的墓穴，全部包括在价目之中。"

然后，由于流一滴虚假的眼泪也列入收费项目，芬克先生掏出手帕揩了揩左眼，并准备迎接下一位房客。

保　险　柜

任何补偿，不管有多么大，都比不上一个人能够指着自己的作品说"看见了吗？做成了！"时所感到的不可言传的满足。

——瓦塞尔曼①《斯坦利》

(第一四五节)

---

①　杰·瓦塞尔曼（1873—1934），德国小说家，在20世纪二三十年代曾声名显赫，王要作品有长篇小说《回归线》（1920—1922）等。

一

当初，他很有钱。数目可观：各色各样的硬币，上面铸着国王、皇帝、雄鹰和国徽的图案；还有纸币，印着同样的男男女女的头像以及其他种种图案或景色。有些硬币早就不再使用，但用来铸造的金属却很贵重；也有些是崭新的，光芒闪烁，通体发亮。同纸币相比，他更喜欢瞧它们——金属更能给人以财富感。尽管如此，还是不能说古赫是小说里描写的那类守财奴。他只是喜欢知道自己有这么多的硬币和这么多的纸币，他所掌握的钱能够满足他的许许多多需要，允许他有某些癖好。他也容忍自己有这样的癖好。

后来，如何保存钱的问题出现了。他的钱是保值的，而且形形色色。不含金的钱币印有未发生过通货膨胀的国家的图案。数量很多，多得他不想再去另外挣钱。因此，他毋须投机、炒股或者进行其他投资。此生足矣。

他毋须伤脑筋去考虑钞票的流通问题，也不相信银行。他一心想过好自己的日子，享受生活能够提供给他的一切，不愿受到干扰。不受任何干扰：无论是股市暴跌，抑或金融崩溃或者其他各类的破产。

于是，有人忠告他——他自己也想到过——必须有一个保险柜，一个能够保存钱的安全的地方。

最初，古赫着手研究各种各样的装甲房间、铁柜和暗藏的抽屉。但所有这一切组合成了它们自己的学问，而且像任何一门学问一样，保险柜学也有自己的专家。这方面的书籍还有杂志很容易搞到手。专家却颇为难得。

最后，他得出的结论是，最精通保险柜学的不是擅长关保险柜的专家，而是擅长开保险柜的专家。后者通常称为"破锁家"。诚然，在破锁家中间，大多数只是鼠窃狗盗之辈，但此道中的高手确实精通他们所热爱的手艺，而且为这门手艺的创造性精神而颇感自豪。

同这些艺术家切磋所费不菲。不过，他毕竟做到了，如果我们考虑到这样做必须屈尊移步到贫民窟的底层或者寻访牢房的优待室，那么此举确非平常。凡此种种从来不是轻而易举的事情，而且消耗了他一笔相当可观的钱财。但经过一段时间之后，古赫变成了这方面的一个博学多才的行家，毫不比他的那些名师们逊色。

然而，要能够运用于锁的新知识，一个先决条件就是必须有人把它锁上。他发觉自己又经历了相反的路程，不过正如每件坏事都有其好的方面，这样走回头路的结果是使他能够成功地想象更加特别的数字组合和更加巧妙的号码。由于古赫在这方面也不愿意停留在业余水平上，他又成功地逆向而进，结识了最高明的制锁大师。他在简陋的作坊和装备着传动带的大工厂里寻访到了他们，而经过几个月的努力，获得了一项复杂的密码锁系统专利。不言而喻，他必须小心翼翼防止泄露最灵巧的设计的秘密，他为这项发明感到骄傲，正如一个艺术家为自己最优秀的作品感到骄傲，一个父亲为自己可爱的儿子感到骄傲。

不能夸耀自己最成功的杰作，这样的局面又把他带回到了追求成功的冲动。他重又花费了相当多的金钱……

任何闭锁装置都必须附着在门上，然后通过其机制锁定于墙体，否则相应的闭锁装置就失去了意义。这样就提出了制造保险柜本身的问题，而且事实证明在这方面意见极其分歧，尤其是关于用什么材料来制造的问题，可谓众说纷纭。

一个小工厂帮助古赫进行技术试验，另一个小工厂帮助他制造。对各种不同爆炸的——不仅仅用来破碎的——抗炸测试获得了最惊人的结果，而且金属抗破坏度越强，这项工作就越是激动人心。

古赫的手下干了整整两年，不过活儿干得既轻松又愉快，无论是工人或者工程师都被古赫周身洋溢着的全身心投入的热情所感染。

当一切大功告成之时——在这中间，一个工业间谍曾向一家坦克工厂泄露了制造的秘密，整个工作不得不从头开始——当材料碾压成板并抗住了所有试验之时，又出现了组装问题。从一个获得诺贝尔奖的老学者手里购买来的专利——一个复杂的焊接系统，终于把这个问题也顺利解决了。

为了使获得的成果确实可信，古赫决定用尽可能有效的方式来检验：他召集了一小批破锁家，个个皆是此道的顶尖高手，请他们轮流来尝试打开现在已经制成的保险柜，凡是成功者，许以一笔奖金，其数额之大，即使是最显赫的大盗也要拨冗一试。但是，没有一个能够成功。

最后但并非最简单的一个问题，则是保险柜如何安放（一个有名的破锁家出于对自己手艺的热爱，偷走了整个钱柜，但过了一段时间又完璧归赵，因为面对这个密闭的沉重柜子，他一筹莫展）。

为了保险柜不致再次被偷走，同时也是为了防止有不速之客恰恰在保险柜打开时刻光临，在那间房间以及整个大楼周围安装了一整套电子监视系统，还布下了不少陷阱，其中有些是中世纪式的，有些是新设计的，据说诸如此类的想法来源于古老金字塔的传统安全防范措施（一次考古探险旅行使古赫有机会进行这方面的文献考察）。

然而，当一切就绪之时，古赫发觉自己已经囊空如洗。举世无双的保险柜也空空如也。

二

一个极其难以打开的庞大金属柜，四周围绕着一张陷阱网，这就是古赫财富中所剩下的全部东西。在"柜子"完工之日，一家报纸上登载了一条有关保险柜的消息和一幅漫画：一个知名的破锁专家公文包里塞着一颗炸开钱柜所必须的氢弹。

古赫现在已经被所有人遗忘，为了生活他必须开始工作。他利用业余时间来给保险柜的铆钉上油和检查复杂的机件。他意识到保险柜失去了存在的理由，里面已经空无一物，但仍然继续维护着它，其原因并非出于那种对一件东西或一个失落的理想的病态依恋，而是由于模糊地希望有朝一日还能按照自己发明和建造这个钱柜的本意来用上它。

起初，有人建议他在保险柜周围组织一场竞赛，后来又有人暗示他把保险柜卖掉，把它变成一个博物馆，为它申请专利。也许主要是出于惰性，古赫一一拒绝了。于是，这件事慢慢地被淡忘。

然而，淡忘只是一件相对的事情。有时你处于浪峰上，接着是下滑，还没有等你清醒过来，可能又回到了浪尖上。问题仅仅在于应当从过去的经验中学到点什么。

他以前的一个朋友偶然发现了他。然后是另一个朋友来访。在这之后，他变成了新闻人物：拥有世界上最美妙的保险柜的人物，拥有一个空无一物的完美保险柜的人物。起初，围绕古赫的报道毋宁说是讽刺的和相当恶意的。那一段时间，他感到比自己被人们遗忘时更加难过。他表面上始终表现得一派高兴和乐天的样子，其实越来越神情呆滞，目光凝视着一个点。他甚至忘记了给保险柜上油，头脑里掠过种种阴暗的念头，有一天忽然大发奇想：把自己关进他构思的钱柜里，以这样的姿态来重温一个比一个更富诗意的各种钱币的象征性图案。

但在任何时候，总会冒出个把充满智慧的人，这种人富有进取精神，完全不安于现状，经常能在随便什么地方发现有生意可做。经过许许多多和反反复复的烦恼，我们的主人公终于同意将钱柜分块出租给不同的公司。

他取得了对自己的"大柜"的垄断，印发了股票，许多股匪帮在失败的盗窃尝试中被抓获，犹如苍蝇掉进了蜜罐，这使他的事业声威大震。经过短短的一段时间之后，任何一个至少想保持面子的富翁，都不会不在社会上吹嘘自己将有价证券、珠宝首饰、秘密文书存放在这个硕大无朋的保险柜里。不过，短期存放物品的价格越来越昂贵，不言而喻，越来越少的人能够享有这样的特权。

古赫比过去任何时候更加兴旺发达起来，但税款也扶摇直上。最后，他同意卖掉全部股票，出让自己的事业。

保险柜的新主人们彼此吵得不可开交，有人将密码泄漏了出去。保险柜，这个曾经名噪一时的保险柜变成了形同虚设的废物。

古赫现在重新十分有钱，重新拥有足够的钱，他讨厌从四面八方诱惑着他的种种投机活动。他已经不再年轻，除了生活得幸福和安宁，别无他求。

不过，哪儿能存放钱呢？

他设计了蓝图，寻找着另一批著名的工程师，另一批顶尖的偷盗高手；发现了一个新的诺贝尔奖获得者，想象着如何做点轰轰烈烈的事情。

在这段故事发生期间，古赫只长了几岁。

失 败 者

生活中喜于始而悲于终，

这是不幸者的通常命运。

——格拉西安① 《格言——生活智慧名言手册》

（第五十九节）

---

① 格拉西安·伊·莫拉莱斯（1601—1658），西班牙哲学家、作家，西班牙概念主义代表人物。著有《英雄》（1637）、哲理小说《批评家》（三卷：1651，1653，1657）等。

古赫走到了生命的尽头，发觉自己生活中从来没有幸运过。从儿时起，他就向往成为一个天文学家；还从那时开始，他就总爱凝望夜空，想象自己穿梭于无数的星星间，永恒地遨游在苍穹。他梦想成为天文学家，但没有成功。

起初，他不得不学一门"实在的"手艺，来养活带着两个孩子寡居的母亲。他在一家医院工作，干活十分卖力，获得了一份奖学金，二十三岁当上了大夫。他试图在业余时间研究天文学，但开了一个诊所，有着干不完的工作，即使是在夜里本可以凝望星空之时。只要头一挨着枕头，他立即就进入梦乡。

后来，他获得了遗产，意外地变成了城里最大的富翁之一。尽管不再有生活之虞，却不得不费神去管理自己的大笔财产。这耗费了他全部精力，使他根本没有时间去关心天文学。

当初他在自己的诊所里超负荷地工作，收入不菲，但名声超不出社区的范围。现在开了一家医院，每周只来两次，却是声名鹊起，成了全国知名专家，被遴选进名目繁多的各种专业委员会和专业组织，所有这一切使他离天文学越来越远。

他的婚姻一时成为报纸和画报头版的社交要闻。妻子出身名门贵胄，美丽可人而富有教养，爱他至深，经常聆听他极其动人地讲述自己的天文学梦想。不久，她给他生了三个孩子，孩子们完全继承了他的一切品格。古赫哪里还有研究天文学的时间？

在所有这一切之后，就古赫而言生活似乎完全陷入了疯狂。一切的一切都使他不可挽回地离天文学越来越远，荣誉接着荣誉，头衔接着头衔，义务接着义务，犹如不停的雪崩将他压垮。这个可怜的人变得如此富裕和如此有名，以致一天之中甚至抽不出十分钟的空闲，除非提前一个月由他的三个专职秘书严格地安排好日程。对于他最大的爱好——天文学，古赫至多只能在他的私人飞机里闭目养神时，或者在盛大的宴会上听着乏味的演说时遐想片刻。

生活经常彻底地表明它是多么严酷无情，把事情安排得如此决绝：古赫虽然拥有一个自己的超现代化的天文台，却只是在开馆典礼上听着人们致辞和喝着香槟时，才参观过一次。

占赫年高德劭，富甲天下，声名显赫，却在总结自己的一生时，不得不承认自己完全失败：他毕生的唯一最大爱好——天文学离他那么遥远，犹如他从来无缘研究过的那些星星。他从报纸上看到，小学时代的同桌同学芬克，那个年年补考、六次离婚、满世界留下了私生子的芬克，那个由于种种可疑的关系而勉强从法院脱身的芬克，那个出名的酒鬼，四十岁才从大学毕业，一生除了坑蒙拐骗别无所长的芬克，据说后来却居然从事了天文学研究，并且在七十岁上发现了一颗新星。

然而，古赫尽管早在成名之前就那样勤奋地工作，却从来没有能够成为天文学家，不论他是多么向往……

就在古赫当选国家总统的那一天，他自言自语道：这个世界太不公平，太不公平！两行热泪不由得从他的眼里潸然流下，他拔出那支镀着白金的手枪，把一颗子弹打进了自己的脑袋（有报道说他遇刺或是因为财政原因自杀，报刊上诸如此类关于丑闻的影射纯系捏造。天文学乃是杀死古赫的元凶，纵使很少有人能够理解这件事情）。

这时候，卑鄙无耻的小人芬克喝得烂醉如泥，却是赌桌上的常胜将军，正在一家小酒馆里同几个并不比他清醒的酒徒玩牌，又赢了三个美元。

目中有物

医治我们痛苦的唯一常用药就是遗忘；

而我们却忘记了这服良药。

——格拉西安《格言——生活智慧名言手册》

（第二六二节）

古赫有一个坚贞地爱慕他的女友。他们在一起的时候，看到的唯有两个人的世界，对于周围的万事万物都是视而不见。

但是，女友一走，古赫就度日如年：他失落了一切（往往还包括那些必不可缺的东西）。他简直陷入绝望，那持续不断的失魂落魄的举止为周围的人上演着一幕幕可怜的话剧。偶然找到了一件东西，立即丢失了另一件。他再也无法工作，再也无法外出，再也无法摆脱困惑：一会儿丢了大衣，一会儿丢了眼镜，一会儿在吃饭时丢了匙子，不得不站起身来另找一把；有一天竟然丢失了家里的床。

这件事情发生得颇为突然：他在梦中——由于白天的紧张工作，他常常做梦——见到了一个星期以前丢失的刮胡子用具，随即突然惊醒过来。恍惚中觉得剃须刀在餐室的大地毯下。但古赫一到餐室，立即又放弃了怀疑。接着，他搬走了卧室地毯上的所有家具，把它们一股脑儿塞进了储藏室。

可惜，地毯下只找到了很久以前就丢失的黑西服和出生证。他搬了大柜又搬五屉柜，然后再搬沙发，又发现了一堆早已经遗忘的东西。不言而喻，剃须刀没有找到。随后，他把一切又搬回原位。但床却例外，仿佛融化了一般。

这种状况是如此离奇，以至谁也无法相信。就连十分信任他的女友也说实在不相信，因为原本他是一个完美的人，为人正直而又聪明。她极其欣赏他。啊，上帝，她是多么欣赏他！

最后，她也不得不承认，是他们那疯狂的爱情使古赫在他们俩共处之时，不再需要其他任何东西。然而，在他独自一个人的时候……

从此以后，他们设法使自己的爱情燃烧得比较理智一点，能够清醒地看到他们失落的东西，想到爱情也需要明智，爱不能是无休止的。于是，无论他们俩在一起或者分开的时候，都开始重新找回丢失的一切。

格列佛身上的最后生灵

最正确和最有价值的事情乃是将
最大的报偿分给那些最能干的人。
——德谟克利特① 《道德黄金格言》
（第二六三节）

迷失在格列佛②头发里的古赫，做了一件好事。于是，那个美丽的仙女来到他面前，许诺他实现三个愿望。

古赫恳求仙女解救自己摆脱困境，给他一个苹果吃和有一个姑娘爱他。

一天，古赫挽着波漪姑娘的手臂在自己的果园里游玩，看见一棵长长的藤本植物缠绕在树间，不由得触景生情，对姑娘讲起了怎样在格列佛的头发里摸黑爬行，怎样在那里用长矛逐猎跳蚤，怎样从头皮屑的泥沼里奇迹般地脱身的故事。后来，第二天，又讲述了巨人格列佛头发里充满浪漫和神秘的黑暗。第三天，第四天，他一直接连不断

---

① 德谟克利特（约前460—?），古希腊唯物主义哲学家。

② 格列佛，英国作家斯威夫特（1667—1745）所著小说《格利佛游记》的主人公，在小说第一卷中被六英寸高的厘厘普特小人所俘。

地讲着。

一次，波漪也做了一件好事，那个美丽的仙女再次降临，许诺她实现两个愿望。波漪恳求仙女把她送进格列佛的头发里，而且准许她也把古赫一起带去。

他们俩在巨人格列佛的头发里生活得十分艰难。格列佛开始脱发，因此用各种各样的香波来保护头发，弄得古赫得了风湿病，而波漪感染上了肺炎。

他们俩又一起做了一件好事，那个美丽的仙女再次降临，许诺他们实现一个愿望。但他们不仅疾病缠身，而且年事已高，进行一次长途旅行恐怕已经力不胜任，何况在格列佛头发的臭气熏天和暗无天日的氛围里，他们心里已不复燃起任何希望，所以不再恳求仙女做任何事情。此后，即使他们再做好事，也不再招摇。晚上，他们来到巨人格列佛谢顶造成的越来越大的空地上，从那里可以凝望月亮和星空。

只有一次，他们又恳求仙女再满足他们一个愿望，仙女来到了他们面前，再次接受了他们的要求，让他们俩死在一起。古赫和波漪，一个患风湿症的老叟和一个不断咳嗽的老妪，他们是格列佛头发里的最后两个生灵。

然后，那个仁慈的仙女用头皮屑覆盖在他们身上，转身离开那里，到其他地方去报偿那些善良的人们。

吻

理智和爱情不很相合。

——莎士比亚《仲夏夜之梦》

（第三幕，第一场）

古赫严厉地责备他的儿子芬克。芬克向他抱怨道，自己想在皎洁的月光下同波漪接吻，却十分惊愕地发觉天穹不再有月亮。那是一个晴朗的夜晚，满天星斗，但哪儿也找不到月亮。古赫是一个严肃和受尊敬的人，不能这样随随便便轻信一个乳臭未干的孩子胡说。因此，他给自己的儿子解释，月亮是在天上，其他一些天体肉眼不可能看见，但它们确实存在于宇宙的某个地方，根据最精确的计算——在这个问题上，老人在他的娓娓动听的讲解中还使用了直观的教具——注意，是根据最精确的计算，月亮应该挂在天穹，位于房顶的烟囱指向的地方与院里那棵杨树尖之间的某处。

芬克为自己的无知深深地叹息，转身回到院子里，打算在从数学计算上说是存在的月亮下，同波漪热吻。然而，令他颇为沮丧的是，发觉在这刹那间天空里连星星也找不到了。芬克再也无心在空无一物的天穹下吻波漪，赶紧把自己的新发现告诉父亲。古赫深为自己儿子低下的综合能力感到悲哀，给他更加广泛地讲解天体是怎样发生的，不管我们如此不完美的感觉如何，它们始终存在着。于是，芬克重新鼓起了勇气，心里明白一切都很正常，天穹里万事万物犹如在一个最省俭的财经监管人的眼睛监控下，毋须害怕资产表上会出现亏空。

既然事实就是如此，芬克便再次回到院子里，打算最后能同他的亲爱的波漪热烈一吻。但是，令他无限惊异的是连波漪也不见了。"没有关系，"父亲对他说，"就像你说的，一个人不可能这样立地蜕变为鱼。"老人拿出计算尺，指指点点地告诉芬克，波漪应该在何方……芬克除了空空的院子，再也没有什么可吻。

不过，就在这刹那间，芬克本人也不知去向。这使老人失去了讲解对象，不能再解释为什么芬克归根结底是存在的。从那时候起，再也没有人在从数学计算上说是繁星密布的天穹下热吻任何人。

脉　搏

医术深不可测，
生命无限短促。
　　　——希波克拉底① 《格言》

（第一节）

"当然，"医生说道，"情况并非那样严重。"

古赫脸色青紫，两手耷拉在身体旁边，平躺在床上。

"失血很多。"护士也说道。

病人时不时地努力挣扎着惊醒一下，然后复归平静。

"这样的情况经常发生。"医生又说道。

而护士陪着病人的妻子走出病房时，对她低声耳语道：

"您不必担心！医生先生将竭尽人道，尽力抢救。这是一位特别
能干的大夫。事实上，有许多人求他……"

声音渐渐消失在走廊上，而古赫静静躺在病床上。

左边床上的病人问邻床：

"你相信他能听见我们说话吗？"

"不相信。你没见他妻子是多么漂亮的一个女人？"

医生把头伸进门缝问道：

"他醒过来了吗？"

左床的病人起床来到古赫近旁。本想伸手摸一下，但停住了，把
手缩了回来。医生走进病房来亲自验证。

---

　　① 希波克拉底（约前406—约前377），古希腊医生，被尊奉为医学之父，著有
《流行病学》《预后学》和《格言》等。

"唔。"他不置可否地说。

床单已经被汗水湿透，病人的呼吸时时被短促的呼噜声打断。

古赫邻床的病人久久地凝视着医生，然后躺到了自己床上。这时候恰好护士走了回来。

"您见到夫人的手提包了吗？她忘在这儿了。"

但医生正在注视着开始从古赫嘴里流出来的几滴暗色的液体。

"我想现在你最好还是别管手提包的事……把夫人叫回来！"

护士跑出病房，古赫听见她的高跟鞋在走廊上有规律地橐橐响着。"但愿医生别把这噪音同我的脉搏弄混了。不过……"在脚步声渐渐远去的同时，医生的手把古赫的手腕拽得越来越紧。然后，重又传来了走廊上高跟鞋的橐橐响声，医生的脸色也随之舒展开来。脚步声越来越响，古赫的心脏也在疯狂地跳动着，而医生不由得露出了微笑。两个女人走进病房的时候，医生想对她们说点儿什么，但她们站住了，而古赫的脉搏也在寻找它的手指下重新停止了。经过几秒钟的沉默之后，古赫听见医生悄悄地耳语道：

"他死了。"

古赫不由得想道："假如她们重新离开，我的脉搏也许会恢复过来。还没有灵魂出壳。假如她们重新离开……"

然而，其他人此时正在洗耳恭听医生的颇有学者风度的解释。

面　具

> 我看我们所有活着的人，
>
> 　　无非是一些映像，
>
> 　或者是一个浅淡的影子。
>
> 　　　　——索福克勒斯《埃阿斯》
>
> 　　　（第一二五节及以后诸节）

芬克赶到出事现场，看见古赫躺在一张担架上，脸色青紫，嘴角上却带着一丝隐约的微笑。芬克是古赫的邻居，但同他只是面熟。

古赫是一个孤僻的人，没有人能够提供关于他的确切情况。只知道他三十二岁，未婚；没有近亲；生前是一家医院的专科大夫，在医院里名声很好。还发现他每星期五晚上惯常要到一个年老的姑母家里吃晚饭，事实上这个老太太由他供养。没有发现任何信件、回忆录、秘密日记或其他书面文书（在他许多藏书的边页上确实做了若干笔记，但这不足以对侦查的进程有所帮助）。在他身上的口袋里找到了一个烟斗，一小袋烟丝，一个外国的修指甲工具小包，一份报纸，一方手帕，钱包和公文包，三个小钥匙和一个大钥匙，一张还没有用过的电影票，许多纸片，公共汽车票，火柴，牙签，甚至还有一个医用创口夹。使芬克特别惊讶的是那个修指甲工具包，因为他看到古赫的指甲不但很长，而且对于一个医生来说实在是脏得难以容忍。

古赫在一辆公共汽车里被人从背后捅了一刀。谁也没有注意他在车里到底呆了多长时间。车到终点站，司机以为他睡着了，想要唤醒他，使劲推了他一把，古赫一下子从座椅上骨碌了下来。经过艰苦的努力，目击证人被传唤到一起，没有人回忆起什么可疑证据，只有一个妇女坚持说古赫在他被杀的位子上坐下时，曾经深深地叹过气。但她也不能确切地肯定被害人是不是单独一人上车。开始她说看见他同一个男士在一起。当被问及那个男士的长相时，她又回答说事实上根本不是什么男士，而是两个孩子，而后又改口说看见有一个军人同他做伴，古赫用一种古怪的声音对这个军人说了一声"对不起！"从一开始她就觉得这个军人十分可疑，她永远也不会忘记他。

后来又发现古赫大夫是一个马术俱乐部的会员，并酷爱瓦格纳的音乐——他的藏书里有一整套关于瓦格纳的书籍。在这方面颇能说明问题的是，在他办公桌玻璃板底下压着一张用黑色墨水写的黄纸条：

"瓦格纳在音乐上实现了在他之前的任何人只有在恋爱和垂死时刻才能做到的事情。"在办公桌的玻璃板底下还发现了一张日历,几个同政府部门和比较老的病人电话相吻合的号码,一张他父母(已在战争中去世)的照片和一张女人的照片,经查证,这个女人是从一本画报上翻拍下来的空姐。墙上挂着他工作的那家医院的一个精神分裂病医生画的两幅画,一个象征瓦格纳的面具和一幅没有署名的水彩画。在一个抽屉里找到了另外一个面具,但专家们几经努力也没有能分辨出原型是什么。那是一件奇特的陶器,塑的是一个忧伤的侧面像,似乎睡着了一般,但脸部的表情又透出一种露骨的嘲讽。面具用两只手作为支撑,手上的指甲很长。

芬克为这个案件做了许多工作:收集证据,找到了无数嫌疑人,而且在一段时间里,相信发现了犯罪的线索。后来,各种各样的事实又搅和在了一起,彼此的细节对不上号,一切突然变得缺乏逻辑,模糊不清,神秘莫测。芬克只有三十二岁,一帆风顺,晋升很快,面前洞开着辉煌的职业生涯前景。但如今破不了这个案子,而案子本身又造成那么大的轰动,经过报纸煽风点火,引起公众舆论最高度的关注。

芬克正坐在自己的办公室里。已是子夜时分,到了整个大楼静静地沉睡的时刻;走廊上空无一人。他的脸上显露出疲劳。办公桌上铺满了几十份材料:假设,事实,再假设,种种不相符合的疑点,然后又是假设。屋里还有一大堆纸团,芬克在一件案子最终解决之前从不将纸篓里的片言只字扔掉。在进退维谷的困境下,他往往拣出所有丢在纸篓里的札记,这些随手写下的想法对他有时大有启发。

所有的事实,古赫周围的所有事情或多或少都是合乎逻辑的。把单独一件事情,或者一连串事情联系起来看,各种事情之间的相互作用却又是反常的。为了把它们联系起来,芬克提出了种种最为超越常规的假设。但还是找不到犯罪的动机,芬克一连几个星期徒劳无功地苦思冥想着。

一大群自愿的热心人，虽然个个自告奋勇，却十分烦人，喋喋不休地提出种种建议、意见、假设乃至确凿的判断，向芬克实施疲劳轰炸。芬克把这些人的各种想法进行比较，然后再同自己的结论对照，吃惊地发现所有的思路无不集中于一些细枝末节上面：他那体面的上衣和牛仔裤，修指甲工具包和肮脏的指甲等等，等等。古赫大夫遗留下来的这些迹象说明他的生活貌似正人君子，却又多少有点放浪不羁。但芬克明白只有那个没有辨认出原型的陶器面具，那绝望的侧影和嘲讽的表情，以及那双挑衅性的不加修饰的长手才蕴涵着古赫的整个命运和最终结局。芬克还明白，只有揭开面具的奥秘才能破案。

就在那天夜里，芬克再次走访了古赫的住宅。那个陶器面具在灯光下放射出铜器的反光。芬克久久地凝视着它，把它描摹下来，用手指触摸和轻轻敲叩着它。借助陶器面具，芬克走进了古赫曾经有过的人生经历。周围的事物重新串联了起来，组成了那种既绝望而又富有嘲讽意味的形态。当曙光初露之时，芬克终于明白自己正处于深入一个人的命运奥秘的节骨眼上。犹如梦呓一般的激动控制着他。只需再迈出一步，小小的一步。

他从浴缸里跨出来，一面用凉水擦洗着身体，一面透过开着的浴室门注视桌上的面具。

"瞧这种形态！奥秘就隐藏在这种形态之中。"芬克充满希望地反复说道。

但在晨曦的光照下，陶器面具变成了纯粹的颜色，失去了形态。

芬克在用毛巾擦拭身体的同时，感悟到将在这没有形态的色泽中揭示封闭了三十二年的一个人的悲剧命运。

"颜色！颜色是关键！"芬克重又自言自语道，而且突然大声地喊了出来。

但当他走近面具时，连颜色也不复存在，桌子上没有了任何东西。

"我始终说在虚无中也能隐藏奇迹！"芬克又推论说，而且从那时开始坚持不懈地怀疑虚无，试图从中寻找古赫以及许许多多——谁知道有多少？——其他案情。"虚无是可疑的，在虚无中隐藏着一切。"

复 仇

坚持乃成功之本。

——《五卷书》①

（第一卷，第三二九节）

古赫仇恨芬克，尽管理由十分充分，但是采取了过分激烈的形式。确实，古赫整天抱怨自己生活在丛林之中，被人根据弱肉强食的丛林法则窥伺着，不是他把别人杀掉，就是轮到他被宰割。所以古赫最初只是感到一种威胁，觉得这种威胁最终将变成现实；一天晚上，在大家喝得酩酊大醉之后，每个人都在自己的桌上大吹大擂起来，古赫用不到一秒钟的时间，成功地第一个拔出枪来，首先开火。芬克倒在桌下，只留下一句万劫不复的咒骂。

古赫逃到街上，跳进一辆迟到的地铁火车最后几节车厢中的一节。车厢里空荡荡的，只有一个男子在一个角落里看报。忽然，古赫发觉这个人根本不是在看报，而是躲藏在大张的报纸后面哭泣。此人长得酷似芬克。

"你杀死了我的兄弟，"这个人露出脸来说，"我们是双胞胎。"

然后，他扑向古赫，但很快被制伏，古赫随后轻而易举地摆脱了他，把他扔到了一个地铁车站上。而且，没有任何人看见空荡荡的车

---

① 《五卷书》，印度古代动物寓言集，广泛流传于印度本国和世界各地。

厢里发生的这一幕。芬克的兄弟倒下后还在喊叫着什么。古赫没有确切地听清他的话，觉得仿佛是呼唤一个人的名字。

古赫尽量保持平静，在一个枢纽车站下了车。在出口处，看见一个姑娘在窥伺他。他刚走近她身旁，姑娘立即举刀向他刺来。古赫抓住了她的手，把刀掉转头来刺中了她。姑娘临死前挣扎着说了一句话：

"我是芬克的堂妹。吉米将为我们复仇。"

古赫根本不知道这个吉米是何许人，但他觉得这并不那么重要。在那一刻真正紧要的是尽量远离这个是非之地。越快越好。

在港口，他又不得不杀死了芬克的侄子。这个人并未攻击他，但那样可怕地注视着他，古赫毫不怀疑芬克的侄子将向路上出现的第一个警察告发。在被扔进大海之前，此人也挣扎着说道：

"吉米……吉米将为我们所有人复仇！"随后就永远地消失在了海底。

轮船上很冷。古赫蜷缩在一个最阴暗的角落里。旁边，一个人正在向一个姑娘讲述古赫是怎样杀死他亲属的。他害怕自己也遭此不测，所以现在想远走他乡。"您是哪一位？"古赫问这个人。

"巴勃罗。"这个人回答说，发觉自己的处境不妙。这是他的最后遗言。

姑娘开始尖叫起来，只有一个办法能使她住嘴。随后，古赫看着身边的两具尸体，觉得轮船上也不是安全之地。姑娘的叫声不会不——或者说很可能——被别人听见。近处的什么地方传来了踏着铁梯下来的急促脚步声。时间最为宝贵。古赫找到一个相当大的舷窗，从窗口纵身跳进了波浪。

古赫感到自己十分强壮，一心想要活下去。三天之后，他看见了地平线。同大海的搏斗结束了。他可以尽情地欣赏富有异国情调的各种树木以及显得那么诱人的青枝绿叶，他也有充足的时间观赏以前从来没有看见过的各种鲜艳的红花和蝴蝶。

随后，一群食人的土著扑向他，把他献出作为他们酋长盛宴的美餐。

食人土著酋长的名字正是叫吉米。

雕　像

我们的一切皆是我们思和做的结果。
——居伊昂夫人①《文选》
（第十五节）

古赫雕凿着爵爷订做的他老人家的大理石像。雕像极其成功，人人都说同爵爷一模一样，假如把爵爷本人放在雕像边上，你就分不出孰真孰假。

后来，爵爷病倒了。但他的臣民们仍然有着许许多多的请求，只有他老人家才能解决。其中有些甚至十分紧急。

爵爷宠信的谋臣芬克决定略施小计：把雕像摆在一个壁龛里，让人们在这个石雕像前讲述自己的诉求。随后，芬克开始代替主人管理政务。爵爷的病体一直不见好转，但一切事务都办得井井有条。芬克青云直上，而大理石雕像也忠于职守：人们向它诉说着一切，却不知道是在同一块石头谈话。

然而，过了一段时间爵爷撒手人寰，归天西去了。芬克为了不致因此丧失自己的权力，秘不发丧，把爵爷偷偷地埋葬了事。在一段时间里，万事继续着自己的进程。

直到有一天，有人发现爵爷的雕像已经不在最初矗立的地方。于

---

① 居伊昂夫人（1648—1717），法国奥秘神学家、著作家，提倡静修主义。

是，芬克要求古赫做一个复制品。但使那些始作俑者大吃一惊的是在石像具备了雕凿的外貌的同时，也有了说话的本领。

活的爵爷雕像统治了许多年。后来，它也病了，于是它的复制品取代了它的地位。

古赫不得不又制作另一个复制品。

古赫也终于仙逝飞升了。在此之后，最后一个雕像没有了自己的石雕复本。

最后的雕像变得越来越僵化，终于成为一块顽石。

一只乌鸦在石像的头顶上做了窝。

古赫的弟子们按照老师的杰作依样画葫芦地进行着仿造，有一天终究感到模仿腻味了，便着手雕刻石像头顶上乌鸦状的小玩意儿。

就在乌鸦看见它自己雕像的那一刻，开始了它在鸟类中的统治。

一桩盘根错节的间谍案

正在寻找的东西，也许会找到；

但被忽视的东西，将永远失落。

——索福克勒斯《俄狄浦斯王》

（第一一〇节及以后诸节）

在第二次世界大战爆发前夜，反间谍情报发现一个重要的间谍网，在被认为是最安全的地方——公共厕所里交换情报。

间谍们来到几乎毫无例外地设置在城市的各个人流密集点的茅厕，不会引起任何人的注意。这种场所是每个人不得不时时涉足小憩的，不论他们的社会地位或者国籍民族有什么差别。

从一个醒目地写着"绝密"字样的密封的黄色文件袋里，古赫领受了侦查整个间谍网的任务。这样的绝密使命要获得圆满的结果，不能卷入太多的合作者。所以，古赫急忙亲自绘制了一张包括全城二十三个公共厕所和一百二十三个饭店内部厕所的平面分布图。

他勤奋地做了许多工作。为了能体面地完成这微妙的使命，他喝下尽量多的液体，然后节约地逐渐排泄。这样就可以走遍所有厕所。

古赫像秘密警察局的任何一个大腕专家一样，并不制订捕捉不法分子的具体计划，甚至也不拟订侦查他们的策略。在类似的案件中，反间谍的一流高手经常单纯依靠运气和他们的职业嗅觉。而正是凭借他所特有的这种职业嗅觉，几天之后他就察觉有一个人像他一样频繁地光顾各个厕所。有好几次，他们相互打扰，一个跟着另一个突然冲进只能轮流进入的马桶间，而且常常把门插上。一旦进去之后，就竭尽全力从墙上的那些猥亵语言和图画中搜索有什么可疑的迹象（古赫甚至借助一个天才的算法系统，编了一本各种不同的墙头文学涂鸦词典，试图用它来破译它们所隐含的假设的意义。有时成功地从中译出了某些毋庸置疑的词句，虽然他所做的只是探索性的工作）。因此，他观察着这个可疑的厕所漫游者，一连跟踪了好几天。他上报头头们的每日报告变得日益乐观，而头头们也十分满意地阅读着这些报告，觉得大家战果辉煌，备受鼓舞。

古赫如此频繁地出入于各个公共厕所之间，经过一段时间之后察觉人们开始对他避之唯恐不及。他略一思索，那同样无可怀疑的嗅觉仿佛在他耳边低声说：他光顾的各处厕所的气味开始在周围散发。

虽然耐心历来是古赫最宝贵的武器，但这一次这位杰出的侦探决定单刀直入，直奔目标，毫不迟疑。

因此，就在隔天他拦住了那个不相识的可疑分子，在此人面前亮出了证件，并且带着他一起挤进一个马桶间，倒插上门，就地进行了第一次审讯。

讯问延续了很长时间，声音很低，如同耳语。谁也不能确切地说审讯者得出了什么结论和嫌疑人吐露了多少秘密。但有一件事情是确定无疑的：墙上涂鸦的密码看来完全被他的直觉破译了。所以，从那时起，公共厕所里的图画和留言不得不全部改变了花样。厕所里原来老的墙头创作成了名副其实的稀世珍品，它们的身价与日俱增。这指的当然是它们的考古价值，至于用它们来进行密谋的价值，对于那些洞察人微的行家来说则等于零。

　　不幸的是就在同一天，古赫在一家豪华饭店的厕所里执行任务时遇刺身亡，同时像出现了奇迹一样，所有的公共厕所都不再有人问津。古赫虽死犹荣，被授勋嘉奖，但从那时候起，人们宁肯在屋子的过道或者其他隐蔽角落里方便，宁肯选择任何其他方式甚至是在公众场合露羞，也不再冒险走进城市公共厕所。

　　文明面临自我毁灭的威胁。

　　瘟疫随即爆发。

　　下达总动员令。

　　厕所墙头题词的密码变成连行家也知道得越来越少的一种黑话。后来的题词掩盖了面临永远消失危险的奥秘。

　　战争开始了。

古赫的真正葬礼

> 先生们，请相信我：国王们，即使已经逝世，
> 都要设法……有时用十分轻蔑的办法……
> 惩罚敢于提供为他们哭丧的虚伪满足的骗子！
> ——维里耶·德·李尔－阿当①《残酷故事》
> （第八十三节）

---

　　① 维里耶·德·李尔－阿当（1838—1889），法国诗人、剧作家、短篇小说家，作品有短篇故事集《残酷故事》（1883）和剧本《阿克塞尔》（1885—1886）等。

有些事件同人物的性别完全不合。譬如说下面的这个故事，如果主人公是个女性，也许会更加可信得多。可惜，恰恰是古赫成为卷入这桩不幸事件的人物。

　　一天夜里，岳母梦见他死了。梦中的他躺在一个壮丽的灵台上，人们排着肃穆的长队鱼贯走过他的身旁。他们衣冠楚楚，有的手持花束，摆放在死者身旁。古赫的岳母在第二天毫不迟疑地说，多少年来在他们这个小城里没有见过如此辉煌的葬礼，在这之前她从来没有为自己的女婿如此自豪过——她坦言在这之前并不很看得起自己的女婿。但在那一夜……那身黑色的西服穿在古赫身上是那样得体，以至他虽然躺在灵台上而且死了，却非但没有使他变得丑陋，反而赋予了他一种如此亲切的神态，以至你会说这个可怜的人毕生是当地的一个重要人物，至少是本县的好公仆。事实上，这样辉煌地死去的古赫使他的岳母想起了自己青年时代的偶像——市政府的秘书。那是一个完美的男人，不幸至少已经死了十年了。

　　用他岳母的话来说，古赫躺在棺材里的那种美不可言的神态是他一生从未有过的。她到处夸耀如此这般的丧礼即使当地的荣誉市民、大明星巴达胡尔也未曾享有过。这位名士死于心脏病突发，享年八十有六，发病的原因据说是当时正值演出的旺季，他在《黑塔中的恐怖》一剧里扮演的帕兹尼克二世这个角色大获成功，但有关方面却强迫他退休。

　　那天早晨，当古赫的岳母从那么高尚的梦中醒来，忽然想起碌碌无为的古赫在梦中终成正果，死后如此荣耀，不由得悲从心来，为自己的女婿放声大哭，越哭越是伤心，号啕不止，直到浑身发软，方才想到应该说点儿什么来抚慰自己。

　　"不，这不是真的，可怜的古赫死了。"她猛地抽了古赫一记耳光，愤怒地抽泣着说。

"你没有看见我吗？我在这儿，正在同你说话，我活着!"

"你的葬礼那样辉煌……为什么现在要毁掉这一切?"

这位老太太有着毋庸置疑的讲故事的天赋——年轻时甚至写过两部小说的开头，遗憾的是当时的条件不容许她写完杰作。尽管如此，她还是给几位同学朗读过，获得了极大的成功。她现在又重新找到了被遗忘的天分，把古赫的葬礼描述得活灵活现，以至在出神地听讲的所有人看来，那个衣冠不整、不修边幅和噘嘴鼓腮的活人的出现，真是亵渎神圣。

"你从来没有为自己的家着想过，"古赫的妻子也指责他说，"你从来就没有爱过我!"

"可是，您要我怎么办?"

"你是个男人! 你应当知道! 你，你，你……是不是窝囊废?"

关于古赫的辉煌葬礼的故事传遍了整个小城。譬如就有人传说在这个庄严事件发生之际，甚至县长和两位议员也莅临小城。

古赫从街上走过的时候，人们都嗤之以鼻地转过头去。

市政官员们甚至决定用古赫的名字来命名当地的中央广场。一个人难道还能期待从生活中得到比这更多的荣誉? 除此之外还复何求?

不幸的古赫依然像往常一样，碌碌无为地继续混着日子。

阿赫巴尔先生坚持说马尔维群岛的大使也亲临葬礼，或者……只要确实举行葬礼，他肯定会莅临。(后来，当谣传其他一些外交官也准备来参加葬礼之时，出现了若干难题: 完全缺乏外交礼仪方面经验的市长，不知道怎样组织仪仗才能不冒犯任何一个国家的利益……)

古赫出现在小城的大街上，在众人看来是一种奇耻大辱。即使是孩子们，也把他看作一个幽灵。

一个人能有多大的承受力? 他又能装聋作哑多久? 人们为他哀

悼，而他像一个幽灵整夜在小巷里游荡。

所有的人为他痛苦。他曾经是一个非凡的人物。人类具有一种高贵的本性，那就是忘记恶，而只想到他人的善行。在认识古赫的人的记忆中，他变成了理想公民的典范和小城的象征。

然而，这个不幸的人自然又毁坏了一切，令人失望，虽然应该承认归根到底他想要做件为人称道的好事。但无从入手……那非同寻常的葬礼在他脑海里一次又一次地反复映演，最终他也对此产生了一种渴望。他觉得越来越难以无所作为地等待那神化的葬礼。好多次他都准备慷慨而死，但第一次在最后关头忽然想起自己还没有一身黑色礼服，于是还魂过来，要上面说到的阿赫巴尔先生——本城最棒的裁缝放下其他任何定货，以创纪录的速度赶制全城同胞早已熟知的葬礼道具；另一次忧心忡忡地还魂过来，则是因为记不起灵车行驶的确切路线；第三次从病榻上起来是为了商讨大使们吊唁队伍的外交注意事项细节。

最后，古赫终于真正死了。但是，也许拖延太久，已经事过境迁，没有一个大使光临，甚至连马尔维群岛大使也未能出席，而且葬礼本身也没有任何东西能使人联想起久已期待的那种辉煌场面。恰恰相反！甚至连神甫也恰巧在那时候病了，只能由唱诗班歌手来主持安葬弥撒。尤其令人扫兴的是天不作美，大雨滂沱……

全城的人亲眼见到，但谁也不敢相信。不！这不是真正的古赫葬礼！这只是一种记忆的错觉，因此及时地被人遗忘了。当然应该如此！

所有的人都知道这位古赫先生曾享有过十分辉煌的葬礼：亲临志哀的有许多大使，其中包括马尔维群岛大使，以及三位将军和一个上校，除了当地的军乐队之外，还有国家大歌剧院的混声合唱队演唱赞美诗。谣传把他放进棺材时挂住了裤子，所以下葬时右膝盖上留下一个大破洞，这纯属对本城英雄的无耻侮辱，对于这样的侮辱，即使孩子们也会立即感到无比愤怒，只有不属于小城居民群体的外地人想要诅咒当地人不得好死时，今天依然使用这种诽谤，而每当此时立即会遭到当头棒喝："呀，咕，嚯呵呵！"这样的吆喝听来实在不雅，还是不翻译为好。

问　路

偶然性发挥着伟大的作用，或者更确切地说，

在人类的每个活动中它主宰一切。

——狄摩西尼①《奥林索斯》

（第二篇，第二十二节）

古赫又看了一遍小纸条上的地址，然后问一个过路人：

"对不起，请问到莫扎特大街怎么走？"

"莫扎特大街吗？一直往前，到拐角之后……"

"谢谢！"

"拐弯后到路对面，然后到第二个拐角……哦，我想……第三个拐角往左……"

"您是说穿过这条街，第一个拐角往右，然后是第三个拐角……"

"不，先生！你没有明白……啊，上帝，怎么才能让他明白呢？"

"我很明白……"

"你什么也没有明白！"

芬克高声喊叫起来，一位上了年纪的先生腋下夹着一张精美的地图，在他面前停住了脚步。

---

① 狄摩西尼（前384—前322），古代希腊政治家，雄辩家。

"有什么问题吗?"

"啊,你是说," 芬克问古赫道,"你是说,要在贝多芬大街上找什么来着?"

"他是要到贝多芬大街吗? 不过,请问有何公干,是对那个无聊的胖女人感兴趣喽。"

"因为……可是,我是在找莫扎特大街!"

"干什么?"

"因为……因为我爱好音乐。" 古赫想开个玩笑。

"您还是到汤姆·琼斯大街去试一试。" 一个满脸雀斑的中学生向他建议道。

"滚开,根本就没有什么汤姆·琼斯大街,小无赖! 这样的年轻人! 我吃惊教师们竟然还好意思拿工资。" 那位腋下夹着精品公文包的先生感叹道。

"先把事情说清楚," 巡警颇有权威地说,"您想去哪儿?"

"莫扎特大街。"

"撒谎! 警察先生,你问问他是不是知道莫扎特大街在哪儿?"

"莫扎特大街在哪儿?"

"可是,我问的就是这个……就是……"

"我是在问你! 你是说要去一个根本不认识的地方吗?"

"啊! 我们能有多少次不是走向一个未知的未来。" 辩护律师反驳道。

"我反对。" 检察官高喊道。

在法庭上,一位旁听的夫人对邻座解释道:

"是奥匈帝国的间谍!"

"可是,奥匈帝国已经根本不再存在!"

"什么?! 您是要教训我吗?"

"是尼禄派来的。"另一位太太经过深思熟虑后，坚定地说。

"被劫的火车怎么样了？"新闻界代表关心地问，"为什么不责令他回答抢钱的问题？"

"关于这条莫扎特大街确有可疑之处。"法官不得不表示同意。

（音乐学院的刊物《里拉》提出强烈抗议。在《费加罗的婚礼》上演的那天晚上，有三个引座员和一名独唱女演员挨了打。）

"说得简要一点。"法官又说道。

但各家报纸在"大洋污染与日俱增"之类的蹩脚标题下，大发感慨。

所以，必须判处古赫死刑。

在行刑前，一位高级官员来到罪犯的牢房里，向他保证能给予他特赦甚至一笔可观的酬劳。作为交换，古赫只需说出经济间谍网的最重要头目的名字。

同古赫的罪行相关的最初疑点显露于两年之后。慢慢地，整个案子被逐步揭露了出来。各报轰动一时，而米特罗·戈德温·迈耶以此为题材拍了一部电影。一个教派宣布古赫为殉道义士。新近以他的名字命名的音乐学院，则设立了研究古赫生平的奖学金。

又过去了几十年，发现那个古赫只是莫扎特的一个直系后代。一位挪威学者成功地做出了进一步的证明：是莫扎特的孙子，古赫是莫扎特的孙子！再经过几十年之后，毋庸置疑的证据表明古赫是大阿马戴乌斯①的一个私生子。后来，真相大白：古赫就是莫扎特本人，在那个飞来横祸的下午，他只是想回家去。但莫扎特是何许人？没有人知道。这无关紧要。

一天，莫扎特查看着笔记本上的一个地址，拦住芬克问道：

---

① 阿马戴乌斯是莫扎特的名字。

"对不起，请问到古赫大街怎么走？"

"让我想想……"芬克以一种非常奇怪甚至可以说是超乎寻常的神态，搔着头说。

门　卫

一、谁来守卫守卫者们自己？
——尤维纳利斯《讽刺诗集》
（第六，第三四七节及以后诸节）
二、善意地为迷路人指路者就像为他人点亮了一盏灯；
但这盏灯毕竟也照亮了他自己。
——攸努斯《悲剧》
（第三七二节）

古赫得到了他职业生涯中最重要的职位：成为市政府的门卫。

现在，我当然不想以此来影射那个叫作古赫的人不具备必要的素质而得到了这个职位，也不想暗示一切都是阴谋诡计或者上层裙带的产物。不，这远不是我的想法。可以说，而且事实也绰绰有余地证明，古赫是一个杰出的门卫。

他确实具备必要的素质：一米九八的个头，当过举重运动员和重量级拳击手，只是由于在一场拳击赛中曾被重拳击倒，思维略微迟钝（至少这是他的说法，但我们不掌握这不幸的一击之前他的思维能力指数）。

他是一个如此完美的门卫，所以自从他来到之后，不再有任何一个问题不可解决。或者更确切一点说，没有人再能到大楼内来解决问题：一切必须解决的事情都同请求者一起被挡在了门口。古赫利用他那威严的堂堂相貌和一头银发，对想要进来的任何人施加威力：无论是有所请求的妇女，还是要进行结婚登记的热恋青年，抑或跑来请愿的男子，一句话，古赫变成一道不可逾越的防线。

在他被任命担任门卫之后的两天里，甚至连首长也进不了自己的办公室，不过这件事情暂时没有太被人注意，因为自从古赫来到以后，首长是否上班也不很显眼。整整一个星期的时间，一切都以同样的不紧不慢的速度继续运转着，很少争吵，而且一般都合乎原则。

然而，一些不容拖延的问题开始堆积起来，而率领着一个下属代表团的首长却得不到门卫允许，进不了大楼。

"不行。"古赫对他们说道，庄严地挡住了他们的去路。

"我在这儿工作了三十年。"一个年长的官员说。

但古赫连眼睛都不眨一眨。

"你有今天仍然在职的证明吗？"

"可是，首长也在这儿啊！"

"我是在问你！"

结果是确实没有一个官员随身带着盖有公章的凭证，足以证明当日仍然担任某个职务。

"看见了吗？"古赫以慈父般的责备口吻问他们道，"我不能玩忽职守！谁知道是不是已经查明，譬如说，你们昨天不再称职，或者上帝保佑，你们犯了盗窃之罪？我怎么能放你们进去？"

"可是……"

"国家花钱让我守卫这座大楼，我不能放任何闲杂人员进去，不仅仅是你们！我不会厚此薄彼。我宁愿为美好的信念而死。"

一个老人在这儿已经等了好几天，徒劳地想进去取得一份证明书，这时不由得露出了赞许的微笑。

"上帝保佑他，这个门卫多么正直。"

即使是首长也束手无策，说服不了勇敢和忠于职守的古赫。

然而，公务就是公务，事情万分紧急。官员们挤在门口，不得不采取措施。要同身强力壮的门卫较量，首长的身体是显得过于单薄了。他的助手落得了一只胳膊被折断、两颗槽牙被打落的下场。

　　消防队员们赶来了，但也没有取得更大的成果。事实上，即使是狂风暴雨也熄灭不了英勇门卫的激情。

　　一位老太太一连诅咒了他两天两夜，希望能骂得他中风而死。只有这样才能进楼去找那个给想卖出坡上果园的人们发证的先生。第三天一清早，老太太还没有来得及念她曾祖秘传的那个大咒，就一命呜呼了。

　　在这个悲剧事件之后，形势变得相当危急。首长对于为了一桩这样的公案向全城求助感到耻辱。我是想说，他之所以感到困窘，是因为不知道怎样措辞来提出请求，不清楚诸如此类的请求在训令条文的哪一段里有所规范。

　　在随后的三天三夜里，人们站在那里，苦思冥想怎么办。怎么办呢？直到他们之中有一位忽然计上心来：要求古赫出示签字盖章的凭证，证明他自己在当日仍然是在职的门卫。

　　"没有。"古赫惊恐地承认道。

　　"那么你还站在这里干什么？你有什么权力阻拦大家？"

　　古赫张口结舌，除了"呜""啊"之类的支吾，找不到任何其他话语来为自己继续留在门卫的岗位上辩解。他被就地解职，打发回家。人们说他罪有应得！

　　首长又能够重新进入自己的办公室了。他下属的官员和其他人也不再站在门口，而是鱼贯进入楼内。

　　只是耽搁的紧急公务处理完毕之后，派往县里的通信员无法递交公文，因为刚刚被委派上岗的门卫芬克不放他进入大楼。

致命的错误

我亲爱的女儿，你问我是否还那样热爱生活。

我坦诚告诉你我发现它充满痛苦和磨难；

但是我依然更加厌恶死亡：

我感到那样不幸必须通过死来结束这一切，

所以如果我能回头走向过去，就别无他求。

——塞维尼夫人山①《书信集》

古赫当时坚信生活已经不再有任何意义，于是决定自杀。但像对待任何不测事件一样，他还是希望给予自己一个机会：他不是足球迷，但恰巧电视机开着，于是暗自决定如果穿白裤衩的队胜了，就去喝个酩酊大醉；如果穿黑裤衩的赢了，就结束自己的生命。

比赛确实扣人心弦（古赫从来不相信一场足球比赛能如此激动人心），很快将人们引入一种狂热的陶醉状态。古赫刚刚开始注视电视画面，穿白裤衩的球员们就开始一个接着一个进球，刹那间连中四元。然后，突然发生了完全出乎意料的事情，他们的一个队员被裁判罚出场外。黑队因此士气大增，到比赛只剩下四分钟时，比分已经扳平。这是古赫计划中所没有预料到的。如果比赛打平，他怎么办？应该采取怎样的最后决定？然而，在比赛的最后一分钟，更确切地说是在裁判下令加时赛的最后几分钟当中的一分钟里，穿黑裤衩的球员们解决了古赫的难题：他们又踢进了一个球，随即裁判吹响了结束比赛的哨声，古赫也立即悬梁自尽。

---

① 塞维尼夫人（1626—1696），法国女作家，在她的《书信集》（1725）中，以其给女儿的书信文字的典雅和优美著称。

真是不可思议！一个星期之后，人们在报上看到这场比赛应该改判，因为穿黑裤衩的球队使用了没有比赛资格的球员，所以白队以三比零赢了"赌局"。

"古赫白死了，"芬克一再反复说道，"可惜他不知道自己离事实真相有多么近。"

古　赫

每个人创造着他自己的世界。

——卢伯克①《和平》

（第一卷）

古赫，上帝创造了世界。谁也不认识上帝，但世界是我们人人共知的。上帝通过世界而生存。古赫是这个世界的一小部分。古赫是神明的一部分和上帝本身。古赫即上帝，上帝即古赫。然而，上帝也是我，所以我即古赫、我的兄弟、我的孙女和祖母。我是整个宇宙和永恒。我是上帝。

在我创造了地球、太阳、月亮、花儿、动物和飞鸟，然后创造了作为万物之灵的我自己之后，发现自己不仅仅是荷马和菲狄亚斯②、伽利略和乔尔达诺·布鲁诺、米开朗琪罗和浮士德。我还是萨伏那洛拉③和成吉思汗，成吉思汗的马和这匹马排泄的尿。我同样还是莎士比亚和库尔茨·马勒，既是最大的受虐色情狂又是最大的虐待狂，禽兽、吃人生番、杀子者和弑父者。

---

① 卢伯克（1834—1913），英国博物学家、生物学家。
② 菲狄亚斯（前5世纪初—约前430），古希腊古典艺术盛期的雕塑家。
③ 萨伏那洛拉（1452—1498），意大利基督教宣教士、改革家和殉道士。

我是上帝。上帝是我。上帝是我。

他们把我送进精神病院，关在一间带栅栏的房子里。我对他们一遍又一遍地重复说："我是上帝。不信神的狂徒们，在我面前跪下！"他们耸耸肩膀，把我捆了起来。起初，我怒不可遏，大声咒骂他们。后来，我可怜他们：我想起他们也就是我，我也就是他们。因此，他们打我时我感到幸福。理应如此。

然而，经过一段时间，我再也无法忍受了。我房间里的空气变得令人窒息，他们的拷打使我感到越来越疼痛。透过栅栏，我看见开着花的苹果树枝。一天，我感到很累。没有再对他们说我是上帝。我只是一个筋疲力尽的痛苦病人。他们宽慰地微笑了，把我放了出来。

今天，我是一家大企业的会计，每天早晨去上班，下午三点钟回家。夏天我感到热，冬天我感到冷。

即使在我之后还有什么人将会诞生——也许终归将会有人诞生——却永远再也不可能创造一个世界，因为世界即我，而我已经死了。

芬　克

每个人都有自己的迷茫。

　　　　　　　　　——《卡图卢斯文集》（二十二，二十）①。

古赫博士吃午饭的时候，桌旁坐着一个不速之客。那是一个矮小瘦弱的人，戴着一副眼镜。他没有点任何东西，而是欣赏着古赫怎样进餐。后来，古赫终于忍不住了，问他想要什么。

---

①　卡图卢斯（约前84—前54），古罗马抒情诗人，他的诗作在他去世后由别人汇编或诗集，共三部分，收诗116首。

"还不是时候。"那个人回答说。

"为什么还不是时候?"

"你吃吧,一会儿就会知道。"

古赫耸耸肩膀,重新吃他的午饭。但已经完全没有了胃口。

"你不吃了?"

"跟你有什么关系?"

那个小个子从一个打了补丁的钱夹里拿出一个证件和一张名片。名片上写着:

芬　克

保险代理

证件是一张公共汽车通用月票。

"符合手续,是吗?"

"你想要我干什么?"

那个叫作芬克的人把腰弯得低低的,贴着古赫的耳朵悄声说:"我是 B 先生派来的。"古赫闻到了一股难闻的气味。

"B 先生?!"

"以上帝的名义,请不要说话!"他将自己的嘴贴近古赫的耳朵说,"B 即是巴达胡尔!"

然后,他仰头靠在椅子靠背上,欣赏着自己说话的效应。

古赫又问他道:

"那是什么人?你认识他?"

"我怎么能认识他?!我只是一个中间人。"

"那么你们想要我干什么?"

"我们正在做一项调查。是想了解我们可以信赖谁。"

"你们为什么想要信赖我呢？"

"咳，请用餐。"芬克催促他说，并且拿出一个笔记本来记录古赫吃饭的样子。

但古赫愤怒地站了起来，付完账，嘟嘟囔囔地走了。

从此以后，古赫头脑里整天浮现出那个名叫芬克的小个子。

过了几天，他再也忍耐不住了，又来到发生上面一幕的那家饭馆。他吃着午饭，芬克却没有再出现。古赫向一名侍者打听芬克，侍者说虽然认识此人，不过除了劝博士先生尽量经常光顾此地，别无良策。没有人能确切知道芬克先生什么时候还会来到这里。至于神秘的B（巴达胡尔），侍者们一口拒绝提供哪怕是最起码的信息，每当古赫博士提到这个名字时，得到的印象是仿佛在触犯某种禁忌。

最后，在一连两个星期每天都在这家价高质差的饭馆吃午饭之后，古赫博士终于再次见到芬克坐在一张桌子旁做着笔记，他对面有一个男子正在吃饭，脸上流露出显然不自在的神态。不过，那个男子吃完午饭后，却以小学生等待老师打分的谦恭注视着芬克。古赫博士竖起耳朵，听见小个子说道："归根结底，不是那么糟糕。我们还会见面……"而那个男子讨好而沮丧地问道："但还有机会吗？""你必须加倍努力。"

古赫博士闷头对着盘子佯装专心吃饭，心里却暗自期待芬克也能来到他的桌上，但是那个小个子甚至没有看他一眼，就从他身旁径直走了过去。

一天又一天，古赫博士已经习以为常准时来到这个地方，尽可能地拖长用餐的时间，希望引起芬克的注意。有几次芬克确实来了，虽然来的间隔时间没有规律可循。但他一次也没有再坐到古赫的桌子上。几经暗中窥探，古赫博士察觉这家顾客盈门的饭馆的大多数消费者都在偷偷地窥视芬克坐着做笔记的那张桌子。

就在一个侍者给古赫博士端来第三碗蔬菜汤，然后满意地搓着双手的当口，旁边一张桌子上饭馆老板正在向心理治疗医生请求说：

"我恳求您，请您以后继续派可怜的芬克先生时时光顾小店！"

但是医生根本没有注意老板的请求。他坐在桌子旁，急不可耐地等待芬克来到他身边，拿出笔记本……谁知道呢？……

真　谛

人们通过他们之间的关系学会一切。

——欧里庇得斯《安德洛玛刻》

古赫觉得生活一片混沌，周围有那么多他所不理解的事情，于是决心寻找它们的真谛。

他遁入密林深处，过着隐士的生活。整整二十五年，他睡在灌木丛中，以各种根茎为食，日夜苦思冥想着周围的一切。二十五年的深思使他相信自己悟得了事物的真谛。他已成为智者。

人人浪费二十五年的生命来悟出同样的结论，自然大可不必，因此古赫重返俗世，向世人展示他的思维有何等博大精深，足以一语道破人世问题玄机。

然而，还没有等他把话讲完，一个满脸雀斑、憨头憨脑的小马倌反驳道：

"不对！正好相反。"

古赫陷入深思，然后答道：

"也许吧。"

（陆象淦译）

阿德里安娜·彼特尔

    阿德里安娜·彼特尔（1946—　），罗马尼亚著名女小说家。出身于布加勒斯特的一个职员家庭。一九七〇年在布加勒斯特大学语文系毕业后，多年从事校对工作。她喜欢读书，校对工作为她提供了较多的读书时间。一九九〇年起，任《罗马尼亚文学报》编辑。主要写短篇小说。作品深受读者喜爱。出版过《蓝色阁楼寻梦》（1980）、《产后的睡眠》（1984）、《七月里的尤丽亚》（1986）、《多题材照片库》（1989）、《相逢巴黎》（2001）、《一个金发女郎的头发是怎么白的》（2006）等短篇小说集。

松 节 油

一

二年级暑期考试之前，我们班的女同学闹起了一场怪病。有一个穿着高跟鞋就去了举目无亲的普洛耶什蒂。班花甩手去了北方的一座修道院，找的是一名什么奇迹都能创造的忏悔神父。另一个女同学嫁了一个年龄比她大十五岁可身高却矮她十公分的牙科医生。图书馆里每天都风言风语，说的无非是一个个步入歧途的姑娘们的事儿。

那是一个雨夹雪打在玉兰花上的春天。临近五月，我们还穿着厚厚的冬装，可一股来自非洲的暖气团，一夜之间就让马路边的椴树提前开了花，这一下使得那些本来就春心荡漾的姑娘更加魂不守舍。全年级男生寥寥无几，一个差不多已经完全谢了顶、中学夜校结业后不知由什么部门派来"深造"的同学对我说，只要我答应给他抄我的拉丁语论文，就把他关于最近发生的那些怪事——桃色新闻的"真实看法"告诉我，还以轻蔑的口吻加了一句"前面的那几个不算"，可听他的口气，意思恰恰相反。在一次课堂讨论时，他胡诌一些外国人名，信口开河地说一些驴唇不对马嘴的外来语，我们取笑他，他至今耿耿于怀。

转眼快到五月末了。尽管我死活也不承认，我觉得我身上也发生了什么令人费解的事情。高中时就同我"好上"的美男子保罗开始讨我烦了。他是标枪冠军，跳舞帅，机灵，会呵护人。以前这些可都是吸引我的地方，现在我却不怎么在乎了。相反，他东一榔头西一棒子用他们的黑话跟我讲述他们训练基地发生的那些无聊的恶作剧，他吧嗒着嘴贪婪的吃相，看电视足球比赛时发出的嗷嗷尖叫，越来越使我难以忍受。还有，从电影院或剧场出来，他认为唯一该说的就是"倍儿棒"，尽管有时并不是那么回事。他什么书也不看，我总想拿些感动我的书来引起他的兴趣，可他总是说"嗯，有那么点儿意思"，然后就转换话题了。同他开始处关系时，我感到陶醉的是，全校女生最羡慕的男孩不知为什么竟然选择了我。现在，这种感觉消失了，因为我们不合适。不管我以前多么喜欢他那田径运动员的身材，他那卷曲的头发，还有他面颊上的酒窝，但家庭社会地位和受教育程度的差别依然是不能忽视的。

二年级暑期考试前，马路两旁的椴树花谢时，保罗从训练基地给我寄来一封又一封信，里面尽是拼写错误，充满肉麻的甜言蜜语，我一封都没有回。我不知该跟他说什么。我甚至都不敢想，他很快就要回来，我又不得不跟他体院那帮人去茶馆、体育场和游泳池。他们在一起时的那种吵吵闹闹不再像以前那样使我开心，就连他打算与我单独度假我都拒不接受。我什么都不需要。当下，所有的时间，我都在大学中心图书馆与同宿舍的姑娘们啃书本准备考试。倒不是在家不能学习，从我的房间就能看见那个有着号角的雕塑的头部，而是因为抽烟休息时，我可以同她们一起交流读书心得，议论议论老师，开开玩笑，这样时间会过得更加愉快些。晚上，她们三三两两地往"三月六号"宿舍方向，我则朝着带号角的雕塑方向走去。分别之后，我内心里涌动着一种喜悦的预感，一种激动的焦躁，如同在剧场里等待着敲锣开场那一刻。

二

我是在阿曼博物馆前面的院子里认识她的。她坐在入口处的台阶
上，拿着一团毛线在织着什么。我从她身边经过正要往里走时，发现
大门上着锁。"闭馆消毒呢。"她一边转身跟我说话，一边把东西放在
怀里。她身穿一件用五颜六色的补丁做饰物的衬衫，颈上挂着一串用
桃核儿做的项圈。嬉皮士装束与披肩发显得不伦不类——有点怪异。
她把我从扣带皮鞋、米黄色套裙、直到用猴皮筋扎成小刷子状的发式
从下往上仔细打量一番之后，用手掌拍了拍台阶，请我坐到她身边那
暖洋洋的石阶上。中午明媚的阳光在她银色的头顶和两个重新拿在手
里迅速运动着的毛衣针上闪闪发光。她那两臂一开一收的样子，恰似
一只扇着翅膀的老母鸡。在阳光的照射下，衬衫显得毛茸茸的。"你
来阿曼这里有什么事情？"她问我。"我喜欢这里的房子，在旁边的
图书馆看书中间休息时，有时来这里看一看画，看看东西。中午，脑
子装不进东西的时候，把书往桌上一放，出来转一转。有时去博泰亚
务教堂，有时到这里来，有时还穿过马路，看看电影院里的照片，或
者到萨多维亚务书店去转转，等脑子腾出点空儿来的时候，再去看
书，一直到晚上。"她一边听我说，一边注意地看着毛衣针，低声地
数着针数。"那您，"我没话找话，问道，"怎么在这儿坐着？""亲爱
的，"她说，"我是蒂娜·塞皮。"就好像这是一种众所周知的职业，
或者一个知名人士的姓名。她转身看了看我，表情含混不清，蓦地，
放声大笑。她笑时露出了整齐洁白的牙齿，不再像个老太婆。蒂娜·
塞皮摆动着双臂，毛衣针相互碰撞而发出的轻轻有节奏的响声，打破
了这里的静谧。这时，真是不好意思，我听到肚子在咕咕叫，不由得

想起了斯卡拉①旁边的那家奶制食品店，便从台阶上站起身来，突然意识到钱包还在图书馆那边的提兜里呢。这时，肚子叫得更加厉害。她也发现了我饥肠辘辘。"你瞧，亲爱的，"她边说边收拾东西，同样站起身来（她身体舒展之后，虽然我们站在同一级台阶上，可我只及她肩的高度），"我就住在对过儿，如果你不反对，我请你吃饭。我煨了一锅汤，只需热一热，立刻就得，再做个奶酪馅饼，最后再来一杯地地道道的咖啡，你看，怎么样？"说得我都快流出了口水。我支支吾吾地说什么不想麻烦她，该回去念书了，等等。但她使劲儿拉住我的胳膊，我们就一起横穿过马路。前面的那幢建筑物楼面有仿大理石饰物，窗户有铁制品装饰，雄伟壮观。以前，我经常路过这里，曾经怀疑是个什么机关，或许还真是。因为蒂娜带着我走的不是正门，而是一个铁皮旁门。我盲从地跟在蒂娜后面下了台阶，在从不关灯的半明半暗的地方架设着一条条管道，我们穿过的地方简直就是一个空气污浊的迷宫。这个地方很吓人，我十分后悔跟着一个陌生人来到这里，说不定是个打我坏主意的疯婆子。她究竟要把我弄到地下什么地方？为什么？我脑子里不由得闪过一幕幕患虐待狂的精神病人引诱纯真的少女，把她们折磨致死的场景。我感到非常害怕。同这个庞然大物面对面厮打，我毫无取胜的可能；我如果大喊大叫，即使喊到猴年马月，在那么深的地方也不会有人听见。唯一解脱的办法就是转身向后跑，穿过迷宫，跑到地面上，她身体笨重，追不上我。但是，尽管我这样提醒自己，可好奇心驱使我还是紧紧地跟着这个魔鬼似的衬衫女人。最后，这个女人在地下空间的尽头停下来，打开了一扇绿色的门，以玩笑似的谦恭请我迈进了门槛。

蒂娜居住的是一间宽大的砖砌拱形地下室，四周墙壁衬着草席。

---

① 布加勒斯特一家宾馆。

透过墙壁高处多个小小的玻璃窗，昏暗的微光照射进来，地下室神秘得像主教教堂。主人动作灵活地消逝在这个洞穴里。逐个点燃了台灯和落地灯，从暗处取出各种炊具，不无自豪地向我展示着她的家当。可看的东西还真不少：墙壁上陈列着各种风格的绘画，从现实主义的肖像、裸体画，到野兽派的漩涡和抽象派的几何图形。在那些不起眼的家具中间散落着一些粗糙的木根和石膏雕塑，此外，还有一些剖光的金属和石材物件。这个艺术品储藏室也用作起居室，很亮堂，放着液化气煤气灶，一个冰箱，壁橱里摆着各式各样的瓶瓶罐罐，还有一个敲打地毯用的横棍，上面的衣架上挂着几条连衣裙，一个角落用布帘隔开，里边的床上放着几个枕头。我依旧惊魂未定，但一些东西使我放心了许多：几个摆满了各种图书的书架、一台电唱机、一台缝纫机，还有几个圣像，下面摇曳着圣火。我看得瞠目结舌，但尽量不露出那种无礼的明察暗访的神态。蒂娜去热汤后，又忙着在面板上和面做馅饼。出于礼貌，我主动要求帮忙，其实，我根本不会做饭，心想她一定会拒绝我。可是，她把擀面杖递给我之后，就开始准备馅了。她看我擀面皮时粘在擀面杖上，显得那样笨手笨脚，向我指了指旁边像修鞋匠用的那种小马扎，嘟囔着说："真不知道大学里都教你们什么了？"说完就同情地笑了起来。她干活利落，动作优美。这时，我紧张的心情消失了，也有了勇气向她提出一些问题。不，她原来并不是艺术家，并没有天分，做过模特。"你瞧那些裸体画，你再看看那些肖像。"现在她不怎么做模特了，只是为了朋友，偶尔还做做，但不收钱。相反，做一些样品独特的连衣裙和饰物，通过美术基金会出售来赚一点钱。她在女演员和高干家的女孩中也有直接的客户。能维持生活就可以了，一点儿也不感到厌烦。"每天晚上，那帮有情趣的人都聚在我这里。就这样，'蒂娜妈妈的地下室'在布加勒斯特就名声在外了。说不定什么时候还真给挂上一块纪念牌，像阿曼博物馆那样供人参观，因为我这些客人当中，有些人肯定会成为名人。""我也能来一次吗？"她回头看了看我，眯缝起眼睛，假装迟疑了一会儿，用手背把一绺白发（也许是沾上了面粉）往旁边捋了一下，说道："怎么说呢，我想可以吧。" 我不知道我是否高声欢呼了，还是心想太棒了！恰恰就在我觉得命运的各种安排彼此之间更加互不关联时，我却发生了什么事情。我既不想看见我在到处是酒鬼的偏僻小村子里当个传道的独身女教师，也不愿做一个挂着埃及女王奈菲尔提蒂金质奖章在观众席上焦躁不安的运动员老婆。或许一个我所向往却不甚了解的世界正在向我敞开。这里，在安稳恭顺的表面现象下面正在熊熊燃烧的激情，再也不会同文学和电影里的主人公们一起无谓地浪费到情绪归向里，也不会同玛丽娅·卡拉斯一起白白地浪费到扯着嗓子嗷嗷叫的咏叹调之中了。

蒂娜如同一个天意使者出现在我的面前。我看着她怎样用力地把面团摊开，怎样用擀面杖擀薄，瞬间，我童年的欢乐油然而生。童年时，面对第一棵圣诞树前那么奇妙的东西，在头一回看见的大海面前，在阳光下鲜花盛开的牧场面前，我是何等的欣喜若狂。我觉得，周围的一幅幅绘画和一件件雕塑作品都能看得见高压电流通过头顶进入我的体内，经过沸腾之后，透过热龙蒿汤的蒸汽，呈现出彩虹般绚丽多彩的气泡从我的毛孔里冒出。

"你知道我是怎么想的吗？"蒂娜把馅饼放进烤箱之后，说出了她的秘密。"我这里有足够多的吃的，你到对面阿曼那边，院子最里面，那里有两间画室，你敲左边的那扇门对卢迪说，我这里有热乎乎的菜汤和馅饼等着他来吃。如果图卢兹也在那里，让他也来，不过要快一点，亲爱的，不然就凉了。说实话，怎么跟你说呢，我都忘记问你叫……""杰玛。"我撒了谎。我自己并不想只是花名册上的那个中学生和大学生，那个叫保罗的恋人，一个正经人家的乖巧姑娘，我要的是另外一个什么人。"快去吧，杰玛，赶快把他们找来，即使卢迪不想来，因为光好吃的是不能把他从那个奇怪的洞穴里掏出来的。你随便编个理由，这是对你能不能加入我们这个地下室的考验。如果你经不住考验，那就不要回来了。"她认真地说。

三

院子深处博物馆那边，的确有一幢低矮的建筑，这之前我并没有发现，说不定是阿曼仆人的住房。透过敞开的门，我看见门厅里面有一个盥洗池和一个厕所，两边各有一间屋子。按照来之前的吩咐，我畏缩地敲了敲左边屋的门，没有人答应。我又使劲地敲，仍然没有应声。怎么回事？奇怪，这是考验我的时候。我用拳头砸，砸得手疼了。又过了一会儿，里面传出了嘶哑的声音，大声吼道："滚开！""我是来替塞皮太太传话的。"我说，"哪个太太？什么太太？"训斥声由远而近，门终于打开了。我的视线所及，没看见任何人，只见朝墙壁方向放着几大张马粪纸，一些空空的折光格子，还有一面带裂纹的镜子。"你想干什么？"我发现这声音来自下面一个佝偻着腰、身材矮小的人，肯定是我刚刚把他从睡梦中惊醒。我转达蒂娜邀请他赴宴，顿时，他欣喜若狂，把头扭向我看不清楚的画室左面，对里面大声喊叫："听见了没有，卢迪？龙蒿汤，热乎乎的馅饼，全是好吃的。你进来，小姐。稍等两分钟，我们也捯饬捯饬。"他说着向我指了指一条板凳，上面放着几个里面颜料已干的罐子，明亮的房间里弥漫着松节油、烟斗丝和薄荷茶的气味。正对窗户，在斜放着的画架后面，一个身体瘦弱、须发蓬乱的人全神贯注，面无表情，对于我的到来和小个子男人的话毫不在意。他继续做他的事情：依旧在挤颜料，从一个小罐子里挑选画笔，在调色板上调着颜色，不时闷声闷气地咳嗽着，头一歪看看效果，然后把头摆正，又加了点颜色。那个除了图卢兹不会是别人的人，手提一个小方凳从里面走了出来，传来水流在铁制盥洗池里的声音，可能是谁在刮脸。

在此之前，我从未遇到过任何一位在世的艺术家。我所"认识"的所有作家、画家和作曲家都已作古，成了文化遗产。我读过有关他们的被小说化了的传记，看过演员们模拟他们的电影。喧嚣的音乐背景中，一位痛苦难耐的艺术家，忽然获得了灵感，在激情中创作出同代人无法理解的杰作。而这个沉默寡言的人，丝毫没有电影里那些灵气十足的画家的潇洒，倒是有着母亲装饰土豆牛肉冷盘时的那种从容不迫。只不过对我而言，在他的画布上所看到的与现实毫无相似之处，不仅如此，也没给我任何哪怕象征性的启示。首先，我理解不了他要表现的是什么。其次，我也只能像保罗那样评论"嗯，有那么点儿意思"，这使我非常恼火。因为，这表明即使我不是愚蠢到家，也已愚昧无知到了何种程度。事实上，我这个闯入者，在这个画室里又能图什么呢？本来，我可以悄悄出去，回到图书馆语言学阅览室我的座位去。可一想到那个已经把饭菜准备妥当期待着客人到来的蒂娜·塞皮，一想到刚才开门后刹那间我感受到的兴奋的心情，我便开始在地下室的拱廊下低声哀求那个无视我存在的人："我真心实意请您去赴宴，您可不知道您去该有多么重要。"我的声音在颤抖，几乎就要哭出声来。他耳背吗？不，他向我转过身，那蓝蓝的眼睛，和蔼可亲得令人无法形容。同他瘦弱矮小身体的其他部位相比，他那两只手大得不成比例。就是说，他很虚弱，干瘪得像个隐士。沾满各种颜色的双手像是别人的手，一个长工的手。"既然您说重要，那馅饼是非去吃不可啦，是不是呀？"他眼睛睁得大大地看着我，好像不敢相信的样子。我不知什么事情会使他如此吃惊。我往镜子里瞟了一眼，看见我用猴皮筋把金发扎成小刷子状的发式依旧。图卢兹回来时散发着药用酒精气味，催促我们："快点吧，还磨蹭什么啊？我都快馋死啦。动作快点，赫尔·卢迪，像个幽灵似的在那儿发什么呆呀？你把衬衫塞进裤子里，快走吧。"

我们在地下室的餐桌周围坐下时，我看得出来，蒂娜本来就知道我一定会经得起考验的。图卢兹的座位上放了两本厚厚的书和一个枕头，卢迪的餐具旁放了一小瓶止咳药，作为对我的褒奖，我的盘子周围放上了她那串打了蜡的桃核项圈。一个草编灯罩的吊灯从屋顶垂下，灯光把这个盛大的宴会烘托得具有浓浓的节日气氛，同他们相聚，我有一种故知久别重逢之感。我向他们讲述我们大学里的事情，比如一个女同学怎么穿着高跟鞋就去了举目无亲的普罗耶什蒂，怎样从我的房间就能看见那尊带号角的雕塑，而且经常看见上面站着一只鸽子。图卢兹问我大学毕业后喜欢干什么，我向他们坦露了对谁也没有说过的想法，就是说，我没有真正喜欢做的事情。因为我什么都不会做，我脑子不太聪明，干活也不太利落。卢迪留着大胡子，微微歪着头，巨大的手掌，指甲缝里塞着颜料，轻轻摸着桌面，向我传递一个信号。卢迪因为吃得痛快，也因为我的笨拙，笑得眼睛眯成了一道缝，蒂娜则在煤气灶和餐桌之间转来转去，感叹道："杰玛呀，杰玛，我若是在你这样的年龄，那该多么好啊！"

就在图书馆关门那会儿，我回去取东西。保罗吹着口哨在等我，我顺口向他说出了破电影里的那句经典台词："对不起，我另有人了，我们之间一切都结束了。"瞬间，他目瞪口呆，脸一下变得铁青，愤怒地连喊了几声"混蛋"，那些正向"三月六号"宿舍走去的女同学停下脚步，大饱眼福。她们甚至等着他打我，他的确举起了拳头，可一看有人围观，就把拳头放下了，转身一阵风似的向雅典音乐厅冲了过去，姑娘们望着他的背影，失望地走开了。

四

从二年级暑期考试前的那一天起，我的新朋友们就开始精心调理"杰玛"，直到大学毕业前，我们几乎每天都在那间砖砌的拱形地下室或卢迪的画室会面。我在那里结识了不少值得我学习的人。我也有了勇气向他们请教，并发表自己的看法，如果有什么见解的话。我还到图书馆查阅参考书和写评论作为思考练习。夜晚，在地下室活跃的讨论之后，一些人醉酒开始说话不着边际时，卢迪就对我说："杰玛，咱们走吧。"他就把我护送到那尊带号角的雕塑附近。他话不多，句子不说完整，经常说半截话，也许在脑子里继续想着另外半截，比如"当赫尔第巴丘河谷玉兰花开的时候……"他借口不知怎样翻译，就直接用德语给我援引尼采和里尔克的诗句。他要求我记住那些听不懂的词语，要我答应他一定学好德语，还得承诺我自己去发现他对我说过的那些诗句。每逢我生日和圣诞节时，他都送给我一幅不落款的油画，我已经不需密码就能理解他内心世界的所有景物，一些秀丽，雅致；另一些悲凉，抑郁。在这些作品中都可以看到他自己，每幅作品都带有他鲜明的个性。其他画家也模仿他，其中以图卢兹为最。但卢迪从不介意。他平静地看着别人激烈的争吵，微笑着听大家讲笑话，吃喝之后，当几乎所有人都因醉酒和疲劳而默不作声时，他却会拿起他那把破旧的曼多林，弹奏起萨斯舞曲，这时，蒂娜两手往腰上一叉便扭了起来。卢迪从来都把画室里那把最舒适的椅子留给我坐，对我如此关照并非因我的长相和什么才华。因为我们经常在画廊或画展会面，于是就传出流言，说什么我是他的恋人。只有从早到晚同他一起在画室作画的图卢兹，以及甚至同他睡觉的蒂娜知道绝无此事，但他们也无意辟谣。他们都是我的朋友，认为"卢迪的恋人"这种身份反而可使我免遭伤害，使我洁身自好，使我具有安全感。所有这一切最后都得到了验证。我开始用笔名在大学生刊物上发表文学和美术评论，还在席勒书院参加德语补习班。那里的老师就是曾经给我翻译我鹦鹉学舌学来的尼采诗句的那位。我直接去卢迪的画室，不过，通常天黑之前，我不去打扰他。我闯进他的画室，就一口气地朗诵"当你凝视万丈深渊的时候，万丈深渊也在凝视着你"。他手里拿着一支蘸满胭脂红的画笔向我走来，拥抱我的时候，在我白色衬衫的肩上留下了一个斑点。我亲吻了他那散发着松节油和烟斗丝气味的胡须。随后，他让我坐在我的那把椅子上，并且要我自己发现什么重要的事情。他像一个给自己的羊做完标记的主人，带着这种目光来固定斑点，使它久不褪色。我原以为他一定会要我做他的妻子，可他冒出的却是："我要去德国定居，杰玛，我被那里的亲戚给收买了。"听到此话，我像当头挨了一记闷棍。他似乎想使说话的声调显得悲悲戚戚，但我在画架上看到的却是一种橘红色的狂热，这在他以往所有绘画作品中从未出现过，是那种对幸福迫不及待的向往。我什么也没说。

临走之前的那些日子，他忙着包装他的画作和办理海关手续。图卢兹和蒂娜也都前去帮忙。他们预计他的作品将会有国际牌价，将会在世界展出，他将收入颇丰。

我没能到火车站去送他。地下室那帮人都去送了。此后，卢迪杳无音信。

几年后，图卢兹因肝硬化病故。蒂娜回到特尔古－穆列什，在那里继承了一所房产。我大学毕业后，分配到下弗勒斯内图。已没有任何人再叫我杰玛了，我却依然穿着这件带斑点的衬衫。偶尔，有人提醒我："瞧，你肩上有个斑点。"我会说："知道。"

（张志鹏译）

欧金·乌力卡罗

　　欧金·乌力卡罗（1946— ），罗马尼亚小说家。生于巴格乌县布胡西市一个工人家庭。曾就读于克鲁日巴贝希－博尔雅依大学语言文学系。大学期间，他同几位朋友一道创立了文学团体"春分社"，同时开始发表小说，步入文坛。曾长期担任克鲁日《星》杂志主编。在三十余年的文学生涯中，他写下了《等待战胜者》（1981）、《乌拉迪亚》（中文版名为《乌村幻影》，1982）、《记忆》（1984）等几十部小说。根据他的长篇小说《火祭和火焰》（1977）改编的电影曾在葡萄牙圣塔伦国际电影节上荣膺大奖。此外，还获得过罗马尼亚作家联合会大奖等各类奖项。他的作品已被介绍到了俄罗斯、德国、匈牙利、波兰、希腊、南斯拉夫、中国等国家。从二世纪九十年代中期起，先后担任过罗马尼亚作家联合会副主席和主席。多次访问过中国。《爱情故事》选自《罗马尼亚七十年代短篇小说选》（科尔内尔·雷格曼主编，爱明内斯库出版社，1983 年版）。

爱情故事

突然起雾了。浓密的雾像一束白色的、梳理整齐的羊毛，跨过山谷，越过起伏的丘陵，缓慢但有序地向葡萄园和巷头推进。维克尔·安丁一直百无聊赖地在讲台和精抹了腻子但油漆粗糙的门之间来回踱步。他停下脚步，两手撑着窗台，目光穿过院子，直向雾起的地方望去。他看到了克罗伊古，站在半掩着的大门后面，两手插在衣兜里，脖子由于不时碰到湿乎乎的黑色大衣领子而直打寒战。他的大衣已很旧，只是因为翻新过一次，所以看上去还像新的一样。他好像在那里已经站了很久了，一个肩膀靠在柱子上，等待着白色的潮汐把他包裹住。维克尔·安丁一阵激动，因为他感到不只是他才看到这步步紧逼、虽步履缓慢却坚定有力地朝他们袭来的凶险的雾，他和克罗伊古都清楚地看到大雾如何把他们紧紧地包裹住。他想打开窗户，朝克罗伊古大喊："嘿，克罗伊古！"而这样做仅仅是为了联合力量。他完全可以这么做，因为教室里只有他一个人，而且这已是最后一天的机会了。他转动窗户手把，窗户涩涩的，很难打开，还发出沉闷的声音。这时，他突然明白他是因为另一件事而变得兴奋。而克罗伊古倒是个不错的倾诉对象，他可以把他的历险经历向他叙说叙说。一想到"历险"这个字眼，他感到有些不安。没错，就是他几天的历险经历。

安杜查在一鹅莓果丛后面发现了他，他蜷曲着身体，两手托着下巴，手又支撑在膝盖上。她蹑手蹑脚地走过去，以至于能听见他的身体因为寒冷而发出的战栗声。他蹲在那里，两眼紧盯着亚当家那灭了灯的窗户，希望那里能突然亮起灯来，因为那灯光或许能帮助他，尽管他不知道通过什么样的方式。灯最终也没有亮起来。安杜查来到他身后，她盯着他，目光中除了惊讶，更多的是同情，释放出一种超乎寻常的亲和力。他慢慢站起身，身体还在不自觉地颤抖，两脚湿湿的，一些小草粘在因湿而变得很重的裤子上。他用手胡乱地抓着脸，好像要尽力抹去绷在脸上让人讨厌的蜘蛛网，牙齿使劲地咬着下嘴唇，以至于都能感到血的咸味。

"只有我们这里才这么冷。"安杜查对他说。维克尔·安丁明白，只有在亚当的花园里才这么冷。那是一种孤独的冷。他用手护住双肩，点点头。在一个完全不属于他的地方，被人撞见他这副狼狈相，使他感到非常无助和屈辱。有好一阵子，他本能地希望安杜查能消失，然后他像什么也没发生过一样回到乌拉迪亚。可是，突然间他又发现这个地方就是属于他的，他在这里感到很安全。但安杜查也并没有消失，而刚才的想法在安杜查说让他起来活动活动、走一走暖一暖身子时，已被忘得一干二净了。其实，他更多的是麻木而不是被冻僵。"起码不这么冷了，你看，这样就不冷了。"安杜查说。他向四周看了看，感觉真的暖和了些，但不一会儿他又感到有些困惑，他发现使他暖和起来的是视觉而不是感觉。这更让他坚信情况不是太妙。

"如果我们不进去，你不会生气吧，"安杜查边说边用下巴指指那个黑点，"我爸爸在睡觉，还有我妹妹，"她笑着说，"再说现在也不是串门的时间。"

维克尔·安丁想极力控制住肌肉的颤抖，"不会，当然不会。"然后还自觉或不自觉地加了句："尤其是在你们这里，在这个时间。"

安杜查略带蔑视地看着他，"当然，就你现在这副惨状，也只能认同我的观点，甚至再夸张些，尽管你没有这种心情。"接着，她换了一种口吻，几乎是半开玩笑，"如果你愿意，我可以带你看看我家的庭院。"接着她又马上补充道："看看这个帝国，你所看到的一切完全超过了你的想象，所以完全可以说是一个帝国。"

"我是历史教师，我懂。但现在我能干什么？"

"走，我说了，你要做的就是走！"说着，安杜查贴着楼墙走在前头，手轻轻地触摸着抹过泥浆而凹凸不平的墙壁。维克尔·安丁走到屋后的墙角处突然停了下来，他感觉到了某些让他不安的东西。这些东西似乎让他想起了一些看似熟悉，但又想不起来的地方。安杜查回过身来，惊讶地问道："怎么啦？发什么呆？干吗呢？"他打了个手势，"这里有些，有些很独特的味道。你没觉得？真的很独特。是燕麦，对，燕麦，就是它！"安杜查笑了起来，好像没弄明白是怎么回事，然后她用手指按着嘴巴，轻声地说："燕麦，教授先生，是干燕麦，你好像是另一个世界的人，说，是不是这样？"他没有说话，也没有动，只是深深地吸了口气，然后垂下肩膀，长长地叹了口气，好像这样能抵抗寒冷，然后慢慢地平静下来。

"我喜欢夏天在燕麦田里走，软软的像皮毛一样，还湿乎乎的。"安杜查说。

"光着脚走？"维克尔·安丁问道，"为什么要光脚？我从来没有光着脚在燕麦田里走过，如果让我走，既感觉不到松软，也感受不到潮湿。"他看见远处有一有棱有角的斑点，猜想着那里便是园子的尽头吧。

教授极力回忆着，好像白天来过，还查看过仓库和房子的四周。但是现在似乎一切都变了。而与安杜查的谈话没有任何的规则可言。他不知道该离开还是留下，不知道她想干什么，甚至不知道怎么来到了亚当的园子。"那里是什么?"他指着园子尽头有光的地方问道。

安杜查走在前面,熟练地躲过落在路上的石头和树墩,并不停地打着手势,而这种手势他从他们第一次见面时就熟悉了。她轻松地越过障碍物,动作是如此的真实,以至于能感受到从脸旁掠过的气流波。教授快步走着,几乎是小跑着跟在后面。他能听到自己沉重的脚步,脚趾不时地踢到一块石头或一个马口铁罐头。忽然间,他们来到了一片有淡绿色微光的地方。光线被一处半埋在土里的旧房子的屋顶支离成细细的长条,显得孱弱无力。房子的墙由几根插在土里的木条支撑着,屋檐几乎碰到了地面,周围爬满了厚厚的地衣和青苔,足有一手掌高。从屋檐软软的地衣和屋顶处射出的光线使房子更像一个长满大大的不知名植物的小山丘,随时都会变成一个由绿线缠绕成的巨大球体。

"这是什么?"维克尔·安丁问道,声音瓮声瓮气的。安杜查走到他身边,轻声答道:"这是我们的房子。"她说话时呼出的热气直冲他的脸颊,"这是唯一一所我没住过的房子,我甚至都没进去过。谁也不得进去,房子快要塌了。我曾祖父曾祖母住过,我父亲认为现在他做着巨大的牺牲。你发现了吗,这四周什么也不长。我认为他尽了很大的力,没有拆了它。"

维克尔·安丁这才仔仔细细地观察四周。确实,周围的地上什么也没长。就连他站立的地方,青苔之间的土地也是光秃的。他很想问问安杜查为什么房子周围什么都不长?如果这还能算是房子的话,那么它的墙边为什么这么荒芜?然而,安杜查继续说道:"其实我是家里第一个想到可以拆了它的人。我想是因为实在太旧了,所以它的周围什么也不长。是太老了,你说呢?"

维克尔·安丁不经意地答道:"这也是一种解释,因为有年头了。但是你们,你们亚当家族,"他说"亚当家族"的口气与刚才的口气全然不同，"你们和整个乌拉迪亚都不一样，所以我完全可以理解为是因为年份太久，所以什么都不长了。我认为这意味着一种危险，一种恐惧。"

安杜查说："这我没想过，我刚想到它该拆了。为什么，因为什么，这由你来说。因为你和我们，和乌拉迪亚没有任何关系。你，还有窗户那边的那个老妇人。"

"谁？K. F. 吗？"维克尔·安丁对安杜查所说的很吃惊，也很感兴趣。到目前为止，谁都没想过，连他自己也没想过，他和 K. F. 除了同在一个屋檐下还能有别的联系。"也许，也许你能说出点什么。那老太太牵涉到许多人，只不过是对每个人都不一样。你说呢？"

"也许我说的只是无稽之谈，但是这个老太太，K. F. 是个真正的灾星，不是我。"

维克尔·安丁用手掌轻拍了一下安杜查，"什么什么？再说一遍，你说了'灾星'？"他笑得几乎哽塞，但还是从牙缝里挤出了几个字："有意思，你听听，灾星！"

等维克尔·安丁笑完了，安杜查说："不是我说的。我甚至不太明白是什么意思，我是听克罗伊古教授说的，当时巴萨利加工程师也在场。"

维克尔·安丁显得很惊讶，"当时你也在场？你刚才好像说你亲耳听见他说了'灾星'？"

安杜查借着几乎被埋在土里的房子里透出的光线看着他。她面色略显苍白，但确实很美丽。"我没在场，"她说，"但我听见他说了。"维克尔·安丁"啊"了一声。沉默片刻后，说道："我们不进去吗？也许里面会暖和些。"

他并不感到冷，只是说说而已。

安杜查没有回答，但也没有反对。他用力推开了那扇用铁皮加固过、几乎被尘土覆盖的硬挣的大门。维克尔觉得安杜查没有跟在后面便停了下来，他努力在黑暗中辨别着。一股带有黑土气味的潮湿空气袭面而来，他睁圆眼睛，但是里面黑得能把一切毫不留情地吞噬掉。安丁停下来让自己慢慢适应周边环境。也就因为太黑，他没想进到里面。也许这里上百年来都没人来过，而这一念头使他感到不安。他就这样猫着腰，停在门口，几乎有点害怕进去。而她站在后面，没敢问也不敢鼓动他。里面漆黑一片，什么也看不见。他猛地转过身，从屋顶沿上抓落一把由折射着光亮的原始植物覆盖的土。安杜查一声不响地跟着他。教授显得很坚决，她不想阻止他。维克尔·安丁向前迈了一步，脚下能感觉到松软的木头。他用手把那缕折光的植物举过头顶。里面黑乎乎的什么也看不见，唯一能看到的是他自己拽紧了的手指和挂在指间的那缕压扁了的地衣。

安杜查留在了外面，当他回过头，从里往外望时，看到她在蓝白色的光线下虽显得有些焦虑不安，但依然轻盈漂亮。他想，克罗伊古观察得很细，但评价不够准确。他发现里面是空的，漆黑一片，便走了出来，身后随即掉下一缕浮土，夹杂着腐烂的碎木。"我们走吧。"维克尔·安丁说。安杜查尽管答应着，但没有朝家的方向走，而是径直往冲着土坡上的园子尽头走去。

时间过得很快，天渐发白，小草被露水打得湿漉漉的。安杜查步履轻盈，嗓门压得很低，说话时连头也不回，声音刚好能让后面的人听见，其实维克尔·安丁是否听得见她根本不感兴趣。

"你看到的这座房子是我父亲亚当·马克森丘试图在乌拉迪亚与众不同的东西之一。"安杜查说。

"怎么在乌拉迪亚与众不同？"问题难了点，但维克尔·安丁还是希望得到答案，他想知道一些细节。"我不知道，"她说，"反正是有利于他，不仅有利于他，也有利于我们。在乌拉迪亚有两件很蹊跷的事。K. F. 和我们亚当家族。巴萨利加工程师和戈巴丘，克罗伊古教授和其他人，还有你。"当她说"你"这个字时停顿了一下，稍加犹豫，"你们很清楚我们不太一样。但我认为，也就 K. F. 这老太婆在搅浑水，我们只想平静地生活。为什么？我不问你，你是刚到我们这里的人。为什么我们不能平静地生活？"

维克尔·安丁在背后几乎吼叫了起来："没有人会打扰你们。在这里，在乌拉迪亚，谁和谁都没有过节。"

女孩停了下来，脚步像是悬在了半空中，周围出现了荆棘丛生的灌木，似乎要漫过园子，向丘陵延伸。当她重又迈开步子时，转向维克尔·安丁说："你，你让我们平静生活吗？你能不打扰我吗？"她一边说着一边目不转睛直愣愣地盯着他。尽管还是黑夜，她的双眼像两面布满雾气的镜子，发出黯然的光。维克尔不知该怎么回答，他使劲地跺了一脚坚硬的地面。"开始时我还以为你在监视我们，这事挺新鲜，工程师和别的人可没干过这种事。后来事情有了变化，我认为是，怎么说呢，是克罗伊古教授的主意。但这不容易。"安杜查语无伦次地说着。"当然，不容易，"安丁说，"没有人监视你们，只是一个误会，一定是个误会。"

"我们走吧，到上面去，很少有人上去过。"安杜查说。

"哈哈，到飞机场去。"维克尔·安丁这么说，更多地是为了表明他并不是外来人。

安杜查笑了起来，"好啊，你也想证明它的真实性。老实告诉我，你是不是怀疑它的存在，或者说整个事件？"

他说不是的，他只是想看看，就像任何人一样，想看看听说存在的事情。这不表明他怀疑。你想了解你相信存在着的事情也是最自然不过的事了。

安杜查又开始在越来越浓密的灌木丛中向前走。荆棘丛生的灌木似乎要把她那又长又大的裙子撕破。维克尔·安丁努力跟在她后面，他想这样会容易些。浓浓的雾时不时地从坡的另一侧向他们袭来。他们尽力憋着不咳嗽，但肺部被呛得灼热，咽喉也阵阵刺痛。

"我想问你，你是怎么在园子里发现我的，那时大家都已睡了，灯也都灭了。这点我不明白。"维克尔·安丁说道。

"也许应该由我来问你怎么允许你到我家的园子来。我知道你在哪里，我闭着眼睛都能走过来。你当时颤抖得很厉害，我都能听得见。你是个滑稽可笑的人。"安杜查突然转过身，"我来了就因为你是个滑稽的人。别的人都太复杂，我需要很多时间才能了解他们。今晚你很可能会死在这里的，事情很清楚，但你却没有意识到。这是证明你滑稽可笑再好不过的证据了。我在乌拉迪亚生活了二十多年，还从来没有发生过这样的事，也没找到过如此好的证据。"

维克尔·安丁听了直想笑，"嗨，得了吧，哪能这么容易就死，最多也就得个重感冒之类的，况且，现在连这个都谈不上，行了，也别太夸张了。"他边说边打着手势，更多的是为了说服而不是解释。

"在这个园子里，有比感冒可以让你死得更快的东西，"安杜查说着，用从未有过的锋利的目光，直勾勾、冷冰冰地看着维克尔·安丁，就像山猫盯着猎物那样，"在亚当·马克萨丘的园子里，有比感冒能使人死得更快的东西。"然后她马上接着说："上来吧，我们马上往上爬。从现在起会更难些。"等他上来后，她又加了句："在太阳出来以前我们得赶到那里。听说有些东西在太阳出来后就会失去功力。""是哪些东西？""我也不清楚，不过我们如能及时到达，所有的东西都还有功力。我奶奶因为做了个梦而从乌拉迪亚逃到了这里。她梦见她紧靠墙站着，不能动弹，因为在她的手指间长出了叶子。她撑开手指，面朝太阳站着。她身上的血都流到了叶子上。做了这个梦之后，她就逃到了这里，一直住在这老房子里。从此这个园子里就不再长藤类植物了。如果有一根枝丫漫过栅栏，那也是好几年以前的事了，它会干枯，变得很硬，连火都点不着。我和我父亲都试过，真的点不着。我想这是些无聊的事情，但却是千真万确。""你怎么允许我到你的园子来？"维克尔·安丁用同样的字眼问道，"也许你应该让我离开。"

"到了上面再告诉你。"安杜查不再说话，只能听到她平静的喘息声。维克尔·安丁向上爬着，双脚小心翼翼地在荆棘丛中向前探索着。天该亮了，由于雾，还看不到红色的地平线，但黯淡的夜光正在被另一种更加有力、却不断增强的光所替代。

"在爬到上面之前我要告诉你一件事，一件很重要的事。"

安杜查转过身来。她真的非常漂亮，漂亮得让人觉得不真实。维克尔·安丁说："说吧，我等着。"于是她真的停了下来，一脸严肃地看着他。

维克尔·安丁感到了一种危险，觉得他钻入了一个圈套，他只有变成一个卑贱的懦夫才有可能从中逃脱。于是他笨拙地、毫无自信地说："我真希望我们不曾相见。我觉得我们有各自的生活道路。现在我们既然相见了，也应该记住我们有各自的生活。"说完后他等待安杜查的反应。她闭上了眼睛，喃喃地说："当然，每个人都有自己的生活。"她边说着边用指尖轻轻地碰了碰他的肩膀，"克罗伊古教授也这么说过。"他马上兴奋地问道："克罗伊古教授什么时候说的？"

"这并不重要。但他坚信这一点，你没发现吗？克罗伊古坚信这一点。"说完后她又绕开荆棘和麝香径直向上走去。

"我还想告诉你不要太想我。"

维克尔·安丁希望她能听见他的话，但是安杜查正急匆匆地朝着山丘尽头走去，因此维克尔·安丁无法知道她的真实想法。其实，不是她，而是他不要老想着她。他对这个游戏还真的有点担心，到目前为止还是个游戏。他唯一的担心是最终一事无成，因为安杜查毕竟不属于这方土地。他在为自己的这些想法寻找根据。最后，他咬紧牙关试图赶上她，她的轮廓在逐渐降落的天空下变得越来越模糊，最终消失在远处，地面和丘陵也随之被下落的天空一点一点地吞没掉。当他再次找到她时，她躺在满是露水的草地上，眯着眼睛看着他。天已大亮。在他的面前是一片黄褐色荒寂小丘，像波涛一般环绕着乌拉迪亚。"这哪里有什么飞机场啊？在这些沟壑中哪会有什么飞机场？""沟壑"这个词她听着非常刺耳，但却是再合适不过了。整个地面布满了椭圆形的坑，里面长满了带有纤细却硬茎的小草和一些不知名的植物，似乎所有下面乌拉迪亚容不下的东西都跑到这片荒漠的土地上来了。

气温刚回升点，却突然又刮起了风，而且越刮越厉害。于是他便问道："你知道的，告诉我，为什么起风？""唉，没治了！你就不能问点别的？"

在她说话的语气中蕴藏着嘲弄的味道，"为什么会起风？"维克尔·安丁觉得她知道他为什么提这个问题，只是想拿他的笨拙开心，就像在下面园子里逗他一样。维克尔·安丁脸又红了，他回忆着在园子里冷得发抖、牙齿和肌肉直打架那令人难堪的时刻。突然，他在她边上跪下，那一瞬间他相信她希望他这么做。他跪拜下来，手撑着地面。当他触感到干得沙沙作响的草周围满地渗透着潮湿时，感到一阵震惊。安杜查目不转睛地盯着他，"教授，教授。"她叫着，却没往下说。他感受到了他们的孤独，唯有从那满是杂草的小丘吹到他们身边的风才让他们感知世界上还有别的事物存在。想到这里，他内心充满了柔情。真是奇怪，当人们单独在一起时，就会变成这样，你会感到从下巴、脖子和眼睑那儿涌上一股暖流。他弯下腰，又听到安杜查在喊："教授，教授。"他停了下来，吃惊地看着她，瞳孔都放大了。有些事情他还是没弄明白，到目前为止他什么也没搞懂。但他从未为此感到难堪，而现在这种无知使他不知所措。"怎么啦，安杜查？""你总在给人上课，你现在还在给人讲课。你让我不要想你，你是同情我才说的，你是不想让我痛苦。可教授，你又在干些什么？"维克尔·安丁停了下来，弯着腰，看着她，一副茫然。是她把他带到了这里，是她自己在草地上躺下，是她用那种目光看着他，哦，不对，她真的看他了吗？他看着安杜查的身体，弄不明白，就像整个晚上他什么也没搞明白一样，但是也就刚才他才遭到她的反驳。似乎他还有时间好好看看她的脸，以便日后能马上回忆起来。通常对最亲近的人，我们经常会忘记他们的容貌。似乎他还有时间去摆脱她，而不是去亲近她。安杜查觉察到了这些，她把她的手掌放在他的脖子上，滚烫的，周围的小草就是这样被烤干的。"教授，不要再找我。"她用手指将了一下他那没有太打理过的长头发，"当你需要我的时候，我就来了。"她把他拉到她的嘴边，只为了说一句："昨晚你需要我，所以我来了。"说完她就躲闪着站了起来。维克尔·安丁还跪在那里，两眼麻木地盯着前面的小草。小草已经干得透透的了，而在他们躺过的地方，出现了几缕绿草。他转过身，盯着安杜查，把可怕的诅咒咽憋在嗓子眼上。他停下来，用手掌搓着地上的草，抓挠着，最后，只用脚尖踢了一下地面。

风越刮越烈。安杜查已经走远。维克尔·安丁很难听清楚她的话："我们该下去了，风会越刮越大的，这上面就是这样！"阵风把她的长裙子吹得裹住了身子。他毫不掩饰地看着她的腿，喊道："你的腿真漂亮，你先下去吧。"安杜查耸了耸肩，笑了。在走到下面以前，她几次回头对他说："其实，要论腿的话，你应该第一个下去的。"他们在荆棘丛中分了手，他朝公路方向走，而她，朝着满是青苔的老房子去。在分手之前，维克尔·安丁发现了她那欣赏的目光，"真的，你的腿很漂亮。那就这么定了，不要再到那园子去。你需要我的时候，我会来的。"他只沿着公路走了十几步，一阵剧痛让他的两胯不能动弹，先是左胯，接着是右胯。它们几乎同时麻木。他爬滚着到了路上，在马路边歇了一个多钟头，木呆地看着几个和他打招呼的村民，他们的语气中带着奚落和嘲讽："早上好，教授先生，怎么样，还行吗？"也难怪他们，他现在的样子就像是通宵狂欢、被灌了一夜香槟的酒鬼。那一刻，他就想跟克罗伊古说点什么。奇怪的是这个念头一冒出，他就像没事了一样站了起来。等他来到学校时，他已确信没有人，就连克罗伊古，也不会相信他所要讲的一些细节。但是，后来慢慢地，他有一种想证实、想倾诉的愿望。不正是克罗伊古说过安杜查是"灾星"吗？这就是他要借助、想绝望地抓住用以证实一切都正常的依据。

但是，他把克罗伊古认作知己，并不只是出于想对他人倾诉这一系列事件的需要，或者是这段时间纠缠他的情感，而是因为那种困惑，更确切地说，是所有与安杜查有关的事情中可怕的、缺乏合情合理和符合逻辑的解释。

在收到塔蒂安娜来信的若干天后，他决定给她回信。为了这个晚上他已准备了很久，他因此以从未有过的坚决拒绝了米赫尔恰努"一起度过一个我们知识分子之间的惬意的夜晚"的邀请，也对楼上K. F. 老太太示意可接受来访者的半掩着的门视而不见。

他坐在窗前。房间里堆满了旧东西。他不想在乌拉迪亚买家具，他想象以后搬起家来会很麻烦。当然不是现在，马上，但或许在以后的某个时候。窗外是熟悉的景致，他意识到，在这熟悉的景致中，蕴藏着多少危险。外面已一片寂静。在他房间的冷清中，只能听见壁炉里木头燃烧时发出的噼噼啪啪的炸裂声，和邻居老太太简单的晚饭小推车轮子滑动时发出的沉闷的声音。对他来说，要在桌子前坐下来十分困难，或者更确切地说，桌子只留下一角，因为其他空间都被旧书、练习本、几个墨水瓶和几个长铜绿色的蜡烛台和一个储物箱占据了。说困难是因为他找不到合适的语气，让塔蒂安娜理解他在这里的特殊处境。如果她的信早几天来的话，一切就都简单了，或者几乎简单了。他拒绝留在乌拉迪亚，正好表达了他整体的状况，这在他的行动和想法中表现得很明显。但是，现在发生了一些变化，他也搞不清楚是些什么变化。也许是空气，也许是葡萄藤发出的酸涩的清香，也许是那个跟踪过他的自然课老师那戏剧性的模样，也许是刚到这里的那几天给他留下的记忆。其实，他明白不是因为这些，而是 K. F. 老太太每次在谈话时掌控他的那种固执，还有与安杜查那充满未知的游戏。但是，他感到无论是哪一种情况，他都是受害者，所以他拒绝承认这一事实，而在周围的人和事物中寻找使他改变的原因，因为他对此确信无疑。

到了午夜一点钟他才写了第一行字："亲爱的塔蒂安娜。"写完这几个字后，他感到一阵强烈的震动，嗓子被一股涌上来的热流哽堵住。他觉得很孤单，甚至有被遗弃的感觉，而铺满玄武岩的街道和被园子深处与房子差不多同龄的两棵老杉树遮荫的铁铸大门构画成的图像变得异常强烈，令人痛苦。他发现他已能够忽视她的沉默，你看，到目前为止，他居然没有意识到他离她有多远；你再看，他收到的这封信只不过是她从日记本上随意撕下来的一页，是的，没错，那天她想起了他，证据呢？信里是这样写的："维，尽管爱嘲讽和挖苦，他比我每天在单位里遇到的任何一个人都要多情善感。只是现在他不在我身边时，我才感到他对我来说是多么地重要。我静心思考着，正是因为有了维，才有了我现在的一切。今天我和克教授通了话，他这个人，唯一能让他高兴的是，你在任何场合下都承认他的能力。我就这么做了。也许只是因为维。我需要他，我必须留住他。"然后是落款，塔蒂安娜还用蓝铅笔加了句："亲爱的维，今天我很想你。再见。"
"我不给你讲述这里所发生的一切，只说一些我记忆中的事情。我相信这是我周围发生的最真实的事情，这是因为只有在回忆中愿望才会变成现实，甚至被记忆接受。太理论化了，是吗？真实的生活带有点我们童年时咀嚼过的喷香的面包片的味道。现在我们再也找不到这种小小的、黄黄的、硬硬的面包片了。也许没有人会感兴趣了。这封信应该是封情书，我发现只有带着这样的情感读这封信时，它才能算是一封情书。亲爱的塔蒂安娜……"维克尔·安丁又回到了这几个越来越执拗的字眼上。事实上，这几个字寄到利马大街就足够了，其他添加的只不过是陪衬（他就是这么想的）。然后他感到无法再继续了。他清楚地记得，她的房间有一整面墙全是玻璃的。其实就是把平台给封了，挂上厚重的、深色的布帘，完全是按她妈妈的喜好布置的。她妈妈是个家庭妇女，一点也不虚假。尽管脸上僵直的线条略显病态，但还是非常漂亮。她严厉，也因此显得有修养。那天整幢别墅就留下塔蒂安娜一个人，她的父母好像是去了锡纳亚参加一个官方的招待会了。他在他自己的宿舍里，和衣躺在床上。尽管有些热，但他还是忍着，因为他知道马上就会有人叫他。果然，看门的老头边喘着粗气边抱怨着说要爬这么多台阶到三楼叫这位学生公子，他大声地在楼道里喊着"历史系的公子"。他知道是她的电话。他飞速跑下楼梯。电话还没挂，有个缺少教养的家伙，在约一米远的地方冲着话筒骂骂咧咧，在那里寻开心。塔蒂安娜听着，但对满楼道都能听见的那些脏话置之不理。当听到电话那头传来"喂"时，她便打断了他："二十分钟后到我这里来。"他在她家的房子前转悠了大约五分钟，感觉窗帘后面有人在看着他，但他还是等到通话后二十分钟后才进去。

维克尔·安丁觉得脸又像当时那样烧了起来，完全像他在她那里度过的差不多二十四个小时里的感受一样。他感到只有现在，当他回忆起来时，才明白他们在那超出他接受能力的既宽敞又奢华的房子里时，她的一些话语和举止的内在含义。虽然没与他说，但塔蒂安娜已定下了那个时间他们"同居"的规则。对他来说，最难的是晚上，听着从房间的另一头传来的她那均匀而平静的呼吸声，他除了脸颊发烫外什么也没有发生。早晨，塔蒂安娜很平静地对他说："你该走了，我父母要回来了，他们不会理解的。"她说得如此简单，以至于他只得同意。而着实让他感到高兴的是塔蒂安娜一直把他送到汽车站。她光脚穿着便鞋，双手紧裹着夹克衫。他知道法兰绒里面她只穿了件薄得几乎跟没穿一样的小内衣。当他登上汽车向后看时，他捕捉到了她的目光。于是他明白了尽管他们之间什么也没发生，但却跟发生过了一样。他感到被一阵神经质的、焦躁不安的激动所侵扰，以至于能忽视一切，其实他正处在一种复杂的慷慨大度中，只是当时没有机会去证实罢了。

维克尔·安丁被信中的头三个字所感动着，迟迟没有下笔。在没有完全弄明白它们的力量和意蕴以前，他不敢贸然写下去。回忆起在利马大街度过的那一天他仍然激动不已，他明白他的爱情很有可能成为使他在乌拉迪亚的日常生活变得无法忍受的原因之一。激动的情绪就像一股浓缩的盐水堵咽了他的喉咙，直冲他的太阳穴和双眼。他使劲地摇晃着脑袋，生怕眼泪流下来。他深切地感受到了孤独的空间。他写了几句平庸的话，也就是讲些实情和思念之类的话。他猛地站起身，走到窗前。当他靠近沾有污斑的玻璃窗前，才明白是一股无名的力量使他站了起来。有好一会儿他因紧张和过度兴奋而坐立不安，而且久久不能平静。一种出现过多次的特殊的感觉告诉他，门的另一头，甚至更近些的地方有个人。他缓缓地转过身，背对着窗户，眼睛盯着门，挪动了脚步，先有点犹豫不决，后又变得异常坚定，他不动声响地来到门旁，猛地拉开门。门外面是灯光灰暗的走廊，空空的。然而，总是有样东西使他不安。他也不知道该如何解释他的感觉，但是他感觉到了它的存在。他又到大厅里找，还打开了大门，故意把彩色玻璃门弄得哗哗乱响。他以为这下该听到老太太在他晚回来时总要说的一句话："即使人不值得尊敬，但安静还是要遵守的。"但什么也没发生。在爬满藤蔓的院子里，能闻到杂草和泥土的气息，随风飘进来的是薄雾和狗的叫声。院子的门是锁着的，昏暗的灯光下看不清任何东西，连影子也没有。他并不想怀疑他的这一"特异功能"，他非常希望真的有一个人。然而一切都是那样的平静，只要他站在外面，在那暖色的黑暗中多待一会儿，就能听见屋檐发出的风的鸣叫声了。他小心地关好所有的门回到了屋里。要不然的话，早晨起床时又要听米茹娜的埋怨声或者老太太用法语朗诵的有关修养方面的警句了。他回到了自己的房间，在桌前和凳子前停留了很久。屋里有些异样的感觉。他看看信，然后又看看凳子和书，在桌面上抹了一把，沾了一手的尘土。有人动过书了，桌上留下了痕迹，或许是为了能多进些光线。他坐下来，手指在那痕迹上弹拨着。这时，他发现桌脚边的地面上有一块红斑。它已经几乎变成了黑色，但并非是借助光亮，而更多是出自对颜色自身的执着，它还保持着血的色泽。他弯下腰，就这样待了好久。那是一块头巾，一块乌拉迪亚女孩在收割时用的头巾。但是这块是安杜查的，因为只有她会用这种颜色，是植物般的青色，而染色就是在亚当家堆满物品的仓库里完成的。是她来过了！他应该想到分手时她跟他说的话，但是他没有，就像没有向克罗伊古讲述这些事一样，说的完全是另外的事情。而在叙述过程中，他一直在仔细地观察每当安杜查以这种或那种形式出现时他的真实反应。

维克尔·安丁感觉到凉凉的空气扑打在脸上，带有桦树皮的味道。是从哪儿飘来的呢？还有核桃仁的味道。他不再喊自然课老师，因为他已经听到了窗户打开时发出的吱吱声。你瞧，他两手插在兜里，正不紧不慢地朝学校走来。他等克罗伊古走进教室后转过身，感到一阵冷气，从衣领下面直袭颈部。于是，他舒展了一下双肩。克罗伊古却嘟哝着："把窗户关好，先生，不是你去砍柴。"他很不情愿地关上了窗户，想着一大堆几乎还是绿色的杨树和栎树木块被负责烧火取暖的勤杂工取用，以超常的速度见少。他摇了摇脑袋，思绪停留在一些没有意义的细节上。其实他应该跟他讲讲安杜查的，当然不是他对她的真实想法，而是把她一带而过，目的是想看看克罗伊古的反应。他确信，他会像是被一大块冰坨子砸在了脑门上（为什么是冰坨子呢？因为马上就要下雪了）。

"教授，我们马上就有事干了。"说着，他指指身后，让他看看身后的雾，"假期结束了！"克罗伊古坐在长凳上，脚尖将就能碰着地面。他沉着脸，偷眼看着他。对维克尔·安丁来说，这样开口很艰难："你知道，安杜查……"但他还是说了下去，声音平静得连他自己都感到害怕："你知道？安杜查几天前和我约会了。"

克罗伊古严肃地看着他，当然是应有的严肃，因为这毕竟是件大事。维克尔·安丁抬起手，示意要继续说下去，但他猛地转向窗户，背对着自然课老师。他感到了他的目光紧紧地盯着他的脖子。他感到很开心，这证明他击中了他的要害。他慢慢地转回身，让他有时间把目光移开，他正盯着地板裂缝间的一块泥斑。"嗨，这样的约会至少我在大学时还没有过。"克罗伊古漫不经心地用舌头湿润着嘴唇，眼睛直愣愣地盯着他，想从他嘴角的表情中洞察事情的真实经过，因为他对他冰冷而简练的描述不太相信。"其实算不上是约会，是她到我这里来了。我正伏案工作，在给《首都》杂志写一封信，当然，是写给那里的一个重要人物的，突然安杜查敲了敲我的窗户，她是从窗户进来的。你想象一下，是从窗户进来的。她在我这里一直待到早晨。第二天晚上，等我回来时，她走了。但她肯定是在我快回来时才离开的。"

他停了下来，等着克罗伊古教授问他："后来呢？"但他却继续用舌尖湿润着双唇，一直盯着他，像是有点发烧。维克尔·安丁开始在桌子前不自然地来回踱步，想重新找回那种坚定的、令人信服的、厚颜无耻的语气，"哈哈，"好像是想起了什么似的，"整个晚上我们也没说几句话，你明白吗，非常地不同寻常。"他扑哧一声大笑起来，"是一次暧昧的会面。"

克罗伊古的脸色变得苍白而僵硬，一种对克罗伊古这样的人来说出乎寻常的变化。维克尔·安丁听见他从牙缝中迸出了几句话，虽然语速很慢，但却很清晰："你没有足够多的理由这么说，没有足够多的理由！"

（林　亭译）

米尔恰·内德尔丘

米尔恰·内德尔丘（1950—1999），罗马尼亚小说家。生于格勒拉西城丰杜雷阿乡。曾就读于布加勒斯特大学语言文学系。大学期间，创办文学社，组织各类文学活动。一九七九年出版小说集《内院历险》，以鲜明的探索姿态，引起罗马尼亚文学界的瞩目。之后，又相继出版了《控制中的回音效果》（1981）、《对占有本能的修正》（1983）、《野覆盆子果》（1984）、《虚构的治疗》（1986）、《昨天也将是一天》（1989）等小说集。内德尔丘从创作伊始就致力于语言和形式上的革新，坚持不懈地进行各种文学实验。他常常从日常生活中寻找独特角度，通过普通人的目光，来表现社会现实和道德状况。道德是他始终关注的问题，也是他小说中的恒常主题。他富有个性的创作使他成为罗马尼亚二十世纪八十年代作家的代表人物。曾获得罗马尼亚作家联合会奖、罗马尼亚科学院伊昂·克雷昂格奖等文学奖项。作品已被译成英语、法语、德语、俄语、匈牙利语、塞尔维亚语等多种语言。《节奏》选自《一九九八年罗马尼亚最佳短篇小说选》（丹－斯尔维乌·波雷斯库编选，阿尔法出版社，1999年版）。

节　奏

　　按摩师内莉太太嫁的是个特技替身演员。

　　"可那主儿，"我问她，"本来就这样呢，还是后来变的？"

　　"主要是后来变的，"她承认，"我一个子儿不拿，白白儿地训练了他差不多两三年。头一回是在一家客栈的树上餐桌，他俩眼盯着另一棵树上餐桌旁边的一个女的。"

　　她放在垫子边上的按摩油瓶盖儿上印着日期（可能是保质期）：九八·一一·二八。在给我按摩完右腿（比左腿至少细了近两公分）之前，这几个数字一直映入我眼帘。我思忖着，反正还有一年多才到期呢。到那时我会怎样？到头来我两条腿能站立起来吗？唉，十四个月能发生多少事情啊。实际上，一周，一天甚至一小时的工夫能发生多少事情啊。假如人知道会遭受什么不幸，事前就知道加以防范了。

　　"他不喝酒的时候，可不那样，"内莉太太说，"就跟梅莉似的，那么安稳，那么脸皮薄。"

　　她用下颏向我指了指在电话桌旁琢磨字谜的助手。姑娘困惑地抬起头，以为老板要她干什么事情，赶忙起身小狗似的来到主人跟前，显得十分乖巧，只是没有摇尾乞怜。内莉太太接着回忆道："那个时候，我住在桑杜·阿尔德亚大街上一个别墅的二层，实际是三层，就跟阁楼似的，他每回来都走备用楼梯。"

　　梅莉心里明白，老板只不过是拿她打个比方，可她不想让人觉得

210

她不知道为什么站起身来，便立马儿给老板又是按摩颈椎，又是按摩两肩。

"舒坦，梅莉，真叫舒坦。你给我弄得可真好。只要打门那边一飘过酒味来，我就知道是他来了。你可知道他怎么下那个螺旋楼梯吗？在楼梯上，我们俩那些惊险动作，可惜了，没照下来，要是照成相片儿，一张相片儿我哪怕只拿它一个美金，我也早就把这个按摩室扩大得像模像样了。"

梅莉的两条腿修长，小小的乳头把薄薄的白大褂顶成了两个尖尖的圆点。刚刚二十岁的妙龄散发着鲜花和夏日蒙蒙细雨的气味。她这样站在我的右边给她头儿按摩，我不费劲儿一转身就可以按摩她的后背。这样，我们仨就都按摩到了。虽然她干瘪得像根稻草（跟我似的），或者像以前那个标枪运动员肥胖得恨不得把运动衣撑开（像内莉太太似的），这两种人是用不着按摩的。她需要的只是轻轻一摸，拿手指肚儿，嘿嘿。

"有一次，一层街坊放在楼梯平台的酸菜罐子，让我们给打碎了，弄得满地都是小西瓜、柿子椒、玻璃碴子，还有品特斯库流的血，那个倒霉的家伙，那天晚上就挂急诊缝了三针。一层的费雷祖太太为酸菜的事情不依不饶。得了吧你，没瞧见你倒开水时就烫得过了头，怎么着也等不到圣诞节就全烂了。说归说，我还是给她买了玻璃罐子和柿子椒，小西瓜没买到。那娘儿们那叫一个抠门儿，她能把我告到党支部，如果不把酸菜的事儿弄好，把我从楼里给轰出去，她干得出来。"

内莉太太给我按摩左腿时，不知怎的把按摩油瓶掉了个儿，我简直不敢相信自己的眼睛，瓶子上大字写的却是另外的保质期：九六·一一·二八。只更换瓶盖上的保质期有什么用。啊？这样说来，闹了半天，原来给我按摩竟然用的是早已过期的按摩油。一年前的十一月我怎么样呢？同现在一样，也是卧床……我试图把神经和肌肉方面好转的情况归拢一下，可几乎列举不出什么，仅仅是些幻觉而已。然而为了治病，每一天都得相信今天比昨天强。姑且这么说，这是原则，或许我挖空心思说，今天比昨天好，可同一九九六年的十一月相比，我很难说有哪些好转。可是，这样一来，我自问，这三百多天加起来，我都落什么啦？让那些搞按摩油瓶的家伙们连同他们的瓶子通通见鬼去吧。如果那帮傻瓜忘记把旧标签换掉，只更换瓶盖上的保质期有什么用？还有，假如他们不断向消协行贿，如果是按摩用油而不是烹调用油，哪还用得着玩保质期这套把戏？难道这就是让我犯嘀咕的地方吗？

老实讲，我考虑的就是这个。还要多长时间我的两条腿才能够站起来，什么时候我自己能到摊儿上买包香烟？还有多久我能开始挂着双拐，然后呢，（什么时候？什么时候？什么时候？）如果能离开双拐的话，我想我立刻就去火车站，坐上头一趟火车。那时咱们就在波兰，为什么不呢，在瑞典、芬兰、新西兰见吧。明年十一月之前，或者更早一些能行吗？

挂在按摩室护栏上笼子里的鹦鹉茉兹，突然嘎嘎地叫了起来（不会说话的鹦鹉是嘎嘎地叫呢，还是喳喳地叫，用哪个词）。或许只有它知道我什么时候能走路。我突然意识到我在暗暗地祈求它：我说茉兹，告诉我，你告诉我，小伙子，告诉我，我哪年哪月才能走路？

万籁俱寂。只有附近的狗在狂吠。鹦鹉茉兹沉默不语。内莉太太继续给我按摩，助手梅莉继续给她按摩。我设想一群有某些运动缺陷的人，他们每个人都帮助身边的那个人，通过按摩和互动的方法，使受损伤的肌肉以无穷尽的螺旋形运动起来。身上少得不能再少的穿着可以使人增加亲密感。然而，这种亲密感却不尽如人意，因为它不受社会功德的保护。背离社会功德的亲密舍弃了廉耻。这也许是疾病最可悲的一面。痛苦是凶猛的打击。不能维护自己处境的起码尊严是纯粹的无耻。

实际上，亲爱的茉兹，我突然醒悟，我把同可怜的鸟（哑巴，却是口才的象征）想象的对话扩展开来，四十五年的时间，我都是用两条腿行走，可无论在伯勒亚扎举行的马拉松赛跑，还是在斯罗波兹亚的舞蹈比赛上，我从来没有拿过任何奖项。我所做的一切，包括我的孩子，全都是借助其他器官完成的。那么，现在渲染没有右腿的生活有什么意义吗？

这时，内莉太太按摩完毕，竖起两只手掌敲打肌肉。梅莉模仿她，也如法炮制。这样，由按摩垫子和三个人体（其中那个男人体是我的，舒服地平躺着，像帕夏那样，两只手放在脑后）构成的整体便有节奏地颤动起来。

就这么回事，茉兹，明白了吧？节奏！

我对刚刚开头的这篇小说之所以不满意，就在于它没有节奏。而之所以没有节奏，是因为我写的时候，或者我构思下面句子的时候，不能像以往那样一只脚神经质地抖动。瞧见了吗，写小说还得靠脚呢！

这样说来，我将把这篇未脱稿的小说暂时放一放，我认不出来，它不是我的，我感到陌生。谁知道，说不定，在按摩油瓶盖上写的日期到期的时候，我能够加上几句话，使文章整体上有节奏感。或许在此之前，茉兹学会了说话，内莉太太变得温文尔雅，梅莉不再那么谨小慎微，我呢，可以神经质地抖动一只脚，并且同意在这页纸的下面签上我的姓名：米尔恰·内德尔丘。

（张志鹏译）

斯特凡·阿果彼安

　　斯特凡·阿果彼安（1947—　），罗马尼亚小说家。出生于布加勒斯特，一九六五年至一九六八年就读于布加勒斯特大学化学系。一九七九年出版第一部长篇小说《愤怒的一天》。其他主要作品还有：长篇小说《天鹅绒塔凯》、短篇小说集《事件手册》、长篇小说《萨拉》、戏剧《断头台上的共和国》和散文集《金钱》等。获得的文学奖项有：罗马尼亚作协散文奖和罗马尼亚共青团中央委员会奖（1983），罗马尼亚作协散文奖（1984），《阶梯教室》杂志年度最佳文学作品奖（1987），布加勒斯特作协奖（2000）等。此外，《金钱》获二○○四年罗马尼亚专业作家协会奖，同时被《言论》杂志评为二○○三年最佳作品。《兵法》收录在一九八四年出版的《事件手册》一书和一九九八年出版的《罗马尼亚八十年代作家小说选》中。

兵　法

一

　　圣埃夫西格尼耶、诺娜和法比耶纪念日的那个礼拜六，天渐渐亮了。像是有一把钝刀将我们周围的黑暗层层剥去，新的一天露出了慵倦的面庞。钟慢悠悠地敲着。一缕朦胧的曙光，宛似一顶睡帽笼罩在城市的上方。鬼魂们（他们果真存在吗?）结束了最后一次蹦跳嬉闹，在乳白色的晨曦中疑惑地舒了口气，准备离开。一个肉眼凡胎看不到的天使迅速帮助鬼魂们维持好队伍的秩序。那帮不安分的家伙，在天使的催促下，没精打采地向另一个夜晚走去。

　　阿尔梅亚努·扎迪克和科尔齐亚小学的地理老师伊万停了下来，注视着他们身后的鬼魂。

　　"喂，停一下，你别走啊!"阿尔梅亚努无意识地对天使说。

　　天使便停下来，同他俩天南地北地闲聊了一会儿。最后，天使向他们宣读弗朗齐斯库斯·克拉娜韦尔丢斯给尼古拉·奥拉胡斯的信：

　　"圣明的阁下，前不久，我妻子如同结束流亡之旅一样，从鲁汶回到家里。闲谈中，她向我提起了您。她说：'哎呀，我想起来了!我没有信守诺言，没有履行我去年做出的有关奶酪的承诺。当时，我特别想知道在匈牙利是如何使用调料的。因此，我决定尽快兑现承诺，派人带来蕾达风味的烹制食品。'"

"我带来的不是烹制后保存时间较长而发硬的食品，而是软一些的。原因是，如果我们遵循医生的建议，就会知道：奶酪越是接近于奶的状态，越是有益于健康。变硬的食物是很难消化的。"

接着，天使又谈起食物的稀稠度，以及什么样的食物对人体最适合。

"如果我们吞噬太稠太硬的食物，就会生病。"伊力说道，想以此卖弄自己的学识。

阿尔梅亚努谈到关于大便排泄和球状大便之类的事。

"大便成球状，"他说，"就表明咽部有疾病。这已经得到证明。不久前，我有机会见到一位女歌唱家失声了。我连续三天观察她的大便，发现并不是球状的。这就向我证明，她的病不在咽喉，而是源自心理因素。"

天使也讲述了一位演说家的类似经历。之后，他表示歉意，说自己得向他们告辞了。

就剩下他俩留在了刚刚来临的早晨。几只老鼠在他们脚边兴奋地窜来窜去。其中比较愚蠢的一只，甚至想要爬到阿尔梅亚努的脚背上去。阿尔梅亚努斥骂了一声，将它轰走了。老鼠又溜到了伊万那儿。伊万揪住它的尾巴，把它提到窗口附近。小东西拼命挣扎，红扑扑的脚爪不停地蹬踏，嘴里还发出吱吱的哀叫。

"嗨，放了它吧！"阿尔梅亚努说，"怪可怜的。"

可伊万并没有放开它。他把老鼠放进窗户上的一个小孔，看着它的身子慢慢被冻僵。

"我们把它吃了怎么样？"阿尔梅亚努说道，声音有气无力。他从裤兜里掏出一头蒜，举着对伊万说："我们来做一锅醋汁大蒜煨老鼠。"

伊万思忖了片刻，然后点头同意。两人都为这个想法感到高兴。

兴奋中，他们又抓了三只老鼠，并把它们一一掐死。两人幸福地看着老鼠的尸体，阿尔梅亚努脱口念了几句打油诗：

"老鼠，老鼠死，躯壳里没了灵魂，我还是要亲它们一口……"

但是，伊万及时打断了阿尔梅亚努，因为墙上出现了一只奇怪的大耳朵。他们冲那耳蜗撒了尿，然后啐了唾沫。耳朵旋即消失，眼前仍然是一面潮湿、发霉的墙。

"我曾在安纳托利亚当过三年厨师。"扎迪克说着盘腿坐下。

伊万慢条斯理地把三只死老鼠放在面前，瞅着它们。

阿尔梅亚努拿起第一只死老鼠，伸出一个手指头堵住它的嘴，然后憋足一口气，对着它的肛门往里吹气，直到它的身体鼓胀得比先前大一倍，阿尔梅亚努这才舒了一口气，猛地从老鼠嘴里抽出指头。随着"嘭"的一声响，老鼠的身子整个儿被弹出皮囊外。那枪声般的巨响却把一旁的伊万吓了一大跳。

"哈，哈，哈……"阿尔梅亚努·扎迪克笑着，对其余两只死老鼠也照此办理。他又用自己那在墙上磨了好一阵子才磨锋利的指甲，将死鼠开膛剖肚，把内脏都掏了出来。

"它们并不很肥。"伊万说。他不过是没话找话罢了，其实此时他已经再没有心思做任何事情了。

阿尔梅亚努站起身，将扔在墙角的一只锡碗拿过来，把几块老鼠肉放在里面。伊万开始剥蒜，一股好闻的气味使他的鼻孔发痒，忧郁的心情也慢慢消减。

可就在这时，他们的事情被迫中断了一会儿。因为四个睡眼惺忪的彪形大汉突然闯了进来，二话没说就揪住阿尔梅亚努和伊万两人一顿暴打，直到打得腻烦了才住手。那帮人扬长而去，将不省人事的阿尔梅亚努和伊万扔在墙角。

伊万先醒过来。他已经记不得自己在哪里，就问阿尔梅亚努。他的声音使阿尔梅亚努决计睁开眼睛；那只眼睛硕大无比，而且长在额头正中，就像希腊神话中的独眼巨人。

阿尔梅亚努眨巴着那只眼睛，说道：

"我不知道。"

他费了好一阵子劲儿，想把眼睛挪回原处，但没有成功。伊万接着说：

"有些人尽管有病，但他们的病与自身的体质、性情、年纪乃至所处的节令相适应，遇到的危险会少一些。"可伊万的话没有给阿尔梅亚努带来任何安慰。他用额头正中的那只眼睛疑惑不解地打量着这个世界，映入他眼帘的世界卑鄙无耻，让他心惊胆战。

这时，一只大鸟挪开墙石，出现在他们眼前。

"喂，它是谁，这只大鸟？"阿尔梅亚努顺便问了一句。

大鸟来到他们面前，席地而坐，同情地看着他们。

"我是大鸟乌利塞！"它边说边收起翅膀。

二

他们的头顶上方是蔚蓝的天空。雪花开始飘落，稀稀拉拉，带着悲凉。几只狗，大如恶狼，在旷野上狂吠，令他们感到更加寒冷。

穿着旧甲胄的大鸟转回头说：

"这附近肯定有一家客栈。"

他们的身体用兽皮和金属片缝制的护甲裹着，行动起来叮当作响。到了下午，冷风仿佛渗透了甲胄，让他们感到彻骨的寒意。散乱的雪花使他们放慢了步伐，思维也变得迟钝起来。伊万说：

"英格兰下雪时，也是这样的。"

"我们别再说这个了！"大鸟说，从它的眼里透出杀戮的欲望。被这个欲望所折磨，它忘掉了周围的冰雪。

一座看似小城堡一般的客栈出现在他们面前。他们满心疑惑，远远地仔细观察那客栈。客栈的外墙用红砖砌成，也许是寒冷的缘故，颜色显得格外鲜红。建筑物的外观布局很规整，好像没有人居住。军号声打破了平静，但之后又没了动静。他们高兴地朝客栈慢慢移动。突然，客栈的围墙上好像有什么在动。接着，像是一声枪响，一团硝烟升上天空。紧接着，当啷一声，一枚铅弹撞在伊万的护胸甲上。

　　"怎么回事？"阿尔梅亚努惊叫道。

　　"客栈里的人朝我们开枪了！"大鸟乌利塞说。

　　他们加快了移动的步伐。客栈的百叶窗已经卷起，由于天气而变得灰暗，就像一些忧伤的眼睛。门被一只手从后面慢慢地拉开。突然一声枪响，硝烟又一次遮住了他们的视线。

　　一小块滚烫的弹片"吱"的一声，掉在阿尔梅亚努脚边的小水坑里。阿尔梅亚努看了看那弹片，说：

　　"差点打中我！"

　　大鸟乌利塞哑哑喉，说：

　　"我们得准备战斗！"

　　"对，准备战斗！"阿尔梅亚努取下背上那支老掉牙的步枪，又把瞄准支架插在泥里。伊万展开一面破烂的旗子，插在枪架旁边。好一阵子，他们傻呆呆地站在那里，欣赏在风中缓缓舒卷的旗子。

　　客栈里的人又一次开火了，这次是排枪。铅弹从他们身边呼啸而过，更激起了他们战斗的欲望。

　　"他们对打枪一窍不通！"阿尔梅亚努说，"我也得开枪了！"

　　他在革囊里摸索了一阵，终于找到了火药和一枚大得吓人的铅弹。伊万开始计算风速和目标的距离，然后把结果告诉阿尔梅亚努。大鸟无聊地坐在泥地上看着他们。阿尔梅亚努往枪里装上足够的火药，然后把步枪放在枪架上，对正拿着望远镜观察客栈的伊万说：

“喂，看到什么了吗？”

“他们要开枪了！”伊万说。

客栈里的人开枪了。一枚铅弹击中了大鸟那扁圆的酒壶，细细的一股葡萄酒顿时流了出来。大鸟伸出一只爪子捂住裂口，酒不再流了。一阵欢呼声从客栈里传出。

“把望远镜给我，让我也看看！”阿尔梅亚努说。

他拿过望远镜看了一会儿，寻找着一个更合适的攻击点。过了一会儿，他似乎有些烦了，便说：

“我要打掉房顶上那只公鸡！”

“你看到那个大胡子了吗？”伊万问道。

“那家伙不值得浪费我们一粒铅弹！”阿尔梅亚努说。

他握起枪，开始精细却有点儿笨拙地瞄准。大鸟又无聊地扇了扇它的翅膀。

“别扇了，老老实实地待在那里！”阿尔梅亚努说，“你让我没法瞄准了！”

大鸟在枪旁走来走去。在谁也没有防备的一刻，一声轰鸣突然响起，阿尔梅亚努被震得飞了起来，四脚朝天地落到泥潭里。步枪掉到他身边，陷入了泥坑。

“打中了！”举着望远镜观察的伊万平静地说，“那只铁皮做的可怜的公鸡，连尸首都找不到了。”

阿尔梅亚努好不容易才站起来，要过望远镜看了一会儿。

大鸟乌利塞用不着望远镜也看得很清楚。它说：

“大胡子吓晕了。这会儿，有人正在用醋擦他的太阳穴。”

“我看到了！”阿尔梅亚努欣喜地说，“我要把他们消灭干净！我们再放一枪，他们就会投降了。现在我就随便开一枪吧。”

“别！”大鸟乌利塞说。

"好吧！"阿尔梅亚努说，"我把大门上那个门环打掉。"

阿尔梅亚努拿过自己的枪，把泥擦了擦，然后把望远镜交给伊万，让他测量一下，为他提供一切有用的数据。

"你开枪后，我们就迅速冲过去，占领客栈。"伊万说着便测量起来。

"那个大胡子苏醒过来了！"大鸟说，"他就像个疯子一样挥动着双手。"

"等我们冲过去，我会烧了他的胡子。"阿尔梅亚努说。

阿尔梅亚努刚才在泥里陷得太深，泥浆开始干了，在他的衣服上出现了一些难看的白色痕迹。客栈里的人又开了一炮，一缕环形的白烟升上天空，弹片像一些苍蝇从他们身边呼啸而过。这更激怒了他们。

伊万把测量好的数据告诉阿尔梅亚努。阿尔梅亚努准备射击。接着，刚才发生的一幕又重演了一遍：阿尔梅亚努被震得飞了起来，摔到了泥潭里，步枪跌落在他身边。大鸟怒吼着，向客栈冲去。伊万没有喊叫，他抽出挎在腰间上的长剑，看了看阿尔梅亚努，说：

"冲啊！"

阿尔梅亚努抽出短剑，剑锋闪着寒光。他也说了一声：

"冲啊！"

两人并排着向客栈冲去。大鸟乌利塞狂叫着冲在他们前面。客栈的大门已经被打出了一个黑黑的大窟窿。寒风从他们的耳边嗖嗖掠过，更激发了他们对战斗的渴望。

三

我按照您的命令去行动。在这个适宜旅行的秋天，我不遗余力地去寻找他们三人。一个月前，我跑遍了特尔戈维什蒂地区，在路过的每家客栈都做了停留。我睁大眼睛，竖起耳朵，有些人见了我甚至说："瞧，这是个探子。"我不跟他们计较。只是其中有一个家伙，我不得不告发他。因为他的话太多了，他不停地说："瞧，这是个探子。瞧，这是个探子。瞧，这是个探子。"把周围那些人的注意力都引到了我的身上。如同我前面所说，那是在十一月间。一路所见所闻，都在向我表明：大公的敌人太多了。因此，应该把这帮家伙钉在尖桩上，剥皮，割舌头，剁手，挖眼睛，钉钉子，再用上防范敌人的其他办法，比如监禁，没收财产，放逐，从科尔齐亚塔顶往下扔，丢到布加勒斯特河里淹死。也许还得将这些办法乘以四倍，方能有效地对付这些洪水猛兽般的恶徒。那些怀有贰心的家伙，我对他们一一做了记录和统计，单是在我途经的客栈就约有一万之众。

没有找到他们三人的行踪，我又利用这一年所剩的最后一段时间，转道去克拉约瓦，以便最终找到他们，能够在回去向您复命时，向您献上三人的头颅。而您也一定会因我不辱使命而高兴，并按照我从土耳其回来时给我的许诺，赐予我应有的奖赏。

我挨个儿从一家客栈找到另一家客栈。在克拉约瓦附近，一个破落贵族把我请到他家。他以为我是革命党人的联络员，声称已经准备好发动起义反对您，可不知道应当跟谁联手起事。我喝了他那带苦涩味的葡萄酒后，说他是个笨蛋。于是，我把他列进了黑名单，是一个必须从科尔齐亚塔顶扔下去的家伙。可我仍然没有发现他们三人的行踪，所到之处，无论我怎么千方百计地打听，无论我支付对方多少酬金，都无济于事。不过，我倒是发现了其他一些对朝廷图谋不轨的敌对分子。我计算了一下，约有一万五千人。这还不包括我尚未到达的克拉约瓦。

我给您写信就是让您知道，因为没有找到他们三人，我又到了一家客栈。客栈老板是我们的人。我是大约十一月底到那里的。天开始下起冻雨，仿佛冬天已经来临。一些人甚至说，由于您乖张的行为把世事搞得乱七八糟，再也没有从前那样的冬天了。他们这样说，几乎所有人都赞同，因此，我就没有把所有人都写进黑名单里。随便抓一个人来处以绞刑，您都完全可以确信：他就是您的敌人。

由于我上面提到的恶劣天气，我躲在那个客栈里，准备度过将要来临的圣诞节和新年。为了不浪费时间，我把在各地搜集记录的黑名单整理誊清。客栈老板也给我提供了大约五十个人的名字，他们都是您的主要敌人。老板说在克拉约瓦，敌对分子难以计数。可我认为不会超过一万人。下面便是记录一些人言论的单子。

四

刺鼻的硝烟慢慢地散去，可以稍稍看清这个被不正常的冬天侵袭的世界。在他们充满斗志的眼里看来，客栈那红色的大房子是那么微不足道。墙上有个人冲他们哈哈大笑，使他们战斗的步伐有了些悲剧色彩。一侧的大门吱吱地被打开，一个手拿大钥匙的人向他们喊出各种奚落的话语，还模仿他们那旁若无人、不可一世的步态。接着，门被费力地拉开一道缝，几条愤怒的大狗接连冲了出来。它们就像几只愚蠢的小牛犊，冲着天空急促地吼叫，声音就像是由一面被敲击的破鼓发出的。然后，大狗向他们直扑过来。

"它们是名种牧羊犬。"阿尔梅亚努平静地说。

"我知道！"伊万说着停了下来。

在他俩前面，大鸟乌利塞身着笨重而又叮当作响的盔甲，继续向客栈前进。

"这种狗最凶恶了！它们是狼和斯廷法利斯湖怪鸟杂交而生下的孽种。"阿尔梅亚努说。

雪花稀稀拉拉地飘洒着。周围的景物肃然不动。

"卢留斯早在一四八〇年就首次根据其牙齿的大小把这种犬分了类。从那以后，再没有任何人豢养过它们。"伊万说着，大声冲前面的大鸟乌利塞喊叫。大鸟就像台笨重的机器一样停住，转过头来。

"怎么了？"大鸟问。

可没等它得到回答，一条高大的牧羊犬纵身跳起，上下牙床碰得嘎嘣作响，直冲伊万的喉咙扑去。

"快跳！"阿尔梅亚努说。

伊万用尽全力往上一蹿，离开地面一拃的距离。牧羊犬的嘴刚好撞上了他的钢制胸甲。只听得一声哀叫，牧羊犬跌落到了脱险者的脚下。

"远古时期，斯廷法利斯湖的雌性怪鸟们爱上了狼，"伊万说，"只是过了很久，大约在公元一千年前后，它们才受了孕。"接着，他挥起闪着寒光的长剑。第一只牧羊犬毙了命。一只瘦小的斯廷法利斯湖怪雏鸟儿从死犬的尸体内窜出来，向他们冷笑了几声，快乐地飞走了。

"这不是一只斯廷法利斯湖怪鸟吗？"大鸟走到他们两人身边说。

"正是。"伊万说着，看了看其他那些牧羊犬，只见它们高度戒备地停在一边。

"我去和她谈谈。"大鸟乌利塞说。它身子一缩，从甲胄里跳出来，显得有些笨拙地向前飞去。

"这只鸟还真有两下子！"阿尔梅亚努·扎迪克羡慕地说。

牧羊犬们抬起头望着飞走的大鸟，悲伤地叫了一会儿。可没过多一会儿，双方的搏斗又开始了，而且变得更加激烈。阿尔梅亚努也用他的短剑杀死了一只牧羊犬。他巧妙地把短剑从肋骨间刺进它的胸膛。就要刺到心脏时，牧羊犬说：

"我投降！"它的头挣扎着摇了两圈，然后倒地身亡。尽管阿尔梅亚努又是用脚踢又是用话劝，可斯廷法利斯湖怪鸟始终在它体内不肯出来。另外两只牧羊犬从阿尔梅亚努背后袭击他。其中一只甚至用牙咬住了阿尔梅亚努的护腿钢板，他只得回过头去。看到他回头，两只牧羊犬怯懦地想往回逃。阿尔梅亚努敏捷地砍下了其中一只的一条腿，那畜生剩下三条腿走道儿，只得退出战斗。另一只牧羊犬往回跑了一段路，又回过头来恶狠狠地瞪着阿尔梅亚努，恨得咬牙切齿。这时，已经杀了一只牧羊犬的伊万正和另外两条拼命围攻他的牧羊犬搏斗。阿尔梅亚努看着面前那只无赖般狞笑的牧羊犬，又用眼睛的余光注视着处境危急的伊万。只见他越来越招架不住，于是纵身一跳，来到伊万身边。他奋力挥舞手中的短剑，将逼近伊万的那只牧羊犬的尾巴斩掉了。那只牧羊犬急忙逃开，冲着阿尔梅亚努龇着牙狞笑。紧接着，它狂嚎着又扑了过来。

"不是你死，就是我亡！"

那只牧羊犬撞在阿尔梅亚努的身上，像一块大石头似的将他撞倒在地。它拼命张开大嘴，想咬住他的喉咙。阿尔梅亚努在泥塘里翻滚，想利用自己的体重把那牧羊犬压散架。当他意识到这招不灵时，牧羊犬又把他压在了身下，同时张开大嘴，天上落着雪花。而天空灰蒙蒙的，如同阿姆斯特丹产的镜片。伊万也被扑倒了，两只牧羊犬正企图撕掉伊万那身钢片制的护甲。

客栈中传出欢呼声。墙头挑起一面旗子，为牧羊犬群助威。

牧羊犬那贪婪的嘴张得更大了。它似乎有点厌烦，上下牙床磕了两下。接着，仿佛为了预示它的企图，它的嘴又一次张大。

伊万突然扭动身子，飞起一脚，靴子上的一根马刺正好插进牧羊犬那睁大的眼睛里。牧羊犬哀号着逃去。伊万气愤地掏出短枪，第二条牧羊犬的肚子被一粒核桃般大小的子弹打开了花，倒地而亡。

被扑倒在泥塘里的阿尔梅亚努看着那牧羊犬的血盆大口，用自己的舌头画了个十字，企图将死亡延缓一刻。然后他猛地把戴着金属护掌的拳头塞进牧羊犬嘴里。正在这时，伊万开响第二枪。压在阿尔梅亚努身上的牧羊犬瘫软地栽倒了⋯⋯阿尔梅亚努艰难地坐起来，挥起他的短剑。不一会儿，他的手已然举起一只牧羊犬的头颅，狗头上的双眼还湿润地呆望着他。其他牧羊犬见此情景，都认为它们已经彻底失败，发出哀号，并决定向两人俯首称臣，情愿终生做他们的奴仆。墙上的欢呼声停止了，旗子也已悄然降下⋯⋯

五

记录一些人言论的单子：

拉杜·加巴说不好。

格奥尔基·茹鲁克说革命万岁。

约尼查·苏夫莱特雷切说土耳其人执政时比现在强。

塞拉芬·穆图说法律简直是儿戏。

吉策·珀内斯库说买不到盐。

索蒂尔·策拉努说大公是窃贼。

纳埃·约内斯库说在英格兰生活得更好。

马努·格奥尔基说他有五枚金币。

伊万·亚历山德雷斯库说他总是做噩梦。

伊万·德杜说他再不交税了。

瓦西里·伦古说到处都是恶，让他厌烦。

瓦西里·古措伊说他准备好了。

瓦西里·帕洪楚说你们都昏了头。

瓦西里·莱珀达图说上帝不存在。

瓦西里·普鲁讷说要宰自己的奶牛。

瓦西里·科科什说他不要孩子。

瓦西里·托贝亚尔克说他没穿内裤。

瓦西里·布利达鲁说茨冈人生活得更好。

瓦西里·邦热斯库说他要去法国。

瓦西里·雄楚说他没有枪和草。

格奥尔基·兹格尔切阿努说你别跟希腊人一般见识。

格奥尔基·埃皮蒂斯说好。

格奥尔基·扎图说最好沉默。

格奥尔基·海拉说他要去落草。

格奥尔基·卡拉吉克说情况可能会更糟。

格奥尔基·维祖莱亚说他忍不住大笑。

格奥尔基·泽巴沃说每隔两年总有一次鼠疫。

格奥尔基·托托罗阿泽说不会有鼠疫。

哈德里安·哈尔迪克说他要豁出去了。

哈德里安·维济鲁说太不像话了。

　　这就是我以前说过的单子。还有其他单子，但是我没来得及按照您的指示将它们全部整理和誊清。现在天气又变坏了，从昨天起我开始整理有关破坏社会秩序的人的单子，到现在还什么也没做。单子太长了，整理起来很麻烦，幸好这种天气适合此项工作。十一月，冬天就要来临。众所周知，十一月是最适宜写作和思考的月份。客栈老板试图帮我把事情做得更好，给我出主意。只不过他脑子不太好使，还有点懒，所以好多时候反而给我帮倒忙。但他是我们的人，还算有热情。像他这样的人现在太少了。他为人诚实，是一个不错的告密者。

　　我埋头整理和誊写，不知不觉到了四点。这时，客栈老板来到我房里，让我先把这令人挠头的工作放下，快看窗外的敌对分子。他们前来可不是为了住店和赏雪。我从桌旁站起来，不动声色地向窗外望去。外面，雪花不紧不慢地飘着，一道灰蒙蒙的亮光似有若无地映进我的眼帘。尽管客栈老板不停地让我看仔细点，可除了漫天的飞雪，我还是什么也没看到。我平静地让老板把望远镜给我拿过来。望远镜是我买的，为的是更近距离地观察世界，它帮了我不少忙。以往，当长时间伏案写字感到疲劳时，我也曾走到窗前看看外面的景色，休息一下眼睛。这次我看到的情况与上次相比并没有什么特别之处。我接过老板拿来的望远镜，根据观察物的距离调整它的标尺。如您所知，望远镜的构造和作用，能使远处的物体看起来仿佛就在跟前。就在我用望远镜认真观察的时候，老板一直忧心忡忡，不停地说大祸就要临头了，还有其他一些耸人听闻的话。他甚至跑到什么地方去拿来了一把土耳其式的大砍刀，紧张地挥来挥去，让我没法继续观察。我跟他说要沉住气，如果真有危险情况，再告诉我该怎么做。他说他会告诉我的，心情也似乎变得平静了些。我这才得以继续观察。在这过程中，我一点也不感到害怕；相反，也许受到旁边这个人的影响，我像以往一样心里升起了几分愉快。我搜索着，隐约看到客栈附近的小树林里，约莫有一百来个敌对分子。他们全副武装，甚至还有一门大炮，正准备向我们发动攻击。大炮这种东西的威力我太了解了。因此，我心里充满了一种战斗的冲动。再仔细观察，我发现大炮的引信已经点燃，黑洞洞的炮口占据了我的视线。突然，炮口处火光一闪，说时迟，那时快，一枚像小孩脑袋那么大的圆形炮弹，呼啸着直冲我们飞过来。

炮弹打中房顶的什么地方，击碎了瓦片，掉到阁楼上，又从阁楼携带着死神滚烫地掉到我们所在的房间里。它在房间里继续滚了一阵，余力不减，把什物都掀翻在地，最后冒着烟停在我脚下。老板被这情景吓昏了过去，我费了好一阵工夫才把他弄醒。

他惊魂未定地走到炮弹跟前，仔细察看了一会儿，说道：

"这里有个东西。我不知道是什么！"

我放下望远镜走过去。原来在炮弹口有一张小纸条，还在冒着烟。我取过纸条，将它展开，毫不费劲地看到这样一行字：

"投降吧，胆小鬼们！"

六

天很快黑了下来。一阵阵诱人的饭菜香从客栈那边随风飘来。阿尔梅亚努还说他听到了熟练地开启酒瓶盖儿的声音，以及一个口干舌燥的人捧着瓶子一饮而尽的咕嘟声。

"不过是你的想象罢了！"伊万过了一会儿说，神情忧郁地看了看四周。

"也许吧！"阿尔梅亚努咽着唾沫说，脑子里想着客栈里那帮家伙在怎样胡吃海喝。

大鸟乌利塞在一旁研究着被俘获的斯廷法利斯湖怪鸟。鸟被关在一个大玻璃瓶里，瓶壁很薄，瓶口用一块破布封上，拴紧。

"喂，别再看那鸟了！"阿尔梅亚努说，"再看下去，我们就得在野地里过夜了。"

被关在玻璃瓶里的斯廷法利斯湖怪鸟细声细气地表示赞同阿尔梅亚努的说法，说应该让它安静地待一会儿，然后冲大鸟啐了一口吐沫。

大鸟冷笑一声，捧起瓶子摇晃了几次，又把斯廷法利斯怪鸟的脑袋往玻璃瓶壁上撞，直到将它撞晕时，这才转过身对他俩说：

"我们得搭建一个营房。"

他们懒洋洋地开始挖坑，准备搭建一个土屋。过了一会儿，两人厌烦了，便坐在垒起的土堆上。伊万拿出自己的酒壶递给另外两个，让他们喝点儿，好让心情变得好一点。从客栈里传来饮酒作乐的喧闹声，甚至还听见一阵大笑，这使他们怒火中烧。那些立誓终生为奴为他们效力的牧羊犬抬起头，发出悲伤的吠声。阿尔梅亚努坐起来，从口袋里掏出一大团粗制糖块扔过去，让它们啃糖块，别再嚷叫。牧羊犬们为此满心感激，开始幸福地舔糖块。关在玻璃瓶里的斯廷法利斯湖怪鸟也要吃糖，阿尔梅亚努给了它一小块。

他们冷得缩成一团。可恶的黑夜包围并吞食着他们，挡住了他们的视线，使那些熟悉而又悲伤的事物远离了他们。斯廷法利斯湖怪鸟开始做祷告，然后在玻璃瓶的一侧幸福地躺下。不过，在此之前，它像傻瓜一样不厌其烦地喃喃道：

"一些人被关在玻璃瓶里，另一些人在外面挨冻；一些人被关在玻璃瓶里，另一些人在外面挨冻；一些人被关在玻璃瓶里，另一些人在外面挨冻。"

"喂，我们怎么办？"阿尔梅亚努忧伤地看着斯廷法利斯湖怪鸟说。然后，又问大鸟：

"喂，这只被你关在玻璃瓶里的怪鸟叫什么来着？"

"它跟我说过，可我忘了，"大鸟说，"大概名叫迪亚纳。"

听到有人叫它的名字，斯廷法利斯湖怪鸟慢慢地睁开一只眼睛。那眼睛就像一只黑暗中的萤火虫。然后问大鸟：

"你想干吗？"

"不干吗！"阿尔梅亚努说，"我想知道你叫什么名字。"

斯廷法利斯湖怪鸟睁开另一只眼睛，恰好与前一只凑成一双。眨眼间，它又只剩下一只睁开的眼睛了，其目光，犹如黑夜里的一盏灯，将三人那疲惫、肮脏、胡子拉碴但表情平静的脸照亮。

接着，它张开嘴说道：

"现在知道了。可即使知道了，对你又有什么用呢？"

"英格兰的人口有多少？"伊万忧郁地问。他坐在土堆上，感觉到身下那潮湿、疏松的泥土直往下沉。

"二千二百三十四万零十七人。"斯廷法利斯湖怪鸟脱口说。它的回答让伊万更加忧郁。

"喂，这只倒霉的怪鸟怎么对英格兰人口知道得这么确切呀？"阿尔梅亚努说着，走过去坐在伊万和大鸟中间，立刻感到身子往下沉，就像坐在一个垫着软垫子的安乐椅里。

大鸟乌利塞笑了，它的笑就像乌鸦凄惨的呱呱叫声，消失在沉沉的黑夜里。

伊万说：

"斯廷法利斯湖怪鸟从一开始就是出色的地理学家。始祖将它们创造出来的时候，说要让它们当地理学家。事情果然就这样发生了。"

"我们从古至今都酷爱旅游！"斯廷法利斯湖怪鸟说，"只是现在这只大鸟把我关在玻璃瓶里。"

"你待在那里，不许说话，"大鸟说，"我们这里的嘴已经够多了！"当他们的话说得够多时，自会想起了目前的处境。一股战斗的激情又在他们冻僵的身体里燃起。

阿尔梅亚努站起身，说：

"我要开火！"

一种无济于事的狂热果真将他们攫住了。伊万甚至拿出望远镜，对着黑暗窥测了好一阵子。阿尔梅亚努莫名地激动着，不停地说：

"我要开火，我要开火，我要开火！"大鸟徒劳地噗噗扇动着它那短短的翅膀，似乎想要飞起来，但仍在原地转圈。

过了一会儿，一个声音说："我有个主意！"

斯廷法利斯湖怪鸟在玻璃瓶里用尖细的声音模仿他们说。

"喂，闭上嘴！"阿尔梅亚努说，"我们等等看！"

"可我为什么要闭嘴？"斯廷法利斯湖怪鸟说，"你们把我关进玻璃瓶里，还不让我说话。你们已经发现了，我是个科学家。我想说什么就说什么。"

"你说吧!"伊万被这么多话吵烦了。

"等一下!"斯廷法利斯湖怪鸟说。转瞬间，它变成了一顶漂亮的拿破仑一世时代的三角帽。"法国!"它接着说，"那么多居民，那么多芦笋，那么多葡萄酒。"

"这是挑衅!"大鸟乌利塞说，他浑身的希腊人血液开始沸腾起来。

伊万站起身，走过去捧起玻璃瓶使劲摇晃，直到斯廷法利斯湖怪鸟恢复了原形。

"我建议投票。"斯廷法利斯湖怪鸟说着，瞬间变成一只手，高高举着表示同意。

"算了。随它的意吧!"阿尔梅亚努说，"看看它有什么主意!"

七

那个圆炮弹把天花板砸穿了一个大洞。我仔细查看那个大洞，想弄清那帮家伙发射这东西的用意，可是不得其解。我又回头看那纸条。纸条上的字"投降吧，胆小鬼们!"在我眼前晃个不停，也许它们是为了搅乱别人良好的判断力而写在上面的。我就是这样，因为愤怒和高傲，好一阵工夫看不清楚纸条上的字。我在屋里徒劳无益地踱步，用脚把炮弹踢走。在它停留过的地方，地板上有一个烙印，就像是一个马大哈裁缝把熨斗忘在裤腿上而烫出的洞。老板看到那印子，像个傻瓜一样抱怨起他的损失来。我的思绪被打断了，本已想清楚要着手去做的事，一时竟想不起来了。我便责骂客栈老板，说着说着，脑子开始平静下来，而这正是开始做任何事情之前所必需的。每个开始所必需的平静主宰着我的头脑、灵魂和肉体。因为正如波尔切修斯所说，三样东西组成了人：思想、灵魂和肉体。它们对于上帝也是必不可少。如我所说，我的头脑是清楚的，我的灵魂是平静的，我的身体是强壮的。由于这种完美和摒弃外来有害的事物，我开始想起了兵法。我用望远镜又一次观察了想要侵犯我们的那大约一百名敌对分子。不仅如此，我还数了数，正好是一百人。一个神气活现的家伙大声说着什么，由于说的单词长短不同，嘴里哈出的气也不一样。据此，我揣测出他是告诉炮手说瞄准房上的公鸡开火。接着，炮声响了。根据敌军队伍里的吵闹声，我知道他们击中了目标，公鸡没有了。我又开始观察，但是由于天又开始下雪，我没法看清谁在说什么。我转身命令客栈老板把门闩上，闭上沉重的百叶窗。接着，我又不顾个人的安危，开始观察进攻者。他们在雪地上排好了密集的战斗队形，我马上就看出这是著名的马其顿方阵。进攻马上就要开始。我拿起了自己的武器：两把土耳其式手枪，一杆射程大约五百步的转轮步枪，一柄英国直剑（我摆开弓步架势将剑挥了一下，以活动活动我麻木的手并点燃我战斗的激情），最后还有一把匕首。我挎上步枪，把手枪别在腰带上，剑挂在腋下，用牙齿叼着在黑暗的屋子里闪着寒光的匕首。直到一切满意了，我才走出屋。由于天黑和对客栈不熟悉，我摸索着走了很久。还一度走进了一间散发着诱人香味的储藏室。我把手里的东西都放下，用火镰打着火。在我的头顶挂着几块香喷喷的火腿，它们之间缠绕着一串老长老长的香肠。靠近墙角，挂着两只野鸡，它们的羽毛非常漂亮。屋里有一个打造精致的架子，垫着柔软垫子的隔板上整齐地摆放着个头大、颜色鲜、香气浓、汁水多的苹果；旁边是黄灿灿、香气更诱人的梨；一嘟噜一嘟噜的葡萄挂在一条绳子上，带着白霜，圆鼓鼓的就像丰满的乳房。它们从收获季节起就沉甸甸地、伤心地挂在那里，直到冬天来临。光滑得像砖头一样的火腿肠挂在另一边，它们的色泽、肉感让你回想起从前安居乐业的岁月，斯瓦波人的一个中世纪城堡里，那些体态丰满、肌肤白皙、脸上长着雀斑、活泼俏丽的女人们。她们那不停跳动的围裙宛似一些微波荡漾的清凉池塘。我一次又一次打亮火镰，发现蜡烛台上有一支白色的蜡烛。我点燃蜡烛，借助苍白的亮光，继续观察屋子。一滴热乎乎的熔蜡掉到我的手上，让我猛然醒悟过来。突然，房间里的所有魅力都消失了，火药味代替了其他气味。鲜血的红色代替了先前的其他颜色。而这种黏糊糊的血红色更增强了男人们之间搏斗的神秘感。我把放在地上的武器拿起来，目光乃至整个身体又被一种新的战斗豪情控制住了。我吹灭蜡烛，使它别再发出苍白、傲慢和冷酷的光，然后走出了房间。

八

伊万点燃了那盏白白跟随了他很长时间的马灯。灯光在黑夜里形成了一个大钟似的洞。他们像迎接梦寐以求的希望得以实现似的，一个个显得无比幸福、高大和永恒。

"说吧!"伊万说，只有脑袋以下的身体在灯光里显现。

大鸟把头俯到亮光中说：

"我们不可战胜!"

"没错!"阿尔梅亚努·扎迪克说。

"我们还没有力量去死!"大鸟说。

伊万从亮光中退出。流动的光线继续勾画出他的身体轮廓。在光的沐浴下，他俨然是个国王，就像是亨利国王一样，漫不经心，容光焕发。

"战争进程并非我们所愿，对此，我们感到悲伤!"伊万说。

他这样想了一会儿，就像让自己沉浸在一种幸福当中。末了，一只在战争中用来传递紧急文件的信鸽飞来，停在了灯光下。

"我有一封信给你们!"欧律皮洛斯的鸽子鼓起嘴说,高傲地转了一圈。

　　"从欧律皮洛斯统治的地方,名叫加林纳的岛屿,"伊万想道,"他们乘着三十艘帆船,到特洛伊来打仗。"

(楚群力　李家渔译)

索林·普雷达

索林·普雷达（1951—2014），罗马尼亚小说家。生于布加勒斯特。1975 年毕业于布加勒斯特大学语言文学系。长期从事编辑工作。二十世纪七十年代登上文坛。以写短篇小说为主。作品注重内心挖掘和心理剖析，呈现种种独特，甚至有点怪异的情感世界。被罗马尼亚评论界认为是八十年代作家的代表人物。主要作品有《故事在开始之前已经结束》（1981）、《部分彩色》（1985）、《加减一天》（1988）等小说集。先后获得《金星》杂志奖（1980）、《雅典娜宫》杂志奖（1981）等文学奖项。《正方恋》选自《八十年代作家短篇小说选》（格奥尔杰·克勒齐恩和维奥雷尔·马里内阿萨主编，纬度四十五出版社，1998）。

正 方 恋

　　墙壁很厚重，窗户像卡车司机驾驶室那么大。那边还有一间屋子。可隔断墙却很单薄，是木格填充结构。原来，这所房子是由一间大屋子和一个小拱顶组成的。没准儿是属于市政府的一个什么建筑呢。

　　"你告诉我，那个时候，这所房子难道不是民政局吗？"

　　"我没有见解。"尼娜说。

　　（她说她没有见解，使我觉得好笑。）

　　"那会不会是妇产院呢？"

　　"这所房子，"任性的尼娜说，"从来都是我们自个家的。我想拿它干什么就干什么，甚至像你刚才说的当个妇产院，我有这个权利。只不过我现在没这个兴致就是了。"

　　我毕竟是个有道德修养的人，不吭气，服软。跟她较真儿那可就愚蠢到家了。把她比作一个劲儿咯吱咯吱作响的床板倒满贴切。

　　"你告诉我，你跟我是不是心心相印？或者说，心有灵犀一点通啊？"

　　她迷惘、惊愕地看着我，继续要我打她。我是个有道德修养的人，说来道去，我说谎的目的是为了弄清真相。我打她的时候，她蜷缩着身子，我觉得她是在欣赏我。这种欣赏也是对爱情的一种欺骗，甚至可以绝妙地代替爱情。

"你老婆很傻。"她表面上毫无联系地说。

我感觉像一把尖刀刺我的心。她为什么要跟我提起我妻子达娜呢？我想跟她睡觉时，我找的却是尼娜，可她却依然让我跟她做爱，而这恰恰让我疏离她。这是一夜之间就下沉几公分的一个威尼斯。我向她坦言我的担心。过不了多久，一切都将彻底沉没下去。在古文献和游记里保留下来的仅仅是回忆而已；从各个角度来看，不过是对过去的一种承认罢了。这样的前景使她焦虑不安……

"我爱你。"她突然说道。

这既像决心，又像一种无赖式的纠缠。

"你控制一下自己吧，"我说，"该是你学会做女人的时候了。"

她困惑不解，但毕竟听从了我的这些混账话。

"嘿嘿，那你教我……"

"你男人现在干什么呢？"

"照料我呗，"她说，"我婆婆早就教会他该做什么了。（她思虑着）如果我跟你怀孕了，我可不知道该怎么办。他这个人鬼得很，很难瞒得过他。我除了自杀之外，没有别的办法。"

我冷不防朝她的嘴打了过去，她下嘴唇流血了。

"干吗呀？"她温柔地表示吃惊。

"我是让你学会闭嘴，让你学会不要信口开河！"

血还在滴着。我感到血的锈涩味，还夹杂着变质的番茄酱和酸汤味道。我心里感到不是滋味。

"那你怎样跟你男人说呢？"

"我有办法，就说我在街上滑倒了。他会高兴的，可有人替他教训了。"

她说这话的时候，我开始穿衣服，过了好大一会儿工夫，她才意识到我想干什么。她急忙穿上衣服。

"为什么……我们非得断了不可，怎么就不能见面了呢？……难道你不理解，我现在有了以前从来没有的感觉吗？"

"不！"

特拉扬是市里的美男子，再加上为人随和，深得女人们青睐。他一笑，就让人觉得他是在做牙膏广告。可她尼娜，则长相丑陋，不过她那健美的肌肤弥补了她这方面的欠缺。她跟我都是讲特拉扬的好话，很客观。不过，她通常回避谈这个话题。我一亲近她，她就怦然心动，不住地喘气。我把头靠在着她的肩上，她很开心，却不觉得幸福。

"算了吧，你快他妈的让我走吧！"

她失魂落魄、惊愕不已的样子简直像个孩子。怎么能把一个孩子扔下不管呢？你说是吗？

我过去亲吻她。她惊跳了一下，全身颤抖，本能地继续默不作声。对我来说，没有比这再糟糕的了。我装作同她嬉戏，闻她身上的气味。我认出了她男人留下的痕迹，闻出了像农民那样在卧室的大衣柜上放楂梓果的气味，闻到了她耳边隐约散发出来的一股耳垢的气味，除此而外，我还发现了我嘴唇留下的痕迹。

"你为什么不跟我谈谈你自己呢？"

"你让我跟你谈什么呀？"

我思考着。通常，情人都忏悔，自我怜悯，向对方这样表白："我所以跟你睡觉，是因为他打我；不往家交钱；不是浅薄平庸，就是脾气古怪；窝囊废，任人欺负；干的是公共保健工作，又脏又累；恶习不改；不爱孩子，要么就相反，对孩子溺爱。我作为他老婆，对他来说，可什么都不是。总而言之，他不理解我……"

尼娜则不然。她营建起了自己的家庭空间（一看她的那双手，就知道她把自己的一切都奉献给了这个家），她以沉默和顽强的毅力维护着自己的这个空间。她沉默不语。她宁愿如此。如果我要求她离开特拉扬，她放弃的是我。我必须当机立断，并且没有任何遗憾！一看她那心不在焉的样子，我就明白，她心里牵挂的依然是他。他是她生命存在的一个插曲。同样一个特拉扬。"他现在不在市里，是不是？""哪儿的话呀？""如果不是那样，我可真的搞不懂了……"我干脆说，她这是在耍弄我："打住，丫头，别跟我来这一套，这个你该明白。说来说去，我们不是生活在纽约。塞乌尔这么一个小城市，人们对别人家的事情了解得比自己家的还清楚。"这样说来，莫非是个圈套？一旦中了圈套，我这后半生可就彻底给毁了。难道非得逼着我离开这个城市不可吗？我怒不可遏。我是个既怕得性病，又怕因桃色事件搞得满城风雨的人（我把老婆离家出走这件事尽可能瞒得滴水不漏）。不是我吹，只要我能做到一开始临危不乱，往后，不管发生什么情况，我处理起来都能得心应手，处之泰然。不过，这个我需要花费时间，需要度过不眠之夜，需要香烟和安静。"根本不是什么圈套，我的小傻瓜，"她说，"没有一个人知道这所房子的事情（开始虽说是出租给老年人的，可我一分钱都不要）。这是人心换人心，这你也看到了；这房子本来就是为了遮人耳目的，是我一个人待的地方，难道不是吗？这是我的利器，更何况我毫不费力就能守住这个秘密呢。恩惠是嘴巴的最好锁头，这个你信不信？"

她的话似乎不无道理。到目前为止，我从来没有出于好奇让她打开过隔断的那扇门。莫非果真如她所说，那里确实有一个老人吗？这个我认可，确信隔断那边有人。既然如此，我则感到蒙受了奇耻大辱，就像我十四岁那年，我的爸爸妈妈竟然……简直令人不堪回首。

那天晚上，本来我有极好的机会走掉，跟她一刀两断。我已经穿好了衣服，尼娜偎依在我的双膝上，就像被击垮了似的，非常顺从。我想说的是，那一刻，也仅仅是那一刻，我的离开似乎至关重要。可我却像个流鼻涕的孩子似的，没有意识到错过的不仅仅是有利的时机，更为严重的是，我错过的却是我的报复本身。然而，这种情况不能不使尼娜感到高兴。她暗自庆幸，强迫自己千万不要喜形于色。从那以后，她对我就更加了解了。然而，直到那一刻之前，我留下不走的真实意图，她并不知晓。总而言之，我对她痛恨至极。其实，为一件鸡毛蒜皮的小事，我随时都可以同她一刀两断。说起她的男人，那个眼睛像李子色（女人沉迷于色彩，色彩吸引她们，刺激她们的感官，如同刺激蜜蜂一样）的美男子特拉扬，就是他，这个光彩照人的美男子，却像个贼似的闯进了我的生活，夺走了我的一切。为此，他必须付出代价。

千真万确：不幸之中也需要运气。刹那间，我对自己说，我的运气恰恰就是同达娜断绝关系。因为，越往后，我将越后悔；还有，越往后，离愁别绪就会倍增，等等。

无从谈起。那时，我正如日中天，春风得意。这是千真万确的。

后来，我对自己说，如果达娜抛弃了我，然后在一家旅馆的一个脏兮兮的房间里自杀身亡，既是她命该如此，也是我命该如此。可情况并非如此。那么，事实真相究竟如何，我至今不得而知。那时，在那悲惨的时刻，只要为了搞清事实真相，我不惜在他们面前低三下四，忍辱含垢。墙壁太厚重，把满腔的怒火发泄到如此厚重的墙壁上，既莽撞，又徒劳。

我曾同特拉扬的朋友特奥德修攀谈，此人对他如何忠诚与欣赏，我有所怀疑。我只不过像对待任何一个贪杯的人那样，就轻而易举地取得了他的一些信任。我坦诚地向他倾诉了我的痛苦："家庭抛弃我了，老兄。其实，我同那个主儿倒没有什么，过错不完全在那个人身上。我们都是男人，见鬼，既然是男人，可不就来者不拒吗。"特奥德修表示赞成我的看法。他向我保证，特拉扬与达娜的风流韵事不过是一桩普普通通的桃色事件，一次平平常常的男欢女爱罢了。他以为这是在安慰我。多么龌龊！当美男子特拉扬小偷儿似的闯进我家时，难道他就没有感觉到我们花费了那么多的心血才在我和她之间赢得的那种神秘平衡吗？还有，他为什么要欺骗她？他刚一露面，就随随便便向她许诺一个本不存在的另外世界，让她相信一个实际上虚无缥缈的东西。达娜已经自杀了，我还能怪罪她什么呢？如果他们之间确实是那种刻骨铭心的爱，像电影里的那样，那么，我肯定体面地退出。然而，竟然为了一桩恶作剧，为了一次性冲动，我被牺牲掉了。何以如此？特奥德修给我解释明白了。事实上，这才是我想了解的最重要的事情。这个精密准确得像瑞士钟表那样无可指责的男人，也有他自愧不如之处：自己的老婆尼娜，一个好像没有什么突出优点可陈的女人，论水平，论价值都不如他。然而奇怪的是，你瞧，女人们对他简直是趋之若鹜，上帝保佑，可婚礼本身说明他选择的却偏偏是尼娜。谁都明白，特拉扬拒绝的是油水丰厚、前景美好的婚姻。实质是，无论从社会地位还是经济条件方面来讲，找什么样的，他都绰绰有余。可他却为了一个的确天资聪敏、善于理家，可长着鹰钩鼻子、满脸色斑、大脚片的丑女人，把一个又一个绝好的机会都白白丧失掉了。

特奥德修有他的理论："也许你不相信我，可雅西的丹库教授，享誉世界的微生物学家，功勋卓著，他吃猪排非经过二三百度干燥箱处理不吃。当然，他吃的时候，猪排差不多都成灰烬了。但是，他在显微镜那里看了那么多，人都变得精神失常了。你瞧，我认为，特拉扬也是这种情况。我们对他可以说三道四，这容易，但也不排除这种可能性，就是说在他眼里，这个女人毕竟代表了一个正常、稳重的人所追求的一种生活契机，就是说，在所有风流韵事的背后，他必须表明他是一个恋家、渴求安静和具有明确道德原则的人。"

尼娜对这整个故事一无所知。她可能在怀疑什么。她觉得我与她同床共枕纯属巧合。绝对的正方恋（而非三角恋）的各边和不幸都相等。

老实讲，我没有想到这样快就上了她的床。我研究了她所喜欢的路线图：家—市场—朋友—单位。为了能在路上遇见她，我琢磨了几个月的时间。后来，她注意到了我，一来二去，我自然就成了她的相识。再后来，我从她身旁经过时，如果对她稍不在意，她马上便会面带怒色地看着我。这样，我见她手里提着装得满满的大小网兜，就主动帮她。她把我作为朋友接纳了。她那种洒脱、大方的言谈举止没有引起我什么怀疑。甚至，那时她如果这样打电话找我："您是帮我提东西的那位吗？"我表示确认，可心里却有一种失落感。其实再简单不过：我所希望的是比这要强烈得多的其他什么。一个胜利的质感不是轻而易举就能得到的。毕竟，她坐在单人沙发上（我高兴地发现她那种拒绝上床的本能反应），表明她还能控制自己。她力求把我当成老相识或者近亲，这历来是人们惯用的把戏。而我呢，也并不操之过急。正因如此，使我感到吃惊的是，我走之前，她请求我表现得温文尔雅、具有骑士风度，而且不要对任何人提起她……甚至让我也忘掉。她过分看重她来我家这件事。她通过这件事迫使我重视她、发现她，不让我动不动就叫她走开。我轻轻地拉她上床。尼娜惊异地接受了我故意夸张的爱抚和亲昵动作。这时，她所有丑陋的特点便慢慢变得模糊起来。她的长处在于，她知道只有少数女人才知道的，就是通过奉献来弥补自身的不足。这丝毫也不是练习出来的。

每当我渴望报复的时候，我就把特拉扬想象成一副既愚蠢又气急败坏的嘴脸，装腔作势，盛气凌人，动辄对她就这样："你们所有的女人都是一样的货色！"本质上，他要以此来掩饰自己灵魂的堕落（最后一次机会失去了）。难道我要看到的那个被彻底摧垮的家伙是一个哭天抹泪、手里拿着酒瓶走路摇摇晃晃、胡子拉碴、手指甲脏兮兮、骆驼似的喘着粗气的人吗？这绝不是我所喜欢的。起码他应该是一个身强力壮的人，我绝对不会把随便一个平庸之辈打翻在地的，只有这样，我才能获得一种充分的满足感。如果以前特拉扬也这样对待我（我依旧认为我是个坚强的人），他就不会是另外的样子。否则，那就不正派了。

　　真实的情况是，只有当我把他了解得一清二楚时，我才给他以致命的一击。我不允许自己干事听天由命。这条响尾蛇，这头野猪，这个"不可战胜的勇士"必须杀死。如果他仅仅是受一点伤，划破一点皮，他一旦缓过劲来，不用吹灰之力，就能毁掉我。我非常清楚，我绝不能向他挑战来进行一场正规的格斗。我十分清醒地意识到，仅仅靠力量跟他格斗，我毫无希望。只有出其不意，攻其不备，我的出击才能奏效。我没有任何理由认为，这样会有损我的名声。实际情况是，我是个有道德修养的人。有时，我脑子里甚至闪过一种简单却十分卑劣的报复办法，就是在全市到处散发匿名信，让他也体验一下我蒙受屈辱的滋味。当他走在大街上时，让人家戳脊梁骨，在单位让人们觉得他既可悲又可怜。他天生性情狂傲，这一点我毫不怀疑。这是我必须考虑周全的。

　　特拉扬尤其受到裁缝和理发师们（他们是一个人受仰慕和敬重与否的风向标，有没有社会地位的晴雨表）的赏识。特拉扬穿着入时绝非偶然，这说明很多问题。那些耍剪刀的师傅们的观念是，他光顾时装店的裁缝，说明他们的艺术得到了证实，他们的业绩和声誉得到了最光彩的承认。除此而外，他还不像其他顾客那么挑剔，那些人每次试衣时，一会儿一个主意，吹毛求疵。他一开始就把尺寸、裁剪样式和缝线样式等方面的要求讲得一清二楚，而且不使人觉得有命令的口吻。事实是，特拉扬适合穿各种款式的西服，他具有时装模特的身材，他的形象可以弥补任何一种款式的缺陷。这方面我可不能与他同日而语、相提并论，充其量，把我比作挂衣架就不错了。上衣和裤子略肥一点可以使人显得体态丰满（女人们喜欢胸脯宽阔的男人，千万不要误解，这里指的不是乳房突出的男人，而是那种圆锥形的：宽宽的肩膀，穿着合脚的高档皮鞋，如不系带更好）。我则只能靠微笑和"风度"来弥补了。这虽然不能给女人以安全感，但无论怎么说，还是能吸引她们的。

我以折磨裁缝为快。尤其是小费，既然我知道到头来我非给不可，这就使我对他们非常苛刻，甚至是不怀好意。比如，我现在身上穿的这套西装，就让他们改了八次。第五次试衣时，我突然暴跳如雷："用我的名誉担保，我不明白您的意思！"我喊道，"为了随便一件什么小事儿，您动不动就让人去布加勒斯特……""可是，先生，不像您所说的，谁也没有让您去布加勒斯特呀！"我像给一个傻小子那样解释，"你们这是推脱责任，拖延时间，这个我懂。"他无非是说，他没有资格处理此事，尽管他号称功勋裁剪大师，还是让我谁高明找谁去。说来说去，还是打发我去布加勒斯特。我跟他大吵大闹，师傅开始感到难为情，后来害怕了，恐惧地四处张望。这是时装店，对不对？招揽主顾困难，可失去主顾容易。这就要求他以裁剪艺术的名义为自己辩解。于是，他改变策略，表示赞成我的意见。我说得对，我有道理，我不满意，这很自然，等等。还有，本来他这样的手艺人，一眼（这是时尚艺术，闹着玩儿的吗？）就能看出毛病之所在。然而，同样这双眼睛却告诉他什么呢？这件衣服简直尽善尽美，无可指责。如果说有什么不合适的话，毛病也是出在我那有点驼背的身材上，这么说来，让衣服来遮掩身材方面的毛病可就强人所难了。然而，特拉扬先生的情况则完全是另外一码事。这您全看见了，他的衣服也是在这里做。布加勒斯特又怎么样？我们这儿就是巴黎—伦敦—纽约—波恩。"你用不着一个劲儿地拿特拉扬说事。就为这个，你才把裤子给我做成一只裤腿比另一只长两公分，是不是？"我抖落着裤子，一不留神就会朝他眼睛打过去。我跟他解释（不知是第几遍了）为什么不喜欢这套西服。师傅表现得大度，像个男子汉，他强忍着我跟他大吵大闹。女衣部和靴鞋部的工作人员则幸灾乐祸地看热闹。说老实话，他们的这位同仁的手艺的确高超，哪怕第一次试衣不合适，都不肯做任何改动。他这个癞皮狗，懒洋洋的样子，咧着大嘴，个头儿高得你蹬着椅子都够不着他的鼻子。他跟你胡搅蛮缠，把什么都说得头头是道，把责任推得一干二净。就说那个多出来的褶皱，他说本来就该这样，顾客弯腰系鞋带，褶皱自然就没了。上衣突出体型，很合身。理屈词穷时，他就把毛病推给款式：这种款式就得这样穿。他像说悄悄话那样，把嘴巴凑近顾客的耳朵："您真可爱，我就喜欢您这样的人，这话我只跟您说，从不对外人讲，话是这么说吧。"随他怎么说，我不管他这一套，我把他贬斥得一无是处，分文不值，使他哑口无言。这样，他就变得低三下四。"您稍等。"他对我说。也不知是因为我大发雷霆呢，还是他手艺高超，不知是哪个起了决定性作用，反正，我的这套西服不到一刻钟的工夫就变得无可挑剔了。我正在试衣间摇头晃脑左顾右盼自我陶醉时，他找到我说："对，就这样，师傅，您瞧不是办得到吗？"我递给他一百列伊，我觉得他值得。他像受到了很大的侮辱，拒绝了。明摆着，这是拒绝了。他坚决地推开我的手说："顾客满意就是我们最大的满足。"为了让我听见，故意在我后面大声炫耀："打一开始我就知道他是监察局的，嘿嘿，他以为他会让我火冒三丈，我的宗旨是：顾客是我们的主人。这些人，我是什么鼻子，什么人能瞒过我呀。"后来他还胡说了些什么，我就不得而知了。就在他说我向他出示证件时，我离开的店铺。后来就没有多大意思了。他把我吹得神乎其神，其实根本没有那么回事，后来也就再没有人提及此事了。自那之后，他谈的则完全是另外的某某人了。使我更为不安的是，我发现我不由自主地对特拉扬越来越憎恶，以至我感到他随时随地都在折磨着我，使我心力交瘁，苦不堪言。尼娜静静地坐在我腿边，不由得使我又想起了他。真是绝了，随着对他更加了解，我发现在许多方面我与他有相似之处。我们二人都有残疾。本来我们每个人都只能生活在一个女人身边（当然，理由各异）：我同达娜，他跟尼娜。这是从一种莫名其妙的同情演变成仇恨进而产生同情的开始。他曾经使我的心灵受到了巨大的伤害，原本我也想让他的心灵遭受同样的伤害并为此感到快慰，然而现在，这样的念头没有了，这是我所不愿看到的。

"你在瞎琢磨什么呢？"

尼娜在床边喊我。她不慌不忙地穿着衣服。我已经错过了第一个走开的时机，现在她则加以利用。整个故事，迟早总得以一种方式结束，比如以斗牛场上的那种杀牛的方式、以新婚之夜的尖叫或者以投降仪式的那种方式而结束。其实，这种结局的条件早已成熟，只不过是我拖延而已。难道是我热衷于此吗？那么现在指的是他，还是她呢？鬼才知道！

"我该走了。"她说。

"你再坐一会儿吧。"

我没有欺骗她。我需要说清楚，而且只有看着她时才能说清楚。我们之间的关系当中，出现了一种很奇怪的东西。

我害怕把它称之为相互吸引或者呼朋引类。我没有办法向她解释。其实，她也不需要解释。我感觉到她那只纤柔的小手堵住了我的嘴。

"我再也不能没有你，"她向我窃窃私语，"为了上帝的名义，你设法尽可能多地属于我，难道我这样要求你过分吗？"

我在亲吻她头发的时候，一下清醒起来。我一闭上眼睛，她所有的却是笼罩在达娜身上的那股味道和懒散。后来，她粗暴地推开我，害怕地看着手表。

"我怎么办呢？"我问道。

"你就在这里等我，"她说，"你将仅仅属于我一个人，我答应你。这所房子将仅仅属于你一个人所有。而我呢，会经常来的。你懂吗？"她亲吻着我，急忙推开我的双手，我想拦却未能拦住她。

如果我闭上眼睛，我可以发誓，这一切都是真实的。

（张志鹏译）

卡尔门·弗兰切斯卡·班丘

　　卡尔门·弗兰切斯卡·班丘（1955—　），罗马尼亚女作家，出生于罗马尼亚阿拉德县。一九八四年出版第一部短篇小说集《问题手册》。一九九一年取得德意志学术交流中心奖学金，定居于德国。现为德国文学刊物和其他媒体以及罗马尼亚主要文学刊物撰稿。出版的主要作品尚有《父亲的逃跑》（1998）、　《没有主席的一天》（1998）、《充满英雄的国家》（2000）、《柏林是我的巴黎》（2002）、《一位忧伤母亲的歌》（2007）等长篇小说。获得的文学奖项有：罗马尼亚《金星》杂志最佳短篇散文奖（1982）；《闪亮的犹太人区》一文，一九八五年获德国阿恩斯贝格市短篇散文国际奖和该市大中学生评委会奖。选篇译自一九九八年出版的《八十年代作家短篇小说选》。

闪亮的犹太人区

　　屈辱就像是你往自己脚上拴的一块石头。

　　我站在窗前，平静而宽容地望着外面。窗户很小，窗框漆的颜色很刺眼。我望着那些煮着住宅区垃圾的大锅。这是劳动者的垃圾，没有高雅和细腻的内涵。因为，谁都知道：垃圾是一张名片。

　　我们的窗户呼吸着灰色而黏稠的垃圾发酵的气味，一种连垃圾工都会感到恶心的气味。噢嚯嗨，噢嚯嗨，啊呀耶。我多么想写诗啊！让我把这精心分配给我们的像发臭的茅房一样的屋子罩上光环吧。让我把邻居的呼噜声、天花板上的污渍和像茅房一样肮脏的屋子都理想化吧。在这间屋子里，我们用早餐和晚餐。对了，我忘了星期日。这一天，我们也在这里吃。噢嚯嗨，啊呀耶。

　　我们的窗户呼吸着腐烂垃圾发出的气味。邻居们晾晒的裤子和衣服，对于我们，就是东方升起的太阳，在住宅区充满臭味的空气中飘扬。他们也要活下去。他们也有孩子。他们，他们，还有我们。我们这些人，上帝啊。如果还有地方，你就挤在我们的窗口旁，看看外面的景象吧。

　　可是我不能写诗，也不相信永恒的善。总的来说，我不会相信。但是还有人相信。在这个世上，一切与善行有关的事物都已经荡然无存，还有什么值得相信和信任的呢？我们吮着邻居在居民楼门口卖的棒棒糖。上帝啊，他们也要挣两个小钱儿呀。为了生活，为了应付不断飞涨的物价。棒棒糖、葵花籽，以及其他小玩意儿。你信任的棒棒糖，最终只剩下一根小棍儿。用它剔牙缝也不行。也许只能拿去给人添点麻烦吧。可给谁呢！你自己的麻烦已经够多了！

我一向喜欢理想，别人的理想。至于我本人，我总是住在窗户小、光线暗的房间里。我们的孩子一天两次走过房前的院子：早上送他们走，晚上把他们接回家。我忘了，还有周末，哈哈。房前的院子。孩子牵着孩子，我们领着孩子，孩子领着我们，我们相互牵着。我们的神经快迸裂了，噗，噗！还有那水龙头，还有从天花板上嗒嗒往下滴的水，邻居好像在洗澡。如果我们没有感受到这个春天，那真是太可惜了。而我们衰老的青春，又如何总在我们前面的时光缝隙中匆匆流逝。

我们尚且乐观。我们住在底层，没有凉台。由于有孩子，剃须刀我们不放在家里。但只要用一些心，我们还是能够弄到点儿什么的。

一只四处瞎逛的蚊子被窗户缝夹住了，玻璃上发出砰砰的声音。砰砰！见它的鬼去吧。整个晚上你狼吞虎咽地吸我们宝贵的鲜血，就像休息日在街角那家出售兑水葡萄酒的酒馆里开怀畅饮。哦哟！我们给千百万只蚊子提供了多么宝贵的鲜血。地下室有水，冒出暖烘烘的臭气。还有老鼠，它们幸福地在地下室和垃圾堆之间熙熙攘攘、来回游荡，刚回到地下室，又溜到垃圾堆，它们真是沉浸在幸福之中。在这里，大概只有老鼠过得不错。也许还有那只又白又肥的公猫。我纳闷这家伙怎么就像被气儿吹起来的一样？说不定它得了肥胖症吧。城市化和文明，嗬！荷尔蒙紊乱。其实哩！老鼠们的午餐，还有晚餐。多么丰盛，多么丰盛！英国人就是这样吧，晚餐吃得特别晚，童话般的夜宴。老鼠们、英国人、外交使团的官员、官方贵宾们，概莫能外。

嘿！但是公猫有自己的邻居和朋友，它把它们也带到了老鼠那儿。因为，在我们窗前的垃圾堆里，老鼠你要多少就有多少。不用排队，没有争抢，每个觅食者都能有一块骨头。至于垃圾，就更多了。当然啦，靠垃圾堆过活的也不在少数。

早晨七点，来了一位身穿皮衣、拖着小车的先生。他专门收集玻璃瓶和罐头盒，值一两分钱。你能拿什么东西卖到一两分钱，又能用它买到点什么呢？我把所有的罐头盒都扔了。邻居们也一样。谁会在三厘米乘三厘米的老鼠洞口收集罐头盒呢？我们为这位穿皮衣的先生过上好生活作出了贡献。我还没有皮衣穿，大衣也没有。要是这个该死的冬天快点过去就好了。不过，全部问题就在于你得知足。这种想法有时会让你浑身暖烘烘的。

大约九点钟，那个一身绿衣的女人出现了。她穿着大衣，头戴毛皮帽。她捡塑料袋，值一分钱，就是这样。尤其是最近，塑料网兜不好找了。我不戴帽子，借口说要显示自己的美貌。我们的孩子经受着锻炼，可是我们必须保护他们别着凉。总之，我们必须保护他们。他们属于未来，我们将成为过去，完全是两代人。我们必须保护他们，不惜一切代价地保护他们——未来的一代。

那女人在捡别人吃过、老鼠啃过的面包角：她家养着兔子或者母鸡，对不对？这些东西是动物普查时申报登记过的。谁知道呢。因为，私自饲养两条腿或四条腿的动物是被明令禁止的，但不包括蚊子、蟑螂、臭虫等。

每天夜里，我都在房门前监视，等待着那成群结队的臭虫来袭击我们这所谓的住宅。

门厅里弥漫着禽类粪便和图尔茨产威士忌的臭味。时不时还有油煎食品的气味。星期日会上点儿档次，有烤肉排的气味。如果你时不时地透过玻璃窗向外望去，就会看见成群的老鼠。哎嗬，噢嚯嗨，啊呀耶。

那女人捡我们每天不经意扔掉的东西。每天我们都要抛弃一样东西，以便我们能继续呼吸。但放弃它们却很难，它们乃是我们生命的一部分。这叫什么事儿？一些没有生命的东西。我们曾带着这件扔掉的东西从一家搬到另一家，从一个主人到另一个主人。这回，我们终于有了自己的房子和庇护所，它是属于我们的。下个月，等我们的孩子再长大些，我们会把电视机也扔掉。这是体育运动。是的，体育运动。但也不是，这是一种奢侈。我们也需要奢侈。

那女人收集破衣烂衫和各种古怪的东西。对有些东西，她也犹豫，要，还是不要？谁知道她捡这些有什么用。我的手被碱水泡肿了，我的指甲也在洗衣服时折断了。我可是位女士呀。有时我也会歇斯底里地把那些东西扔进垃圾堆。那女人捡破衣烂衫，这个要，这个不要！谁知道她拿这些破布做什么。她穿着绿色大衣，戴着毛皮帽。每天上午九点到十点有空光顾垃圾堆，她从老鼠的嘴里抢面包吃。好一幅精彩的静物写生画啊。

我每天都感到奇怪：一间屋子怎么会聚集如此多的寒冷和潮湿？一间小小的屋子怎么会聚集如此多的寒冷和潮湿？有时天花板上的水迹干了，泥灰皮掉进我们的饭菜里。我们呼吸得很有节制，做一切事情都有分寸。也许一个月一次吧，预防性的，免得墙皮掉得太厉害。只是对孩子们不大好约束，他们生长在一个自由的国度，睡上下铺。

幸好到处都浮动着春天的希望。我们的前途还是美好的。

垃圾堆上在继续着怎样的惊喜。它永远在变化，永远在补充。约莫十二点前后，又来了一位手上戴着金戒指的女士。她看上去穿着不错，只是衰老一些。垃圾堆上继续着怎样的惊喜。今天，老妇人在她的孙子们面前倒出了她新的收获：一只袜子、一颗扣子、一个坏了的玩具、一个托盘。都是物质财富。这些人多么浪费呀，她心里说，多么糟蹋东西呀。他们在怎样地挥霍着金钱，挥霍着自己的生命！

但是，我们不能不呼吸。时不时地，我们会倒腾房间里的东西，让屋子里进去些空气，慢慢地我们的生活将会变得好些。

我们有节制地抽烟。我们没能够为明天的一代做出足够的牺牲。孩子们的肺是一块被食物的热气、脏衣服、潮湿的气味浸透了的海绵。还有烟尘和香料。

然而，到处都浮动着春天的希望。

可惜我们不能打开窗户——垃圾堆离我们仅两米之遥。垃圾发酵的气味堵塞了我们的耳朵。夜晚，那里将会上演怎样的狂舞，白天又会是怎样的闹腾。没有任何人羞于在垃圾堆中间游荡。每个人都可以在那里找到一块骨头。自豪与耻辱同时将我笼罩。我们在怎样为世界的繁荣做贡献，为物种的延续做贡献。正直的公民们，我们为万物的健康进化承担着多大的责任呀。自然界什么都没有消失，一切事物都从一种形式转变为另一种形式，谁知道经过怎样秘密的途径，才得以演化到今天的我们。

同任何一个犹太人住宅区一样，移民们有来有去：走运的时不时离去，时不时走运地离去，时不时走运的移民离去。

每隔一段时间，当我看到小区里停着一辆装满家具的卡车，我都有一种莫名的激动：白色的电冰箱，白色的煤气灶。这些都让我看到了光明的未来，属于这些新来者的未来。我希望他们生活得更好，房屋更宽敞，少一些潮湿和阴冷。

同时，我也感到一种莫名的悲伤。因为，没过多久，卡车又回来了。颜色灰暗而虎视眈眈。白色的冰箱，白色的煤气灶。我恨得想咬自己的拳头，我想怒吼。生活多么骗人啊！它是怎样贪婪地吞食着我们纯洁的希望！

我们小区的女清洁工。因为，我们这里也有女清洁工。她艰难地清除被风不停吹动而撒满小路的杂物。垃圾从大锅里漫出来了，可是，由于她的疲惫和粗心，没有被清除干净的废纸又被大风卷起，当成纸牌玩起游戏，女清洁工只得再次把纸屑收集起来。她就是这样为了保住小区的面子而整天忙碌，因为她也是犹太人区的住户。这样一种责任心实在有些令人费解。

人们晾晒的一些衣服、布片被好心的风无意地吹去挂在树枝上。风吹干我们的衣服，而吹走其中一些，也让人们的晾衣服绳子不再那么拥挤。

万物都在昭示着一种春天的希望。我们这种波希米亚人似的坚持不懈和始终不渝的精神是多么美好啊！现在，是我们要孩子的时候了。尽管人言可畏，但是我们耸耸肩，报以他们一种傲视的微笑。岁月流逝，留下果实。再说，每个人都会尽自己所能进行报复，甚至反抗。斗争胜利的取得，往往是以子之矛攻子之盾的结果。

你生活在犹太人区，可这并不能成为你吃饭时发出声响、拖着鞋子走路，或生了孩子却不教育的理由。星期一我们讲德语，星期二法语，星期三还是法语；星期四学习逻辑学。这样，我们的孩子就能获得全面、均衡的发展。星期五不用学语言。这是为了让墙壁也能休息一会儿，它已经被日复一日持续的回声弄得透不过气来了。我们避免再建造一个新的巴比伦塔。晚上，我努力学习古希腊语和汉语。我们的孩子们必须有一个人文知识结构。在今天这个时代，人文主义是能使任何人获得荣耀的品质。

我丈夫为"小化学家工具箱"的试验忙得喘不过气来。孩子们必须对自然界和人类社会的各种现象有一个清楚的理解。硫磺、酸溶液，以及其他各种助燃物质使我们的房间充满臭气。我们烫伤了邻居家的猫。我们通过坚持不懈的实验，让我们家的狗变成秃子。这些不过是为了让孩子们了解社会现象，让他们别要求太多，要知道自己的权利和义务。我们要把孩子们培养成有责任心、愿意迎接生活的各种考验和变故的人。为此，我们让他们听莫扎特，并要他们把曲子用以一比一的尺寸画在地板上的竖式小钢琴键上弹出来。当然只能是竖式小钢琴，因为真正的钢琴对于我们家来说太大了。音乐课之前是逻辑课。

孩子们伴着唱机放出的音乐在琴键上弹着曲子。我手握着一根毛衣针站在一边，注视着曲谱，打着拍子。当他们按错了琴键，我就用毛衣针打他们的手指。孩子，你没有任何理由弹错曲调，即使你住在犹太人区。

（楚群力译）

勒兹万·彼得雷斯库

　　勒兹万·彼得雷斯库（1956—　），罗马尼亚小说家和戏剧家。生于加拉茨市贝雷西迪乡。毕业于布加勒斯特医学院。二十世纪八十年代中期开始踏上文坛。已出版《夏日花园》（1989）、《日食》（1993）和《一个星期五的下午》等小说作品，以及《闹剧》（1989）和《春季排档》（1995）等戏剧作品。曾获得罗马尼亚作家联合会戏剧奖、加米尔·彼得雷斯库杯全国戏剧比赛大奖、利维乌·雷布雷亚努基金会大奖等文学奖项。《黑眼睛》选自《一九九八年罗马尼亚最佳短篇小说》。（丹－斯尔维乌·博埃雷斯库编选，阿尔发出版社，1999 年版）

黑　眼　睛

　　我在装卸小车中间躺着。凌晨一点，我裹着大衣，辗转反侧，无法入眠。得喝点什么。我将手伸进垃圾，四下翻寻，一点够意思的东西也没找到。一阵难以描述的恶心向我袭来，感觉所有的细胞都已起皱，干枯，变成了曲线。细胞在死亡，我对自己说，棺材也能漂浮。安德莱娅梦见过这一情景：那是在菲拉雷特一间病房，她父亲正处弥留之际，一连数夜，她就睡在父亲身边的椅子上。父亲不断地垂危，两次，十次，无数次。*自从降临尘世，人就站在生死之间*①，什么破玩意儿，*人在思考，羊在思考，牛在思考*②，总之，我们全都在思考，想得眼珠子都掉出来了，*落进铜管乐中，但鱼不思考*③，*因为它知道一切*④，难道不是吗，毫无表情，如我一样挂在挂钩上，与此同时，我战栗的身体却感到了霓虹灯的光芒，这是街上唯一一闪烁的霓虹灯，照进我手中。我用手指肚里的光线寻找着，并不指望能找到什么，却拣到一个啤酒罐，里面竟然还剩有一小口啤酒。夜深人静，黑夜深处，有声低语吩咐我快喝，我立即照办，抽搐着，将那点酒倒进口里，随后，感觉饥饿难忍，左手在黑暗中摸索到了一样冷冷的黏乎乎的东西，是块比萨饼，旁边，还有一本色情杂志。估计是三楼或四楼那个女房客丢弃的。那女人歇斯底里地爱上了一楼的男房客，背贴

────────────

①②③④　原文为英语。

着墙，就像照片上那样，磨蹭着脊梁骨，然后，把刊物扔到了院子里。我咽不下比萨饼。妈妈正在一幢埃及式住宅楼里等我，就在两个岔路口之间。岔路口很大。即使一个月不开窗户，黑色的尘土，就像煤灰似的，照样落上她的衣裳花边和脸颊。她一直在等我，等了这么长时间，我都不敢确信，她是否知道我还活着。兴许，谁都不知道她是否还活着。现实中。对，也许，可现实又是什么。嗨，瞧，我拣到了一个酒瓶，不可能吧，竟然还有四分之一的酒，像是威士忌，真是神迹，我要高声地赞美神迹，赞美所有喝威士忌的人，然而，我在发出感叹之前，打住了。上一次，当我高声赞美某某时，安德雷娅将我的东西扔到屋子中间：我们住在一间极小的屋子里，我感到窒息，试图勒住她的脖子，她及时地逃脱了，住到一个婶婶家，将我的衬衣和袜子丢在了地毯上。真是奇怪，几乎万籁俱寂，只是时不时地响起救护车的汽笛声，当他们把我送到医院时，我们和解了。大约三天时间，安德雷娅的脖子周围都绑着花哨的紫罗兰色布条，后来，我记得，她又看起了滑冰节目，欧洲体育频道上的，还问我什么叫双周跳，我笑。离那条被孩子们弄得臭气熏天的街道还远，我的孩子死在了一场愚蠢的事故中：邻居家的割草机压住了他的身子，切掉了他的头，只在葬礼上才勉强回到原位——殡仪馆用一根白线缝住了头。不行最后吻礼的话，压根儿就看不出来，因此，我没给孩子最后的吻。遵照习俗，牧师建议家人朝棺枢投掷土块，我的土块最大，我用尽全部力气投了出去。此刻，这瓶酒也快喝完了，我该怎么办呢。

街角处，又一盏霓虹灯亮起。

然而，一切反而模糊不清了。

就像那时，我加入乐队，在柏林，戴着剪破的手套，演奏爵士乐。

顾客们坐在桌旁，一动不动，*盘里的牛排很快凉了，那叫酷*①。我什么曲子都会，观众都冻僵了，可没有人表示异议，餐厅子夜时分打烊，人们站起身来，哈着冷气，穿上大衣，往眼睛处压低就连吃甜点时都不脱的帽子，静静地离去，就像压根儿没有过似的。*皆大欢喜*②。

我撑着臂肘，直起身来，寻找着吉他。随后又放弃了。就像要去街角的咖啡吧吃点什么似的，或者，起码喝杯咖啡。我望着那辆泊在几米开外的破车，已经损坏。我知道，驾驶座那侧的车门无法打开，就像我在中学最后一年用来带心上人兜风的老爷车。她住在底楼。一年后，有一天，她来休假，身着风衣，足蹬高筒皮靴，手捧一大束鲜花，那是她的生日，并不是在等我。我踮起脚尖，望着窗外。姑娘扭着水腰，一浪一浪的，同一个面无表情的家伙并肩走着，将一辆川崎停在了楼前。我把沙子倒进车子水箱，我诅咒他们。诅咒稍稍偏离，她父母死于地震。我还是想娶她为妻，她实在是漂亮，即便她曾被一个男人糟蹋过，即便她可能同所有骑或不骑日本摩托的男孩都有一腿。我是在部队，在射击训练前，才明白这一点的。扣动扳机的刹那，我还在想着广岛，总也瞄不准。没人告诉我们哪只眼该闭上，我闭上了右眼，准星就是为右眼设计的。结果，我打中了下士。

我费力地想要起身。第一次，没成。再次使劲，起身。脑海里回荡着《香蕉鱼完美的一天》③ 中的零碎对话，那是一个古老的故事。比波普和弦。我想不起来自己从事什么职业，也不知道有什么生活目标。

身上的衣服真脏，就像雇工的。兴许，我就是雇工。

---

① 原文为德语。
② 原文为英语。
③ 美国作家塞林格的小说。

破碎的记忆，最后，就连碎片都越来越少，越来越小。

突然，我迈开怪异的步伐，要走到岔路口去，摔倒了。要是没喝那该死的啤酒就好了，更不用说威士忌了。也不是威士忌。我再次起身。不知为何，但我仿佛已起身很久了。我拖着一条腿，倒不是因为腿疼，而是感觉必须拖着点什么。我走进了那条小路，看到一个男孩站在路的尽头。我想他至多十岁，或十一岁。他缓缓地朝我走来，几乎无声无息地踏着石子路，此刻，我看得更清了，绿色的眼睛，金黄的头发，时值二月，却穿着短裤，打远处，他就问我在这里做什么。我怀疑他住在其他小区，因为这一带并没有金发男孩。况且又在半夜三更。我跟跟跄跄地走了回去，从油迹斑斑的纸箱里拿出吉他，清除掉琴身上的油脂和灰尘，用纸擦了擦弦，并试着弹了几个音。没有一扇窗户打开。我想已是凌晨三点。男孩也停住了脚步，他站着，仿佛凝固了一般，在路的那头，手里拿着一块冰激凌。强哥·雷纳特①。仿佛用炭勾勒出的小胡子，左手少了三个指头。我弹奏起巴黎咖啡馆那些破碎的布鲁兹。男孩张着嘴巴，全神贯注地听着，都忘了继续享用手中的香子兰冰激凌。我侧身站着，感觉手指有些僵硬，可那男孩的目光——我不停地弹着，不时地变音，偶尔跑一两个调，或者调调弦，调调乐谱线。不一会儿，连我自己都感到惊讶，我完整地弹奏起了《黑眼睛》②，准确无误，流畅至极。两分十四秒，分毫不差，就在这时，太阳，从一幢四层楼的背后，冉冉升起。

男孩忽然放声大哭。

（高　兴译）

---

① 比利时吉卜赛吉他手，欧洲最著名的爵士音乐家之一。
② 原文为法语。

哥德林·米胡列亚克

哥德林·米胡列亚克（1960—　），罗马尼亚作家。生于雅西市。已出版短篇小说集《舒适的单身公寓》（1996）、长篇小说《雅西城的消亡》（1998）等作品。《裸浴场上的交响音乐会》选自《一九九八年罗马尼亚最佳短篇小说选》（丹－斯尔维乌·波雷斯库编选，阿尔法出版社，1999 年版）。

裸浴场上的交响音乐会

　　蒂米什瓦拉市文学馆研究员（心理文学专业）万达·克列楚，自打记事儿起，每年八月都泡在黑海。她喜欢在紫外线的照射下戏水，喜欢感受海浪拍击乳房和耳膜泛起朵朵水花，喜欢艳遇的那种咸咸的气味。从前，她到海滨来总是由家长或姨妈陪伴着，要么就跟学校夏令营、大腹便便的班主任、成双成对的情侣、女同学或楼道里的女邻居一起来。

　　一九九八年八月，万达·克列楚破天荒头一回独自一人来到大海。她在裸浴者的天堂——五月二号海滨浴场①架起了她那顶大学生帐篷。万达·克列楚不是伪君子，至少对她自己不是。她这次来到五月二号浴场裸浴者中间是出于公干，目的是文学－性，丝毫不是性－文学。

　　她曾听说，卢卡·彼楚每年八月都来五月二号浴场疗养，而对她来说，卢卡·彼楚是罗马尼亚最古怪却又最在状态的作家。她非认识一下怪人卢卡·彼楚不可。怎么说呢，就是希望认识一丝不挂的他。说白了，万达就是要剖析一下他的性器官，不是出于女人的好奇心，而是出于研究人员的好奇心。只有亲眼所见，她才能确信，原来大作家肚脐下面一切都合乎常规。作家在作品中宣泄了对性爱的沉湎和对

---

　　①　罗马尼亚康斯坦察市著名的天体浴场。

原来保安部门谈虎色变的恐惧。千真万确的是，万达·克列楚就是希望发现这个中的奥秘从卢卡·彼楚的阴毛处喷薄而出。这希望过分吗？难道不正因如此，她才是心理文学专业的研究员吗？

万达·克列楚小姐仅仅出于审美的原因才具有羞耻感。在突然发现自己已经处于赤身裸体的人们包围之中以前，她从未认真考虑过这个问题。现在她才发现怎么那样厌恶那些乱七八糟的阴毛。她百思不得其解，中世纪的人何以那么热衷于性，而那时并没有提出不留阴毛的问题。万达·克列楚认为，一个人耻骨部位的毛被与其粗俗程度成正比。比如，你瞧那个正在涂防晒霜的金发女郎：头上的每一缕头发都经过精心梳理，可下半身的一绺绺阴毛却像一堆杂草，俗不可耐。你再看那一对：假如他和她哪怕都穿男式三角内裤也算体面，可现在呢，你瞧他们两腿之间的那毛毛……且不说美与不美，至少为了卫生也该……再拿一个络腮胡子的人打个比方：如果成千上万根胡须上沾满了灰尘和食物残渣，再加上涎水和黏糊糊的鼻涕，请设想一下将会是怎样的情景？本世纪，我们当中大多数人杂草似的阴毛将会造成怎样的生态灾难，说实话，的确值得深思。当然，罗马尼亚像毛滴虫之类的东西繁殖速度竟然超过了茨冈人，也就不足为怪了。

万达·克列楚研究员狠狠地往只有海水的海滩上吐了一口痰。这是她来到海滨之后第一次吐痰，从前她只偶尔吐吐而已。为什么肚子下面那从牛的杂草从罗马尼亚人的精神食粮——色情刊物里什么也没有学到？色情刊物里，没有一根毛毛是多余的。色情刊物里，生殖器官周围的毛被精心修剪得如同温布利的草坪一样。

万达又喝起了啤酒。对她而言，大海意味着美，而她在周围所目睹的这一切却野蛮地把大海变得丑陋不堪。她连寻找卢卡·彼楚的勇气都没有了。为什么要寻找他呢？莫非就是为了看一看他同所有其他人一样不成？不，谢天谢地，我将仅仅限于读一读他的书而已，并且从今以后，我也只是把他想象成穿了内裤的就是了。至于内裤里隐藏着什么东西，就让它成为罗马尼亚文学的一个奥秘吧。是的，我虽然是女人，我只把伟大的彼楚设想成穿了内裤的，一条要多糟糕有多糟糕的内裤。万达独自一人坐在海堤上，酒后微醺，表情呆滞。一个不成功休假的开头往往如此。不过没关系，反正明后天她就要从这个极度丰茂的阴毛淹没了大海之美的地方一走了之。对，明后天。在裸体浴场这令人作呕的日子，我只能再逗留两三天。幸亏早晨太阳帮了忙，十点左右，太阳就把紫外线照射在裸浴者们身上，迫使他们离开了浴场。就这样定了，明天我十点以后起床。大海怎能允许他们如此肆无忌惮呢？

万达带着这个问题低头入睡。她醉了。她梦见了受到祝福的那一天，那时人呱呱坠地隐秘部位就是光光的。那一天还多么遥远啊……大海怎么会允许这一切呢？万达已经没有了对第二天的兴趣。她愈加感到，这个第二天必须加以拒绝，她将通过梦幻加以拒绝。她将在十点以后很久很久起床，能睡多久，就睡多久。

若不是那可怕的凄厉叫声把她从睡袋里揪出来，说不定她真的就一直睡下去了。浴场上人声鼎沸。万达心里犯嘀咕，莫非是世界末日的大洪水来临，还是议会紧急通过了禁止裸浴法。出什么事了，老兄？万达的帐篷从上至下湿透了，万达浑身上下没有一处是干的。她战战兢兢地拉开了帐篷的拉锁，也轻轻地拉开了上下眼皮的拉锁。到底出什么事了，老兄？

一个巨大的海浪抓住了浴场上的人们，一个高达两米、三米、十米的巨浪。海浪发威后，又乖乖地回到大海母亲的怀抱。这可能是五月二号浴场有史以来最为歇斯底里的海浪。如果不是造成了那么严重的后果，人们或许很快就会怀疑是否确有其事。所有帐篷都趴了架，浴场被海水浸泡得喘不过气来。几条小鱼焦急地盼望吉祥的海浪把它们带回大海。令人奇怪的是，除万达之外，所有在浴场上的人都感到出乎意料之外。

万达的眼睛睁得大大的。意外？太轻了吧。奇迹？或许还差不多。

因为狂暴的巨大海浪连同它愤怒的泡沫，途经之处把浴场上的所有阴毛一扫而光。理发师海浪（最好称之为"唯美主义者海浪"）这次勃然大怒，没有任何人得以逃脱。

啊！女士们，小姐们，先生们，只有现在可以说，裸体日光浴是百分之百的裸体日光浴了。那些百分之百的裸浴者们一个个呆头呆脑地面面相觑，目光盯着已经变得光秃秃的部位。万达感到好笑，她竟然真的笑了起来。一旦没有了那一撮撮吓人的毛毛，人们感到多么滑稽可笑。活见鬼，难道他们就没有发现，这样不是比原来好上一千倍吗？

就在他们呆头呆脑地面面相觑时，一阵透明的微风吹得男人的性器官摆动起来。男人们的性器官开始发出银铃般的美妙响声。这阵微风同样也迂回接近了女人，悄悄地把她们包围起来，从她们那富有表情的性器官奏出小提琴的哭诉，中提琴的抱怨和大提琴的失望。真是陶冶情操！

五月二号浴场像音乐厅一样鸣响，万达感觉如同参加只是缺少了圣诞老人的圣诞节，一只小鹿拉着小车，当然是一只没有阴毛的小公鹿。一个个裸浴者显得呆头呆脑，想活动一下身体以掩盖变得更加赤裸的赤裸，可没有任何人能够向前挪动一步，就好像他们全都被水泥浇灌到了沙滩上一样。风儿站在高大的谱架后，技艺高超地指挥着光秃秃的性器官乐队。此刻，伟大的卢卡乘坐着由两个乳房硕大的女人拉着的小车，从啤酒馆露天座方向缓缓而来，他除头上戴了一顶圣诞老人的那种高筒羊皮帽之外，自然也是赤身裸体。生殖器官的铃铛发出美妙动人的响声，把短促深沉的呻吟和叹息模仿得惟妙惟肖。万达无意中发现了卢卡·彼楚的性器官，一个瘦小的性器官，风儿却从中敲击出了不寻常的古钟似的响声。须知，这正是他文墨的秘密所在，万达思忖。这时的万达与其说是研究人员，不如说更像女人。那些普普通通的裸浴者们一见彼楚大师，马上便唱起了大合唱，歌声向上飘扬，高高地飘扬，同风和海鸥一起翱翔。真可谓崇高！万达洗耳恭听，对，没错！

他们演唱的是埃米尔·布鲁马鲁[①]作词的歌曲：

> 请你坦白地告诉我，你的内裤什么样
> 是藏蓝色还是麦秆黄？
> ……
> 因为我已经疯狂
> 只想看一看你的内裤什么样！

万达欣喜地转身面向大海。她觉得在五月二号浴场裸浴时因目睹的一切而产生的屈辱感得到了慰藉。于是，她张开双腿，举起双手：

"感谢你，大海，你向他们显示了力量。你是美的象征。感谢你荡涤了丑陋的毛被。我答应你，从今往后，我每年都来五月二号浴场。"

大海以两个泡沫的飞吻作答。海水呈现出暗绿色，一种耻骨绿。

当万达回过头来面对浴场时，职业裸浴者们正在急忙收拾帐篷。风儿已经销声匿迹，人们默不作声，万达发现大家都穿上了内裤。没有了阴毛，人们反而害羞起来。莫名其妙！

---

① 埃·布鲁马鲁（1939— ），罗马尼亚著名诗人。

几分钟之内，整个浴场只剩下万达独自一人，她暗自思忖：罗马尼亚人是可爱的有羞耻感的人，具有伟大的裸浴者的全部气势。而阴毛对他们则具有第二条内裤的作用。有时幸亏有海。毕竟万达觉得并不那么孤独。

　　她回头时远远看见了伟大的彼楚正在向她招手示意，做了一个十足的性爱动作。他也穿上了内裤。

　　"对不起，大师，对我而言，您是一本庸俗读物，仅此而已。您走开吧，连同您的内裤，以及所有一切！"

（张志鹏译）

伊安娜·帕伏列斯库

　　伊安娜·帕伏列斯库（1960—　），罗马尼亚著名女作家和文学评论家。出生于罗马尼亚布拉索夫市。一九八三年，毕业于布加勒斯特大学语言系罗马尼亚语和法语专业。曾当过中学老师和编辑。现为布加勒斯特大学语言系副教授。出版过《闲居于眼睛中》（1990）、《女士字母表》（1999）、《生活始于周五》（2009）、《问题书》（2010）等文学评论集和随笔集。《在巴黎打赌》译自短篇小说集《一见钟情》（罗马尼亚胡马尼塔斯出版社，2008 年版）。

在巴黎打赌

一

那些日子，我感觉一场博弈正在为我进行。在我不相信的天上，在我偶尔相信的众神之间。有些人说，该达到的，他都达到了；该体味的，他也都体味过了；另一些则说，他还需要时间，我们总得再给他一段时间。他什么都不懂，凡是人之常情，他都觉得陌生。我的确感到自己被拖来拖去，就像一个杂技演员在他生命的烟柱上，我几乎保持不住平衡，随时都会掉回我已经走出的幕后，随时都会掉回我即将离开的世界。众神往前推我，可又把我拽回原地。而且，如果说有谁曾是命运的玩具，如同任何情场上的失意者，那个人就是我。折磨就在于此，就在众神的犹疑不决之中。他们既为我而厮打，同时又对我进行嘲弄，尽管我不知道我究竟何罪之有。人在两个时刻确认自己无辜：热恋和死亡。然而，我是一个暂时被忽略的恋人，因为，我虽然收到了情书，却尚未同 F 幽会。我反而感到不安，在平素的不安之上又添上了新的不安。白天，我在斗室里踱来踱去，夜晚，我在床上辗转反侧。

S 就在我身边。她对我说话向来都是温柔之中略带忧伤，似乎能猜透我的心思：

"我不知道我能不能经常在这里，一天二十四小时不间断地守护着你，使你免受伤害。我本来可以安然死去，可因为你，我怕。"

"我觉得，完全有可能是我走在前面，是我成为头一个。"

"你想都不要这样想！我会缠住你不放的！"

她还真的缠住了我，两手搂着我，做给我看。然后说：

"你还太年轻。要知道，在你这样的年龄，还没什么可吹的呀。"

对她，我知足。要说不知足，只是脑子里一闪念而已。作为蒙塔古之子，在化装舞会之前，我以不爱的方式爱上了她。我冲她发脾气，但心里并不觉得难过。偶尔，我也会因并不爱恋的恋人感到高兴或思念。将我和Ｓ连在一起的全是那个"不"字，尽管在我们那小小的阁楼里，在世上所有那些"不尽如人意"之中，毕竟还有爱。空间是有的，在仅仅能容纳下我们两人的小床上，响动也是有的。的确，肉身在自言自语，而且振振有词，直到有一天无话可说。我们的身体懂得对话、唱歌，或信口开河，说些严重而令人恐怖的真人真事、俗不可耐的玩笑，懂得一声不语，或侃侃而谈；懂得像酒鬼那样谵妄，像烟鬼那样产生幻觉而咆哮，然后，最后一颤抖，一害怕，就拉倒了。当我重新用平常的语言和习惯的声音说话时，我立刻就把那些事情忘得一干二净。不是一些能说得出口的事情。我一个一个字地说。她不。她的沉默延长了身体的声音。对此，任何人都不怀疑你，她终于开口，为了打断我的话，而且满足地笑，因为她明白，只是不说罢了。我们一起躺着的时候，我平躺，她侧卧。也不怀疑我——这时，她变得认真，像一个旺代省的纯朴姑娘。所有人都相信你这样：她也仰卧起来，一只修长的手伸向低矮的天花板，伸向透过小窗户隐约可见的高高的天空，在空中用一个指头为我画像，像孩子用小木棍画画那样。她把我的头画得大大的，然后又给我加上了光环，这是她的馈赠。我是这个样子：她画了一个Ｓ。然后直接在我身上继续她的作品，就像在画布上一样，她用手指肚儿——皮画笔在皮肤上画画，从脖子往下，越来越往下，她画房子，画小孩，画连续不断的圆圈圈，然后轻轻地抚摸着，像画家那样对自己的画作爱不释手。她那天其余时间的全部痛苦，或许都源于这个闲暇而欢乐的瞬间。如果我死在她前头，那么，这张蓝色毛毯罩着的床上的甜蜜美好一定会成为她将感受到的悲愁痛苦的一部分。

有时，汽车喇叭声传到我们上面。偶尔，鸽子和海鸥的翅膀碰到窗子。我默不作声。我就是不告诉她我如何爱她。现在，在生命中最后一次重要体验之后，头一回的就不说了，我以另一种更为宽容的目光看待她，就像一个可怜的姑娘弥留之际，得到了我碍于情面不得不给予的宽恕。之前，即便渴望，她也一直难以启齿。某种意义上，她已死去，另一种意义上，我也已死去。我认识她时，她还是一个快乐、腼腆、热情、阳光的姑娘。当她手提购物袋来时，长棍式面包一部分露在外面，我给她开门，她的整个脸都在笑。有一次我问她笑什么，她感到莫名惊诧。她不知道。就是说，她不知道她是对我笑的。她气喘吁吁，一步不歇就爬上了楼梯。总共九十五个台阶。每次我们分别时，她都惶恐不安。可我们总是离多聚少。每次来我这里，她都一溜小跑。碰巧，我们第一次幽会是在她生日那天。她相信这会带来好运气。可渐渐地，她的太阳像日蚀那样变黑了。蒙上了阴影。往日她那总也少不了的快乐水珠蒸发了，兴许像雨那样，现在，又落回到大自然之中，落回到一时比我们幸运的其他人家。留在 S 那里的只有埋藏得深深的痛苦。我不喜欢镜子，因此，她尽可能同我一起笑，但她那像朱丽叶·玛西娜一样圆圆的眼睛，祈求的却是恻隐之心。她的头发差不多同我一样也是灰色的。我们一起，已经几十年了。

事情发生的时候，确切地说，事情发生的整个期间，S 同我关闭在相互隔绝的世界里，只是偶尔见上一面，就像俘虏被带到会见室那样。看守对我们两人区别不大的痛苦无动于衷。我们在看守在场的情况下说上几句话。看守一点儿都不坏，只是表现得与此毫不相干而已。此人就是她，F。

连续数周，天空如同一潭死水，灰蒙蒙的水面。今天清晨，从我们的阁楼终于看见了被道道霞光和斑斑点点的色彩点缀的天空。我打开窗户，吹来阵阵清新的微风。我知道，众神为我而进行的博弈已经结束。落幕时刻推迟了。我生命的这场戏里还有点什么。到我消失还有时间，我并非直接走向出口。为了使我高兴，信件恰恰是 S 给我送来的。她见过我是怎样缠上那头一个的。就是她把头一个的信从伽里玛直接送到我家里的。她认为头一个也没有什么过错。我们俩对我的那些男女仰慕者都习以为常。她把信递给我：如果命运要毁掉谁，就嘲弄他，不要纠缠那些鸡毛蒜皮的小事。她把所有信件亲自交到我手里。或许，就在那时，宇宙里的哈哈大笑声响起，众神在寻欢作乐。我们呜呜的哭泣声同他们哈哈的欢笑声不可同日而语。在宇宙的喧嚣中，那两种声音截然不同。

我没有拆开信，而是打开了阳台门。我凝望着距我和街道对面几米远外展开的屋顶的海洋。下面是柏油马路和汽车，上面掠过一架喷气式飞机，宛如一道光划过二月末的蓝色天空：一种夏特尔蓝，彩绘玻璃相拼的那种圣母蓝。右边，S 花盆里的植物有些打蔫。我身后是那封信，而信纸的背后是一个秘密或者一件普通的事情。我猜测，第一种可能性肯定隐藏在第二种可能性的包装里。信封上，我看到一个精力充沛的 C。我拿起一把带鳞的蜥蜴尾巴状的裁纸刀，小心翼翼地打开信封。取出信时，从里面掉下一帧照片。背面朝上掉在下面。我俯下身，翻过照片，就在我起身时，我感觉到背后一下熟悉的刺痛，如同被长矛刺了一下，女巫的那种箭穿般的疼痛。德国男人称之为魔刺，法国男人管这叫腰痛。我喜欢德国人的叫法。可自那以后，女巫还破天荒头一回为我预备了别的什么。照片隐隐约约地微笑，只用眼睛。眼睛因失眠而带黑眼圈。黑白分明：长长中分的黑发，黑眼圈的奥秘是白色，既像那突出的前额，又宛如朦胧的身躯。朴素的连衣裙，上身两乳之间裁剪成一个V字形。她似乎来自她的世界，同我们的世界毫无联系，却要求你无微不至地欢迎她。

　　我看完信。她对我仰慕已久，迫不及待地盼望着我的答复，然后就引经据典，炫耀。尽管如此，她确实很聪慧，字里行间流露出顽皮，可那是属于自知受宠孩子的那种顽皮。白皙的身体，黑黑的头发。她从哪儿知道我会爱她的？另一个腰上挎着箭筒的孩子，像以往在公园寻开心的半大小子们往游人身上扔土块那样，无意之中，用带毒的神箭就偏偏射中了我。对此，我不予理睬。我对露着虎牙的女巫也视而不见。我看到的是随时准备张开的那两片柔滑的嘴唇。噘得高高的半张开的嘴唇，虽然做出叹息状，却允诺亲吻，而亲吻之后，最后则是嗓音。我本来就需要嗓音。从她那里所看到的一切都是允诺。我知道：当命运要隐瞒一个坏消息时，就把它藏在一个既有分寸又模棱两可的微笑背后。就像她的微笑一样。我也对她微笑了。这并非我的本意。

　　她叫F，来自科隆。当时，那是立马令我喜欢的城市，现在却成了我如此讨厌的城市。她悄悄对我说，她已婚。这样更好。我接过话茬说，我是半已婚。实际上，我们谁都不是，我根本不是，她呢，不再或者尚未。随着后来的每一封来信，照片就像皮格马利翁的石头那样更具生命力。与此同时，S则模糊起来，直至消失。信封里的女人很幽默，有时显得不够安稳、冒失的样子，可我喜欢她这个样子，此外还撒娇任性。我是一座城堡，一条健壮的汉子。我显得坚不可摧。而她呢，作为复仇女人布伦希尔德和狡诈男人克里姆希尔德的后裔，

274

要征服我。这也讨我喜欢。

把幽会确定在我出生的那个倒霉的四月复活节前的圣周，我就完了。

我不知道。我不理解为什么只有同她在一起时，我才能感觉到自己已经七十了。复活节过后，四十年（比她的年龄都大）未曾谋面的弟弟R要来。他好不容易弄到签证从他的和我的那个可怜国度出来。然而，为了照片上的那张面孔，我既不愿让我盼望了一辈子的R来，也希望S不在。但愿我没有任何义务，希望我也能像天上海鸥那样自由飞翔。为了她那像秋天第一批发酵的葡萄酒汁有些浑浊的泪水。在乡下，说话尖酸刻薄的人把这种葡萄酒汁称为泔水。即使果真如此，我也情愿跳进去。

我窥镜自视。在镜子里，我还是原来的我。我突然发现脸和脖子上已经布满皱纹。以前我怎么从来没有看见这些皱纹呢？我从S那里取来我的那条红灰相间的围巾。这是一个礼拜之前我生日那天她送给我的。自打从她那里取来之后，就像从S手里取回信件一样，我就知道，趁她去旺代的时候，我赴幽会时才戴。戴围巾也好，不戴也罢，反正我都已经七十了。必须面对。谁曾有过那么一回七十岁呢，她理解。谁不理解，迟早都会发现，尽管不那么心甘情愿。我以三十五岁人的步履下了楼梯。我知道，一旦她开始了赋予我精力的那种东西，其余的一切都退居第二位了。这样对我有好处。在大街上，巴黎比我还老，它那灰蒙蒙的空气不仅没有像往常那样令我惊诧，相反，却有着某种美妙之处。同我一样年轻。一个小孩透过一家小酒吧的玻璃窗冲我笑。我真想进去把他抱在怀里。从另一扇玻璃窗里我对自己笑。我感到满意吗？不，与其说满意，毋宁说对我所看到的并不满意。

我终于说服了她，还是不留下为好。在街上就餐时，为我们服务的是个漂亮小伙子。他那两三天都没刮的胡须女人肯定是招架不住的。他给所有人的印象是既有阳刚之气，又极易受到伤害，好像近些日子境况不佳，需要得到慰藉。就这样，我同 F 也谈到了托马斯·曼，谈到了他对侍奉他的那些美男子们——费力克斯·克鲁尔类型的侍者们的倾慕。我们对此嗤之以鼻。为取悦她，我出卖了我所有的宠信。我对她说，这一点我能够理解，这是传统的力量：中世纪，骑士们——她的先辈又出现在我的脑海里，其中就有骑着马的布伦希尔德——各自带上自己的一两个男童为他们效劳。这些年轻人当中一部分到处陪伴着他们，同样，这些人既是他们的奴隶，也是他们的宠信。这些人服侍也好，受罚或得到慰藉也罢，全凭主人随心所欲。常常是男童与骑士同床，娇嫩的躯体与壮年之身共枕。对许多人来说，今天的服务生就是昔日小童仆的后代。她一笑，便向我露出了原来照片里藏得严严实实的牙齿，现在牙齿则定格在涂了颜色的双唇之间。照片里嘴唇是灰色的。她很漂亮。我迫不及待，以前，我可从未这样，这一点我确信无疑。我决定在大街上对她说，带她去我的花园，卢森堡。如果她想看的话，就从我屋顶旁的套间往下看。她使性子，故意装样子。她喜欢这样。如果她看见我家屋顶时拍拍手，就说明她肯定爱我。那个打赌的人是我吗？就是我。

二

　　不借助音乐就感觉到了上帝与我同在，这可能是我一生中绝无仅有的一次。之所以如此，正因为我发现我有一个灵魂。几乎可以肯定，我已经爱上了我的灵魂，至于灵魂是否存在，用纸牌占卜实属枉然。我那个不存在的灵魂显现了。我觉得它娇嫩而美丽，微小而滑稽，并且纯洁得像头一回从圈里抱出来见到阳光的小牛犊。我笑了起来。它是那样嫩弱，那样善良，或许第一次那样温顺。我真想把它遮盖起来，保护它，双手拉住它，让它待在原地不动，让我与它对视。自从我有了第一个，然后第二个、第三个模仿者之后，他们接过了我的理念，甚至风格，尽管批评家说，我的风格就是力量，并且说风格是模仿不了的。我也曾经这样想象过。实际上，以前凭直觉，我对我的灵魂也有所了解。事实并非如此。如果说当今世界已经达到了尽善尽美的程度，无非是模仿日臻完善而已。于是，他们就模仿我的风格。当下，在当代巴黎，在当代文明世界，什么都剽窃，任何思想，任何能来钱的统统都剽窃，这就是侵吞。一切都变成了时尚，而任何时尚就意味着成百上千的拷贝。当时我突发灵感，领悟到只有一种东西，独一无二的东西是模仿、拷贝和复制不了的：灵魂。我踏实了：谁也不能拷贝我的灵魂，谁也不能把我的灵魂变得平庸，变成流行歌曲。灵魂是我们的上帝部分。他们达不到这个程度。谁也不能复制上帝。谁也不能将上帝重复得一模一样。我不相信我还有时间。如果我还有时间，我真想写一本关于灵魂和上帝的书。关于他们善的那部分。

还有一点是不能通过重复变成平庸的：死亡。它是上帝的一部分。

现在我刚刚弄懂了我读了一辈子的神秘论者们。原来他们正是出于对上帝的信仰而死的。死亡不朽，这个最平庸不过的悖论。我们整个生命中，只有死亡才像上帝那样永恒。果真会是上帝吗？

然而，我却完全置身于另一个世界之中。在那个世界里，死亡已暂时死去，上帝就是生命，我就是。人。活着的。我存在时的所有片段现在都汇集到故事里。而故事是爱情的。我开始讲给她听，匆匆忙忙，什么都讲，我如此惶恐不安。否则，我就会没完没了地重复一个字：你。我如此需要她，需要你……我只偷偷地看着她的面庞：不像照片上那样，黑白的魅力已不复存在，不过是一个靓丽女人而已。有时仅此而已。然而在看见她之前我已经谈过恋爱，并且开始领悟到，另一个人的所有弱点其实都对他有利。春天正是流行歌曲的季节。夜幕降临。

我仰望苍穹，上面有一颗正在窥伺的星星，宛如一只闪闪发光的小蜘蛛，宛如一件莱俪珠宝。她轻轻挪动着那两条闪光的腿，随时准备向自己的猎物发起攻击。我琢磨，说不定那个猎物就是我。我们一起爬九十五个台阶，开始她用蜘蛛般的腿走在我前头，后来我超过她，因为这是到我的家，我习以为常。我们进了房间，她第一件事就是直奔阳台门，我在房间等着，并且深深吸了一口气。我觉得此刻正在决定我的命运。她看到那么多的屋顶时，惊叹不已，高兴得拍了拍手。我呼出一口气。我有把握她会这样做。拿生命打赌我可是行家里手。只不过，到目前为止，我向来都是拿坏结果作为赌注。并且我从来都是赢家。这回我是破天荒第一次变换了赌注。

我有波尔多黑葡萄酒。我在杯子里斟上酒。她装作没看见我的手在轻轻颤抖。碰杯时，我教她用我们的话说"干杯!"她一下就放松下来，我明白原来她也很紧张。她打了一个寒战。终归她还是个孩子。从那一刻起，我就想保护她，给她斟酒，掩护她。我跟她说了我的意思。这样，她的微笑就真的变得不可抗拒，就像用网捉住了我，我挣扎了几下，然后就由她任意处置。其实，我早已成了她的俘虏。

午夜时分，我送她回酒店，吻了她的手，自打年轻时起我就再也没有这样干过。然后我转悠了一会儿，接着就回家了，躺在床上没有睡意。新恋失眠——世界上所能给予你最美妙的东西之一，同时也是对我此前所度过所有不眠之夜的补偿。我无穷无尽地复制她，直至整个地球上只有我和 F。整个人类都已死亡，F 就是我的整个人类。这就是我们的幽会之夜。

因为 F 回到了科隆，我遭遇了我生命中的第二次流放。我不能随时见到她。于是我就开始给她打电话，以听觉代替视觉、味觉、触觉。我在她最意想不到的时间接二连三地对她进行电话轰炸，顺口就编造出借口。我并不感到难为情，因为这就是我唯一的镇静剂。德语成了我的语言。我用德语思维，因为我要按照她的方式思维。我不再同她讲法语，因为讲法语时稍不留神就会让我露出破绽。我们痴迷地用德语回顾我们历次幽会时那些最美妙和最糟糕的时刻。最糟糕的那一次是在嘉年华狂欢节上。第一天我就把她带到那里，目的就是为了满足她对书里那个我的需要。因为她首先需要的就是这个。而我作为实实在在的男人尚未征服她。命运中颇具讽刺意味的是，我的情敌，此时此地就是我自己，就是那个成功人士的我，就是那个尽人皆知的倒霉鬼——要么我就必须把他干掉，要么我就得把他变成盟友。我宁可结盟，并且我也曾能感情激越地用德语介绍巴黎的历史，时不时地破口大骂两句，目的就是为了用两条腿把她带到地上，让她笑，这是我永远乐此不疲的事情。我认为，她那略显粗俗的开怀大笑，是我在一个女人那里所遇到的最色情的事情。我们在橱窗前不经意地相互碰了一下，我对每一次肢体接触都十分在意。我感觉到了她那绿茶的芳香，我不由得就想闻一闻，如同有这种癖好。我的两只手不由自主地向她伸了过去，拦都拦不住。我叫着她的名字 F，我记住了她那德国神话般的名字，就像跟一个女人睡觉，每一次叫她的名字都是一种快乐一样。曾经有一次——我们在蓬皮杜伯爵夫人的鞋子前，笑过之后，她也叫出了一个同她生活的男人名字：W。

"关于这个，我的朋友 W 曾经跟我提起过一次。"她只说了这么一句，可她说话时的神态和语气顿时使我们之间的亲密感消失得无影无踪。

我不知如何解释，凭直观，我觉得她思念的是他，牵挂的是他，正如精神上心仪的是我，肉体上爱恋的却是另一男人。这使我肉体上感到痛苦。我随时都愿同 W 交换一下，把精神留给他，我想要的是她的胴体与欢笑。她以那种不可原谅、赤裸裸的方式把一个陌生人带到我们中间之后，我们俩都沉默不语，我需要好长时间才能缓过来，才能重新恢复精力。但我对自己充满自信，我能够使世界上所有的 W 们都不能染指她的身体。在远一点的地方，在穿着坠落裤子的伏尔泰的肖像那里，我们俩又笑了起来。在用普鲁斯特软木贴墙的屋子前面，我已经完全恢复过来了。

第二天下雨。尽管我打算带她去蒙马特高地看看，让她留下一点值得回忆的东西，可雨天散步令人扫兴。在了解了画家的故事并且开了眼界之后，我原想去高地下坡那家全世界最好的千层糕点心店。但我们没能去那里，只在塞纳河岸边走了走。她兴致索然，说想睡觉，很快就离开了我。我眼巴巴地期盼着重新看见她。

第三次幽会，正在我第三次试图去她那里的时候，出了点儿事。

就在这一次，在我把她从饭店找出来时，她精神恍惚，没告诉我何以如此。她头发向后背着，有些悲伤，很像我爱上的那张带黑眼圈的照片。与其说我琢磨，不如说我感觉到了应带她去哪里。过了圣·米歇尔桥，然后经过米歇尔大街，就到了我们这边的河岸。当年，我就在这里认识了 S。如果能让我回到三十一岁，像当年那样，我情愿付出任何代价。这里人群熙攘，天空露出一点太阳，被雨水洗涤过的城市像水晶一样清澈，在阳光的照射下闪光。微风拂面，被风吹起的一缕头发海藻般贴在她的面颊上。我们转弯向圣·热尔曼大街走去，快乐的人们摩肩接踵，我们穿行其间，她也不再烦我。我们来到我所居住的城区。一到亨利·蒙多尔广场，我就觉得已经到家了。可我不想把她带到家里去。冥冥之中我总觉得还是留在人多的地方为好。我们一直往前走，穿过家乐福·奥德翁，进了圣·絮尔皮斯大街。我早就熟悉这里，有一处僻静的院子，那些沉醉于浪漫巴黎的游客对此不屑一顾。可这是一个很好的去处，地下有一家餐馆，就是当年的那种小酒馆。我感到两个脚掌阵阵刺痛，F也累了。所以，我建议来杯葡萄酒时，她欣然同意。她对红酒和小酒馆明暗对照的风格情有独钟。她既不像头两天那样防范我，不想再顶撞我，也不再使我感到诧异。她身上那种热烈而具有诱惑力的东西向我袭来。现在餐馆还不到上人儿的时候，在这个小小的房间里只有我们两人。我说话不多而且把声音压得很低。她默不作声，也不再笑，只是闷头喝酒。轻音乐回荡着，使得我们不必说话。我站起身来，两只眼紧紧盯住她，使她目光不能斜视，我贴近了她的脸。我亲吻时，她眼睛睁得大大的，我在她那铅灰色的虹膜里看到了泪珠般的闪光。她大大的嘴唇比我的双唇还要冰冷，我慢慢把它们捂热。我清楚地感觉到我发生了什么。我的身体这些年来一秒一秒地正在变得年轻，身体的纤维重新变得灵活，健壮，富有弹性。我觉得每个细胞里都有热量，血液沸腾，怦然心动。她喘着粗气，隐约散发着酒气，我狂吻着她，仿佛跳进了圣水之井，进去时带有生以来最丑恶的身躯，而出来时，身体则变得美丽而健壮。我的手已经抚摸到了她那两个不安的乳房，接着便是一阵激动而振奋的欢笑。我碰破了她的酒杯，"啪"的一声掉在地上，立刻便进来了一个女人收拾。我未看一眼就去了洗手间。我出来时，她已经站了起来，开始用她带口音的法语，不时还夹杂着德语，结结巴巴地向我解释，使我感到无比难过，说什么不可能……因为W不可能……从来都，但是……仅仅是喜欢……她对我们的所作所为并不后悔，因为她一开始就想说清楚。这是她的过失，他们都难辞其咎。她意识到了。每次到达圣·絮尔皮斯大街时，既在天堂，又在地狱。

　　我又失眠了。善与恶搅和在一起，我也无能为力。我真想拼命大声疾呼喊救命！说不定有谁会听见我的呼救声。

三

我们走进一家奢侈品商店，橱窗精雕细刻，做工考究，阳光透过橱窗玻璃投射在地板上，这时我在地板上看见我的头像三叶草那样变成了三个头影。这三个头影使我疼痛。我把三只左手伸向三个头，每只手井井有条地放在每一个头上。我所有的手和头都被她弄得像着了魔。我喜欢她的那个劲头儿就连二十岁的年轻人都难以置信。我也打年轻时候过来，可我从来也没有这样喜欢过谁。我想入非非，梦见她一丝不挂，我改变了她的年龄、生活和命运。我随时随地都带着她。我脑子里追逐着她，就像一只狗追逐着主人。我必须时时刻刻都能看到她，听见她。为此，不惜寻找任何借口。我进去给她买一只手镯或者一个颈饰，就是为了有理由找她。我从来没有给 S 买过任何一件贵重的饰物，送给她的只是普普通通的礼物。这使她伤心不已。有一次，她禁止我再送她任何礼物，但我坚持。好像我也该给她买点什么东西。售货员，灰白头发，戴着圆圆的眼镜，做事老到，一下就能猜透我的心思：

"这礼物您打算什么场合派上用场？"

他取出金银珍宝放在我面前，我不知如何作答。我身上也没带足够的钱。我什么也没买就把步伐和那三个头影转向门口，我非常害怕当众出丑。那就回家，独自一人待在我们头一回通宵达旦一起喝黑葡萄酒的那个房间。可这个念头并不可取。于是，我给我最好的朋友 E 打电话，对他说，一定得到我这里来一趟。他火急火燎地赶了过来，显得疲惫不堪。我当时没有注意到他很疲劳。给他斟满酒，可酒没有倒在 F 用过的那个杯子里。我们碰了杯，谈了话，弄脏了桌布。我们笑了。我把一切都详详细细对他诉说了。只是对我本来已经知道却尚未发生的结局谈得较少。E深为感动，拉住了我的手，这是以往从未有过的。他样子苍老得吓人，而恰恰就在我思忖这个的时候，他却对我说："你变得年轻了。"他希望我不要成为一出闹剧。宁可是悲剧，也不要闹剧。他说。

现在，我寻觅到了幸福，却又从未这样不幸。痛苦至极的时候，我不想对世上任何人倾诉，甚至神。就连你，即便是你我都不会吐露半句，尽管他们像地狱三神日日夜夜如此狂暴地折磨你。

先是科隆，然后又是巴黎。就在这期间，我认识了W，她结识了S，他们是同一类型的人，折磨这种人是不公道的。我们无所事事。我们常常三四个人在一起。

我从未再见F伤心过，一次也未看见她再带黑眼圈过。她打着我的旗号，不想失去我，继续给我写信，还到我们这里来。十年以后，我生日那天，她来到巴黎，在一个橱窗上用口红写下"生日快乐！"并立刻在字的旁边为我拍了一张照片，请保留！这个我也接受了。拿自己开涮永远都不为时不晚。

那我就杀了她，是的，我冒出了这个念头。我坐大牢，她入坟墓。

当F越来越模糊不清时，S的轮廓又重新清晰起来。现在，她那两只圆圆的眼睛里只有惊恐。她不理解。我没有爱过她，对此她也只能听之任之。然而，我则得寸进尺：我指出，我可以谈情说爱。她的刘海已经花白，越来越像一个可怜的小姑娘，只是脸上已经有了皱纹。

我在任何人那里都没有见过这么多的惊恐，我悔恨不已，因为她并无恶意。此后，我知道是怎么回事，我真想对她说，将心比心，如果这么多年F是你，而你处于她的位置，你是最后那个，那么我就爱上你了。或许可能不这样吗？我们全是被玩腻了的众神们毁掉的玩具。但这些话不过是些马后炮。我们已经无能为力，无计可施了。

我孤苦伶仃，活像一只已经没有了甲壳四处游荡的乌龟。

不，不曾是一出悲剧。我生命中唯一完整的故事已经支离破碎。

不，神从未帮助过我，也从未往我的墓碑和塑像上吹过一口气，以便为我注入生命。我变了一下，把赌注压在善上，赌输了。我所剩下的只是连我也变成了石头。

四

偶然目击者的三种看法：

第一种：那好吧，是的，那两个人我想起来了，记得很清楚，他们没有用餐。先生给人好感，上了年纪，有那么一种画家派头，您明白我想说什么吧。这么说吧，是个诗人或者画家什么的。如果您问我的话，那是一个比年轻人还会享受生活的男人。女士可没有一点点年轻人的意思，只不过年轻就是了，尽管不非常年轻，可毕竟比先生年轻多了，脸方方的，嘴巴大大的，甚至可以说有点鼓胀，一口好牙齿，微笑时就跟广告上那种。他——有诱惑力，女人可禁不住那种妩媚和忧伤兼而有之的东西，头发浓密。他们并不很般配，她比他高一点，怎么跟您说呢，也忒健康了。他刚好相反，显得非常虚弱，属于一天二十四小时都得看护着的那种。她呢，非要喝点什么，他可不，他不喝酒，因为他向她指了指饭馆对面那所房子，不知是谁死在那里了。他们一会儿讲德语，一会儿说法语，毕竟讲德语更多一些。我会一点德国话，干我们这行这个是必须的。因他不想让她酒喝，她显得非常失望，后来他们就走了。先生一个劲儿地说，太太一个劲儿地笑。她的牙齿，怎么跟您说呢，的的确确，使你眼花缭乱。讨厌的牙齿！

第二种：我当然知道。我们有稳定的老主顾。这里不是旅游者们来的地方，我在这里已经十四年了。是作家吧，不是吗？可我没见过他写的一本书，他不写长篇小说，可别的我又不看。他差不离一年来这里三次，是我们的主顾。他把自己的客人带这里来，我们这儿经济实惠，还使人感到亲切。每次给我留下的小费都是少得不能再少，意思意思呗。先生向来都是滔滔不绝，人家是出了谈话费的不是，这回可不那样了，就好像怯了场似的。跟他一起来的那个年轻女人脸色也好不了多少。要我说，就跟三天没睡觉似的。他们俩都不说话，我给他们倒了葡萄酒，一种普罗旺斯产的赤霞珠干红葡萄酒，其他什么都没吃，不是就餐的时候。一看结账之前不会再叫我，我就走了。我正在看连续剧时，格雷克对我说，你赶快去，他们把下面给弄脏了。我拿着扫把和抹布就过去了，我到那儿的时候，他已经站了起来，好像醉了，她也站着，一看见我，脸一下就红了。不知如何是好。一个很自觉的女人。别的女人，损失比这再大，也一点都不在乎。她不是法国女人，这就一切都在不言之中了，我想。

您看见红酒是怎么回事了吧？即便洒一点儿，就那么一丁点儿，也惹娄子。俗话说得好，一不留神，惹大麻烦。

第三种：不，我想不起他来了。每天那么多的顾客到我这儿来，纯粹就是为了消遣，什么也不买，东瞅瞅，西看看，什么都不买。特别是那些来旅游的，简直就是真正的灾难。老实讲，我这儿最低的价格才带三个零。照片上的这位先生肯定是什么都没买，要不然我就记住他了。您知道我看一眼就得。他不是那种会从我们这种店买东西的人。不像法国人，可能是个波兰游客什么的。

（张志鹏译）

阿莱克桑德鲁·乌尤尤

阿莱克桑德鲁·乌尤尤（1962—　），罗马尼亚作家。生于比斯特里察－勒色乌德县菲尔德鲁镇。当过哲学老师。一九九二年至一九九六年，担任比斯特里察－勒色乌德县议会副议长。卸任后，开始主编一本人种史方面的杂志。发表过短篇小说集《苦涩的面包片》（1994）等作品。

劫持宫殿图

"人生就是一连串幸福的事件！干杯！"

"一生可做不了多少事情：一个孩子，一样能在你身后留下的东西……一张照片，一个钢坯，一副杠杆……"阿林一边说，一边戴正手上的戒指，显然，面对美好生活，没有表现出太大的热忱，不像另一位，激动得都快要窒息了。

与阿林同饮的是三楼的邻居。他们俩在酒馆已泡了足足个把钟头了。邻居满脸喜气洋洋，一个月前，老婆为他生了个孩子，这让他心花怒放，他拿出所有的积蓄，请那些与他同甘共苦的朋友、同事和邻居喝罗姆酒和啤酒。所有人都理解并尊重他的这种情感表达，因为，他们相信伟大的生育秘密，对上帝多多少少还怀有敬畏之感，但对"幸福"两字，并没有产生多大的共鸣，因为这两个字在我们罗马尼亚人的公共谈话中更多地只会让人感到尴尬。

就这样，阿林抚摩着他自己制作的戒指，沉浸在个人的思绪中，时不时地喝上一口，照顾一下邻居的情绪。他一生都做了些什么呢？一晃，他已年过半百，正如俗话所说，越过山陵，对身后事物一目了然：在单位里，他工龄很长，手艺精湛，深受尊重，工资外，时不时地还能捞点儿外快，除去钳工和铁工，还会做机械工。生活能教会你一切：需要修缝纫机时，阿林就能修；需要装电锯时，阿林就会装；有人想要刷墙，又不愿花太多钱时，阿林就去给他刷。他还知道如何凭着肉眼来调颜色，因为，业余时间他经常画画。有时画山溪边的一座木屋，附近两只马鹿正在嬉戏；有时画湖上落日，染红的湖水，两只天鹅正在亲热；有时画一座海岛，船系在岛边，一对恋人相依相偎，坐在棕榈树下……他还会画手捧鲜花的茨冈女、裸女和林中景色……他也能临摹巴黎或特纳丽菲群岛的明信片……总之，顾客想要什么，他就画什么。而他本人，出于爱好，临摹得更多的是《劫持宫殿图》。他已临摹了二十来幅，常常送给熟人和同事，作为答谢和回报。有人帮了他一个忙时，有人为他做了件事时，领取几瓶黏合剂时，借个工具时，得到一瓶罗姆酒时，有人过生日时，他都会送上一幅。就是这样的……他也为自己保留了一幅，但对那幅临摹不太满意，马腿怎么看都不顺眼，宫女的面纱不该这样，应该如他期望的那样，有风中飘动的感觉，日落的色彩也不合适。他将这幅《劫持宫殿图》拿到地窖，搁在椅子的上头。在地窖干活时，他就坐在那把椅子上。

公寓地下室，每家住户都有个地窖可以倒腾。实际上，就是那么一个小隔间，里面可以存放包装盒。废弃物品，或腌菜桶。阿林用保温板在热水管周围隔出一块地方，捣鼓成一个机械车间。他有一个微型车床，特别好使，还有各式各样的其他工具，可以让他随心所欲地制作任何铁器。他做螺丝、螺栓、角铁、鱼漂、扳机、耶鲁锁头、骰子、按钮、瞄准器，等等等等。那些边角料呢，他索性将它们加工成刨花，做洋娃娃。

有时，喝得半醉，从城里回来，或者生老婆闷气，他就睡在地窖里，睡在那个隔间里，睡在一张铺着毯子的简易木板床上。他蜷缩在那里，安静地入睡，谁也不用搭理。

那个车间同时成为一个特别秘密的所在：有一阵子，想到二十年来，只做有用、实惠的东西，阿林感到十分厌倦，忽然心血来潮，在微型车床上做起了一些毫无用处的铁器。此事他没告诉任何人，生怕别人会以为他脑子出了什么问题，十三点，或者神经错乱。他做的那些小玩意，磨得锃光发亮，精美绝伦，但它们究竟有什么用处，他一无所知。他喜欢做这些东西，这能让他放松身心，甚至有种降临到一片深远土地的感觉，一片无人知晓的土地，在那片土地上，他就是万事万物绝对的主宰。

阿林喝了口罗姆酒，又兑了口啤酒，对他的邻居，也就是那位新爸爸说，他极为尊重他的新身份，然后，打道回府。又一次沉入他自己的生活，仿佛沉入一片秋天沙沙作响的树林，一天天、一年年，任由叶子的浪涛将他席卷而去。

上班，会友，时不时地在生日酒席上喝上一口，时不时地装一根链条，修一个车门，时不时地与同事或邻居一醉方休，时不时地出去踏青，垂钓……一生可做不了多少事情：一个钢坯，一根管子，一副杠杆，一只弹簧，一张照片，一个孩子……你还能做什么?!

在他漫长的生命中，有一天，他如同往常，下楼来到地窖，取出铁皮箱，里面放着那些毫无用处的玩意儿，那些他经年累月积攒起来的玩意。这时，一种奇特的完成的感觉在他心中油然而生。他已年过古稀。望着那些小小的铁玩意，他仿佛听到一个声音："一切都已完结。一切都已足够。"那声音紧紧拽住他的心灵，一刻都不停息。一种复杂的、难以言表的感受让他清理掉工作台上的所有工具，将铁皮箱里的物品倒在了台子中间。他望着这堆物品在微弱的电灯光下闪烁着，随后用手将它们摊开，一件挨着一件，码放得整整齐齐。接着，他又将它们一一捧在手里，仔细打量，用砂纸擦去一些旧物件上的灰尘，忽然，他摆弄起其中的两件来，发觉它们相互搭配，相互联结。他将它们放在一起，开始寻找另一件带接头的玩意，刚好可以拧进第二件的连接管里。他找到了，并接着往下做。

仿佛神奇的游戏，那些物品，就在他的眼前，一件套上另一件，一件拧上另一件，最后竟变成一样新东西。俄顷，他手中已握着一把手枪，崭新，闪亮，完美无瑕。而在他面前的台子上，铁皮箱倒出的物品，只剩下一件，毫厘不差，正好装入枪膛：一颗子弹。

　　阿林惊讶万分，将枪管伸进嘴里，扣动了扳机。他听见一声轰鸣。随着面前爆发的一片巨光，他倒在了工作台边的椅子上，缩成一团。一个弹片从时间的钻石中飞了出来。

　　在他身后，子弹穿过颅骨所喷溅出的血，在画布上扩散，让日落显得那么完美，让宫女的面纱显得那么生动。那是一幅最最出色、最最美丽的《劫持宫殿图》。

（高　兴译）

"蓝色东欧"译丛（部分书目）